Ávida lectora, NIEVES HIDALGO escribe novela romántica desde hace veinte años. Su primera novela publicada, *Lo que dure la eternidad* (Vergara, 2008), vio la luz por la insistencia de sus amigos, que conocían su caudal imaginativo. Ha publicado, también en Vergara, la novela histórica *Amaneceres cautivos*, que se desarrolla en la España de Carlos I, y que le mereció el premio Dama 2009.

En Zeta Bolsillo ha publicado *Orgullo sajón* (premio a la mejor novela romántica histórica de 2009 de El Rincón de la Novela Romántica) e *Hijos de otro barro.*

Incansable viajera, sitúa a sus protagonistas en cualquier parte del orbe, e incluso —como en el caso de *Luna de Oriente*— en un país de su invención.

«Nieves Hidalgo combina la aventura, el amor y el suspense de manera magistral.»

Esther Ortiz, *El Rincón de la Novela Romántica*

ZETA

1.ª edición: octubre de 2010

para el sello Zeta Bolsillo
Consejo de Ciento 425-427 - 08009 Barcelona (España)
www.edicionesb.com

Printed in Spain
ISBN: 978-84-9872-445-5
Depósito legal: B. 31.655-2010

Impreso por LIBERDÚPLEX, S.L.U.
Ctra. BV 2249 Km 7,4 Polígono Torrentfondo
08791 - Sant Llorenç d'Hortons (Barcelona)

Luna de Oriente

NIEVES HIDALGO

A Christian, mi hijo, y a Daniel Socías Gude.
Mis chicos, mis amores, que me regalan su pericia
en imagen y sonido.

A Laura Socías Gude y a Marcos Pérez Fuero.
Que vuestra vida en común sea siempre como
las noches de Oriente que tanto anheláis.

1

Inglaterra, 1800. Reinado de Jorge III

El bebé ronroneó y se metió un dedito en la boca, succionando con deleite. La mujer que lo llevaba pegado a su pecho le acunó, procurando que permaneciera en silencio y bajó las escaleras con premura. Tenía que escapar para proteger a su hija.

Vestía la ropa con la que llegó a la mansión, la que siempre le perteneció y la señalaba como Shylla Landless. Paria. Gitana. Una mujer sin tierra —como su propio apellido indicaba—, y ahora sin futuro. A punto de tropezar en el último peldaño, la criatura dejó escapar un gorjeo y la apretó más contra sí, cubriendo su cabecita con el manto. Su corazón latía con fuerza, a punto de estallar. Alcanzó la puerta, la abrió con cuidado y oteó el exterior. Era una noche oscura y el viento racheado azotó su rostro. Se cubrió ella misma con la capucha de la capa, la única prenda que se llevaba, regalo del duque.

No se arriesgó a tomar montura o landó. Nadie debía saber de su marcha o acabarían con su hija y con ella. Al atravesar el jardín de Mulberry Hill, se permitió un último vistazo por encima del hombro hacia la construcción, hermosa y acogedora aun en medio de la bruma que la rodeaba, donde fue feliz. Allí dejaba su amor y su vida y se le escapó un sollozo angustiado. Había alcanzado las estrellas junto al hombre que amaba y ella, una gitana, pagaba ahora su audacia.

Tragándose las lágrimas se despidió del hombre que la había amado y al que ella amaría hasta el fin de sus días. Habían sido dos años de ensoñación y lujos, que ahora quedaban atrás. Cuando le anunció la llegada del bebé, él enloqueció de alegría, juró que se casarían, que la convertiría en su duquesa —a Nell Highmore le importaban poco los estamentos sociales—. Y ahora ella, Shylla, pagaba su bondad causándole dolor. Le arrebataba a su hija, a su heredera. Pero era eso, o arriesgarse a que la muerte alcanzara a la pequeña.

Shylla llegó a la orilla del río, el alma desgarrada. Ya no ocultaba las lágrimas. La corriente era fuerte, pero ella conocía cada tramo del río y no tardó mucho en hallar un badén para cruzarlo sin peligro. Sus pies sorteaban las rocas de la pequeña cascada y el agua helada los atravesó como si de mil agujas se tratara.

Minutos después se dejaba caer sobre la hierba, aterida de frío y agotada. La pequeña seguía durmiendo, protegida en sus brazos. Era un ángel pequeñito y dulce. Pensó que el mundo era injusto, que aquella criatura, que podía haber gozado de una vida de amor, jamás conocería a su padre. Nell, su amado Nell.

Secándose las lágrimas con el borde de la manga se incorporó. Miró al otro lado. Sobre la loma, la mansión parecía llamarla, rogarle que regresara al calor de su habitación, la que compartía con su amado. No era posible. Debía salvar a su hija del mal que acechaba en aquella casa, de los que querían acabar con ella. La última nota había sido clara: o desaparecía o Christin aparecería muerta en su cuna. Nada había contado a Nell cuando a la semana de nacer la niña se había encontrado una daga dentro de la cuna. La había guardado entre los pliegues de su bata para no alarmarlo, pero ya entonces la advertencia dejaba pocas dudas. Cualquiera podía llegar hasta la criatura y asesinarla mientras dormía. Ni siquiera la fortuna del duque era capaz de parar una mano asesina si aquélla decidía actuar contra Christin. Y ella tenía miedo por su hija. Amaba a Nell, pero había decidido sacrificar su amor por el bien de la chiquitina.

Se quitó la capa y la arrojó al río.

La prenda se dejó arrastrar por la corriente y los ojos almendrados de Shylla la siguieron hasta que, en un tramo de mayor profundidad, se enganchó al ramaje a ras de agua y allí quedó meciéndose. Si la encontraban, probablemente pensarían que habían perecido ahogadas.

Un relámpago iluminó a la gitana y a su bebé y pareció cernirse sobre las altas torres de Mulberry Hill, como el presagio de algo horrible. Shylla tiritó y, dando la espalda al castillo, comenzó a caminar lo más aprisa que pudo tratando de pasar el calor de su cuerpo al de su hija. Su propia gente estaba cerca, acaso a dos horas de marcha. Si Dios la ayudaba, antes de amanecer podrían partir con ellos y desaparecer para siempre. Para cuando el duque ordenara la búsqueda, ellas ya estarían muy lejos. El pensamiento la hizo estallar de nuevo en sollozos, pero no aminoró el paso decidido que la conducía a los suyos, a los que realmente siempre fueron su gente, su familia, su verdadero hogar.

Tres horas después, aterida de frío y agotada por la larga caminata, Shylla Landless entraba en el campamento gitano. El alboroto que causó su presencia, alertada por un tipo joven de guardia vino a despertar a la caravana en pleno. Una mujer se hizo cargo de la niña porque la muchacha llegaba sin resuello. El jefe del campamento, un hombre de edad indefinida, alto y enjuto, con el cabello ya plateado y los ojos como la noche, la abrazó.

Shylla rompió a llorar de forma desconsolada y se abrazó a él.

—Hemos de irnos —dijo, cuando pudo recuperar la compostura—. ¡Mané, hemos de irnos ahora mismo!

Las facciones severas y morenas de éste se contrajeron.

—¿Él te ha echado?

—No. Nell me ama, Mané. Me amará siempre y yo le amaré hasta la muerte.

—Entonces... ¿A qué tanta prisa?

—Mi hija ha sido amenazada de muerte.

—¿Por quién?

—No lo sé. Pero estoy aterrorizada. Debemos partir ahora, abandonar estas tierras. El mal se oculta tras los muros de Mulberry Hill.

El anciano jefe de los gitanos se fijó detenidamente en el rostro lloroso de la joven. Era hermosa. Tanto, que él ya había previsto desde que era una chiquilla, que su hermosura podría acarrear problemas a todo el grupo. Ahora se cumplía aquella premonición. Pero él no era quién para disuadir a la muchacha; ella sabía mejor que nadie lo que debía hacerse y si decía que tenían que irse, se irían. Habían estado muy a gusto durante largos períodos asentados en las que eran las tierras del duque de Mulberry, pero al parecer la tranquilidad se evaporaba. Sus cansados huesos habían acabado por tomar afecto a aquel paisaje, porque nadie les molestaba cuando asentaban el campamento en el territorio, pero Shylla ahora era la prioridad. Había que partir a otros destinos. Dio algunas órdenes y el campamento comenzó a movilizarse. En menos de una hora, como era habitual en ellos, acostumbrados al nomadeo, todo estuvo dispuesto para la partida. Hizo montar a Shylla y a la pequeña Christin en su carromato y a un movimiento de su aún fuerte brazo, las carretas se pusieron en marcha.

Minutos después, sólo las cenizas de las fogatas apagadas, algunos restos esparcidos y las huellas de los carruajes, delataban lo que fuera el asentamiento gitano.

Baristán, 1800. Al este de Turquía

El tumulto que llegaba hasta la recámara de Jabir Ashan, que en ese instante trataba de revisar algunos documentos presentados por su visir, le sacó de sus cavilaciones. Levantó la cabeza de los papeles y frunció el ceño. Sus ojos, oscuros como tizones, llamearon. Miró al visir que se encogió de hombros ante el ruido del barullo que ya llegaba hasta el patio.

—¿Qué demonios pasa? —preguntó Jabir, incorporándose y llegando hasta las ventanas que cubrían hermosas celosías—. Umut —ordenó a uno de sus hombres de guardia—, ve a enterarte.

El fornido guardián hizo una inclinación de cabeza hacia su amo y corrió presuroso al exterior. Jabir volvió a tomar posición sobre la alfombra, con las piernas dobladas bajo su cuerpo e indicó al otro que volviese a sentarse, pero ya no pudo concentrarse en lo que estaba haciendo.

—Si es otra vez culpa de Kemal, voy a arrancarle la piel a tiras —murmuró entre dientes, sin que se le escapara la sonrisa del visir—. ¿Qué es lo que te hace tanta gracia, Abdullah?

—Nada, mi señor. —Pero siguió sonriendo de oreja a oreja, sin poder evitarlo.

—Está malcriado.

—Sí, mi señor.

—Me saca de mis casillas —insistió el bey.

—Lo sé, mi señor.

—Entonces, ¡maldita sea!, ¿por qué esa sonrisa?

Abdullah no fue capaz de contenerse más y dejó escapar una risa franca. Bajó los ojos hacia la costosa alfombra que cubría todo el suelo de la pieza y dijo:

—Le vi tratando de subir al tejado.

—¡Por la túnica de Alá, hombre! —El bey pegó un brinco que le dejó de pie, pálido como un muerto—. ¿No se lo has impedido?

Abdullah le miró, aún sonriente.

—¿Cómo impedirle nada a Kemal, mi señor? Es peor que un tornado, no hace caso a los consejos, ni siquiera a vuestras amenazas. Recordad el mes pasado cuando le dijisteis que le encerraríais en una mazmorra durante una semana a pan y agua, si volvía a montar vuestro caballo preferido.

—Lo montó —rugió la voz del bey.

—Lo montó, en efecto. Y vos fuisteis incapaz de encerrarlo. Mucho menos tenerlo a pan y agua.

Jabir comenzó a pasearse por la sala, inquieto y muy enfadado. Su visir tenía razón. Su heredero era un caso perdido. Por desgracia, no había tenido hasta entonces más que niñas de sus mujeres. Su único hijo varón era Kemal. Su primer varón. Una puñalada de orgullo le atravesó el pecho. Otra de dolor, recordando a la mujer que le había dado a luz, aquella hermosa inglesa muerta hacía ya tres largos años. La había amado como a ninguna otra, había sido su *kadine*, su luz. Pero se había apagado tras una larga enfermedad que acabó con ella y con sus ganas de seguir viviendo. A pesar del dolor, hubo de continuar. Por su hijo, por sus otras tres mujeres, por su país. Demasiadas personas dependían de su vigor como para abandonarse a la pena. No había tomado más esposas, de todos modos, manteniendo a las tres que tenía, ni había incrementado su harén con más esclavas, aunque debió aceptar el bienintencionado regalo de dos hermosas muchachas. Ninguna de ellas le había dado hijos varones, de todas formas. Por eso Kemal era tan imposible; la pérdida de su madre no había ayudado, ciertamente, en nada.

—La culpa de todo la tienen las mujeres.

—No podéis culparlas a ellas, mi señor. Le miman, es cierto, pero...

—Le miman en exceso.

—Así es. Kemal es un niño que se hace querer. Les sonríe, les regala flores...

—¡Que roba de mis jardines!

—Que roba de vuestros jardines, claro está, mi señor —sonrió de nuevo el visir—. No pretenderéis que una criatura de diez años vaya a comprarlas al zoco.

Los ojos del bey se encendieron por la broma, pero se calmó de inmediato. No podía hacer pagar su malhumor a quien tenía delante. Le servía bien, era su amigo, su confidente, el que regía Baristán en sus cortas ausencias al extranjero; alguien en quien podía confiar.

El guardián entró en ese momento. Se notaba la palidez de su rostro a pesar del ébano de su piel.

—¿Y bien? —interrogó el bey.

—Parece que se ha roto una pierna, mi señor. Está en el jardín de las *gozde*, mi amo.

—¡Por la tumba de Carlomagno! —bramó Jabir. Y salió corriendo de sus dependencias.

Atravesó dos patios, llegó al de las *gozde*, unas doce mujeres, a cual más bella, que se afanaban en atender al muchacho. Hubo un revuelo ante la aparición del bey en el lugar, puesto que él no acostumbraba nunca a entrar en el harén, sino que mandaba llamar a sus mujeres a sus aposentos. Con rapidez, se hicieron a un lado poniéndose de rodillas con la frente tocando el suelo, y Jabir pudo descubrir a su heredero en medio del corro. Se sujetaba la pierna derecha y se mordía los labios. Su rostro, atezado y hermoso, casi como el de una mujer, hablaba de dolor, pero el bey vio con orgullo que ni siquiera tenía lágrimas en los ojos. A su lado, otro chicuelo de casi su misma edad, parecía más dolorido que él. Se plantó delante de Kemal con las piernas abiertas y los brazos cruzados sobre el pecho.

Kemal supo de quién se trataba nada más ver las

babuchas y las piernas enfundadas en tela de raso verde. Poco a poco alzó la cabeza y sus ojos, inmensos y grises como el acero de las gumías, miraron sin vacilación a su padre.

—Lo siento —dijo.

Jabir, al escuchar el tono apenado del crío, hubo de morderse los labios para no reír abiertamente. El muy maldito se disculpaba de un modo que más parecía un gruñido, desde luego sin ánimo de aparentar que lo sentía realmente.

—¿Qué ha pasado?

—Se ha caído del tejado —informó la voz suave de una mujer a espaldas de Jabir, la única que permanecía de pie. Cuando el bey la encaró, estaba pálida—. Nos dimos cuenta de que estaba en el tejado cuando se escurrió y lanzó una maldición, mi señor.

Jabir sonrió a la mujer y le tocó la cabeza con afecto. Era su hermanastra y la que dirigía el harén con mano firme. Aunque podía haber escogido vivir en cualquier parte después de casarse con un diplomático turco y enviudar, había preferido regresar con su hijo al harén de Jabir, donde se crio y donde había pasado la mayor parte de su vida. A Jabir le pareció una idea excelente porque, desde entonces Okam, su sobrino, había sido el único compañero de juegos de Kemal. Gracias a ella, su hijo tuvo una segunda madre.

Jabir se volvió de nuevo hacia su hijo y cruzó otra vez los brazos sobre el pecho, postura que sabía amedrentaba.

—¿No tienes nada que decir, jovencito?

Kemal dejó escapar todo el aire de sus pulmones. Hizo intención de ponerse de pie delante de su progenitor, pero la pierna le falló y no cayó gracias a la intervención de su primo. Sus ojos se cubrieron de lágrimas, pero con un esfuerzo elevó la mirada hacia Jabir y se las tragó.

—Siento no poder levantarme en tu presencia, mi señor —dijo—, pero creo que me he roto una pierna.

—Y yo voy a romperte los huesos un día de éstos —zanjó el bey, despertando las risitas de las muchachas y el acaloramiento del pequeño—. No me das más que disgustos.

—Ya dije que lo lamento —gruñó el crío.

—¡Y un infierno! —El pecho del bey se hinchó al tomar aire—. Partirás a Inglaterra dentro de una semana —sentenció.

El murmullo de las mujeres se extendió por el patio y los ojos del muchachito se abrieron como platos. Tragó saliva al ver la decisión reflejada en el rostro del bey y supo que había ido demasiado lejos. Debía callarse y acatar las órdenes de su padre y señor, pero la noticia le hizo hervir la sangre.

—No deseo irme de Baristán —dijo en tono rotundo.

—Me importa poco lo que desees, Kemal.

—¡No puedes obligarme! —acabó por gritar.

Jabir dio un rápido vistazo a sus mujeres para ver el efecto que la rebeldía de su hijo había causado. Todas y cada una de ellas, incluida su hermanastra, seguían postradas en el suelo y con los ojos bajos. Nunca, nadie, se había atrevido a contravenir sus órdenes y... No, eso no era cierto. Hubo alguien que no sólo contravino sus mandatos desde que llegase al harén, sino que se le enfrentó, luchó con él y hasta le insultó... antes de conseguir seducirla y convertirla en su esposa. No debía olvidar que aquel chiquillo que ahora le devolvía una mirada llameante de furia era hijo de aquella mujer. Jabir pensaba algunas veces que el mocoso tenía más sangre inglesa que turca; al menos era tan cabezota como lo fue su madre. Le amaba más que a nada en el mundo, pero no podía permitir que se le revolviese o todo su mundo se vendría abajo. El harén tenía unas normas, un modo de hacer las cosas y Kemal no podía saltárselas todas. Achicó la mirada y sus ojos oscuros taladraron al niño.

—No solamente voy a obligarte a partir, Kemal —dijo—, sino que tu osadía ha traspasado los límites y serás castigado. —Se dirigió hacia uno de los eunucos que, en pie y silenciosos como estatuas, guardaban las puertas del patio—. ¡Cinco latigazos!

Kemal se ahogó al escuchar el castigo. Su rostro perdió el color y hasta se olvidó de su pierna rota. Apoyándose en el suelo se incorporó y consiguió quedar de pie ante su padre. Si las miradas hubieran podido herir, Jabir luciría un hermoso corte en el pecho. Encajando los dientes para soportar el dolor de la pierna, Kemal, príncipe de Baristán, alzó el mentón y retó una vez más al bey.

—Cinco latigazos, como a las mujeres que te desobedecen o te irritan. No soy una mujer, padre. ¿Por qué no diez? —preguntó con tanto orgullo y rabia que las mujeres dejaron escapar una exclamación de asombro y Jabir parpadeó.

El bey miró fijamente a su hijo. Era tan orgulloso como lo había sido su madre. Tan orgulloso como un maldito inglés. Pero también como él mismo. Acabó por asentir en un gesto seco y dijo:

—Sea. Diez latigazos.

La sentencia hizo que algunas de las muchachas alzaran su rostro e incluso Corinne, la tía del muchacho, como un resorte, adelantó un paso al visir.

—No.

—Jabir, por favor.

—Mi señor...

Jabir esperó a que las protestas se apagaran y las súplicas remitiesen. También espero, en vano, que se disculpara Kemal. Sólo consiguió la mirada helada de su hijo.

No solía asistir a los castigos.

Lo cierto es que hacía mucho tiempo que no se imponía castigo a nadie en palacio. Jabir no era partidario de ese tipo de represalias y prefería mantener incomunicado al infractor durante varios días dándole tiempo a que recapacitase sobre sus actos.

Kemal se había pasado de la raya. Lo había retado en público y no podía tolerarlo. Sus costumbres, su modo de vida, las tradiciones, se sostenían a partir de que él era la ley, dueño y señor de hacienda y personas. Si dejaba que un chiquillo de diez años se le enfrentase podía producirse un caos en su casa.

Por eso, en esta ocasión, asistió al castigo de Kemal, aunque no fue en público, sino en las salas privadas del bey.

El muchacho fue despojado de su túnica y atado a uno de los postes de la enorme cama de doseles. No había nadie a la vista, aunque Jabir intuía que todo el mundo estaría pendiente de los berridos que, con seguridad, se le escaparían al muchacho. No era frecuente lo que iba a suceder y había pocas oportunidades en el harén para que las mujeres olvidasen el acontecimiento, aunque todavía no acababan de creerse que el bey fuese capaz de castigar a su hijo, al que amaba más que a la vida. Seguramente, cada una de ellas, eunucos incluidos, esperaban que en el último momento anulase la pena.

Jabir tragó saliva al ver la espalda desnuda del niño. Hizo un gesto al *kizlar agasi* o jefe de los eunucos, una imponente figura de casi dos metros de altura, de piel negro oscuro y poderosa musculatura. Ismet asintió de modo imperceptible, lamentando profundamente lo que iba a hacer porque también amaba al muchacho, echó el brazo hacia atrás y aplicó el primer latigazo.

Kemal apretó los puños y a Jabir le recorrió un escalofrío cuando el cuero golpeó la carne. A pesar de saber que aquel golpe y los siguientes serían todo lo leves posible, siguió el movimiento de Ismet echando el brazo hacia atrás y estuvo a punto de ordenarle que parase. Afortunadamente, la mano de su visir sobre su brazo le hizo ver que estaba haciendo lo correcto.

Una vez terminó la azotaina, la espalda de Kemal mostraba marcas cárdenas que, sin lugar a dudas, irían a peor. Pero el jovencito no se había quejado ni por su pierna entablillada ni por los azotes. A Jabir, a pesar de todo, el orgullo se le escapaba por cada poro de su piel.

Diez días después de aquello, y sin dirigirle aún la palabra, Kemal Ashan partía del puerto de Baristán hacia Inglaterra.

2

1818. Cerca de Londres. Campamento gitano

El joven fijaba su mirada, cargada de deseo, en la muchacha mientras ella, vestida con una falda verde esmeralda que hacía juego con sus ojos, y una blusa blanca y escotada, danzaba con rapidez y gracia dentro del corro, que se había formado al conjuro de su ritmo.

Tras doce horas de celebración por la boda de dos miembros de la caravana, la hermosa Christin parecía incansable. No había parado de bailar desde que acabara el banquete nupcial y, aunque su rostro aparecía sonrosado por el esfuerzo, su cuerpo cimbreante se movía con tanta celeridad como al principio.

Víctor estaba enamorado de ella. Lo había estado desde que ella cumplió seis años y le arrojó un trozo de melón a la cara porque él la llamó paya asquerosa. Para la comunidad gitana era un insulto muy hiriente que a ella le afectaba por la sangre inglesa que corría por sus venas. Además, Christin había sido para él una espina en el costado desde que comenzara a caminar sola. Le habían endilgado la misión de cuidar de la pequeñita, de ser su guardián para evitar que le ocurriera algún percance. Eso requirió todo el interés y dedicación del mundo, porque la niña parecía un ratón y jamás se estaba quieta. Víctor la odió por eso, pero sólo hasta que cumplió los seis años. Luego, dejó de ser la flacucha inglesa —como él la llamaba cuando se enfadaban y discutían—, para convertirse en la muchacha más adorable. Y creció y creció y se hizo mujer. La más hermosa. Su larga cabellera oscura y rizada que le caía a la espalda y le llegaba casi hasta la cintura, sus ojos almendrados y verdes como esmeraldas, su rostro virginal y pícaro a la vez, su boca plena que parecía demandar besos... Todo ello tenía enamorado a Víctor desde hacía años.

Christin dejó de bailar, dando paso a otros bailarines y el joven aprovechó para acercársele y tomarla de la mano. Ella le miró sonriente y se dejó arrastrar hasta un grupo de árboles. Conocía las intenciones del joven, su constante asedio, y eso le hacía gracia, porque a sus recién cumplidos dieciocho años, aún no tenía intenciones de buscar marido. Mané, su tutor desde que su madre murió, no la forzaba a elegir; mucho menos a elegir a Víctor que era su hijo y esa presión hubiera supuesto un favoritismo que infringía las reglas no escritas de la comunidad, puesto que otros muchachos deseaban su mano.

—Bailas como las hadas del bosque —dijo Víctor.

—Siento la música, eso es todo. —Se giró para mirar al corro de danzarines y su cabellera golpeó el pecho del muchacho, incitándole sin querer a acercarse más.

Víctor rodeó su talle delgado y apoyó el rostro en

el cabello negro y reluciente, aspirando su perfume. Christin olía siempre a flores silvestres.

—¿Me darás un beso?

La muchacha rio de buena gana y se medio volvió para mirarlo a la cara. Sus ojos relucían como dos gemas en la oscuridad.

—Si te lo doy, será tanto como si nos hubiésemos comprometido, Víctor. No tengo intenciones.

—Sólo un beso.

—No.

—Por favor —insistió el joven.

Christin se revolvió entre sus brazos y poniendo ambas manos en su musculoso pecho, lo empujó para apartarlo.

—Cuando decida elegir esposo, serás el primero a tener en cuenta.

La solapada promesa le hizo sonreír.

—¿Lo prometes?

—No me gusta prometer. Ata demasiado.

—¡Christin, por amor de Dios, ni siquiera me dejas la esperanza! —protestó él.

Riendo, ella se alejó y regresó al centro del corro para lanzarse de nuevo a un baile desenfrenado y provocativo. Como siempre que bailaba, consiguió arrancar frases ardientes de los jóvenes, que comenzaron a acompañarla con palmas. La guitarra y la pandereta resonaron con más ímpetu en medio del claro del bosque donde estaban acampados y Víctor acabó por unírseles.

—Es hermosa, ¿verdad? —dijo alguien a sus espaldas. El joven se giró y vio a su padre.

—Muy hermosa, sí.

—Si decide buscar hombre, serás el afortunado.

—Yo creo que Christin no va a elegir nunca, padre —se quejó el muchacho—. Es demasiado independiente, demasiado... demasiado...

—Demasiado inglesa —acabó Mané.

—Exactamente —dijo el muchacho en cuyo rostro se observaba un grado de preocupación—. No le dirás nunca que ella es hija de...

—No puedo. Se lo prometí a Shylla.

Víctor volvió a centrarse en el alegre baile de la muchacha. Acabó por encogerse de hombros.

—No sé si hacemos bien, padre —dijo—. A fin de cuentas ella es una heredera. El duque no se ha casado aún.

—Por lo que sé, no se casará nunca. Sigue enamorado de Shylla, aunque ella está muerta.

—Él no lo sabe.

—No. No lo sabe. Y nunca lo sabrá por mi boca.

—A veces tengo la impresión de que estamos robando algo a Christin. La fortuna de Mulberry es grande.

—Es preferible la vida al dinero, hijo, recuerda eso siempre.

—No sabemos si el que amenazó a Shylla sigue vivo. Tal vez haya muerto y Christin pudiese...

—No —cortó Mané—. Durante estos dieciocho años he seguido la vida del duque... y de sus familiares. Sólo murió la madrastra del duque. Los demás siguen vivos.

—¿No pudo ser esa mujer la que...?

—Shylla la quería. Y si nuestra Shylla consiguió amar a esa mujer, quiere decir que era un alma limpia; jamás hubiera dado su afecto a un ser depravado. No, Víctor —dijo, apoyando su mano en el fuerte brazo de su hijo—, fuera quien fuese el que amenazó a la chiquilla sigue viviendo en Mulberry Hill. Es mejor para Christin seguir en la ignorancia sobre quién es realmente su padre. Ella nos pertenece, se ha criado con nosotros, es una gitana de pies a cabeza. Dejémoslo así.

Víctor asintió. Viendo alejarse a su padre se fijó en sus hombros encorvados. Estaba avejentado y no sólo por los años y la responsabilidad de controlar al grupo, sino por la carga que Shylla había echado sobre él. Sabía que el viejo se debatía entre la palabra dada a la mujer y el deseo de que Christin pudiese elegir la vida que deseara. Si la muchacha conociera su procedencia, si supiera que era la hija legítima del duque de Mulberry, acaso decidiría ir a vivir con él. Pero también sabía que su padre no faltaría a su palabra.

Justo en ese momento, un grupo de hombres a caballo irrumpió en el campamento. Acostumbrados como estaban a que de cuando en cuando acudiesen visitantes para unirse a sus danzas y a sus muchachas, nadie les prestó gran atención. Solían ser siempre jóvenes aristócratas que deseaban pasar un rato agradable, lejos de las salas de juego y los clubes elegantes. Y los gitanos les dejaban quedarse y participar en sus bailes. Hasta les permitían retozar con algunas de las muchachas solteras, si ellas les aceptaban de buen grado. Al fin y al cabo, los señoritos payos llevaban siempre los bolsillos repletos de monedas y ellos siempre necesitaban alimentos y ropas.

Víctor también fijó su mirada en los recién llegados y de inmediato se despreocupó. Eran como todos: pálidos, pulcramente ataviados con chaqueta y corbatín, luciendo sus bastones de mango de plata y sus sombreros. Ninguno que realmente le preocupase porque conocía a Christin y sabía que la joven no se dejaría cercar por ninguno de ellos. Lentamente, se alejó hacia su carromato.

Londres. Desmond House

El joven Warley, un muchacho de veintitrés años, rubio como las espigas, de ojos azul pálido y rostro atractivo, lanzó una carcajada que fue coreada por los colegas que escuchaban el relato del conde de Desmond. Se habían reunido los tres calaveras de siempre: Bob Swanson, conde de West, Alex Warley, heredero del marquesado de Cherrystone, y el dueño de la mansión. Aquella noche, además, asistía también el duque de Mulberry quien, a pesar de llevar al resto unos cuantos años, había conseguido la amistad de los tres jóvenes sin esfuerzo. Siempre tenía un consejo a mano y jamás les recriminaba sus alocadas aventuras, acaso porque recordaba vívidamente las suyas propias.

—De modo, Kem, que acabaste atado al poste.

El aludido asintió con una sonrisa y bebió un trago de brandy antes de responder.

—En realidad mi padre debería haber mandado que me diesen, al menos, cien palos. Yo era terco como una acémila.

—¿«Eras»? —preguntó con ironía el duque.

—Antes era más —rio también Kem.

—¡Ah, demonios! —dijo Bob Swanson—. Cómo me gustaría tener una vida como la tuya, Kem. Estar a caballo entre Inglaterra y ese otro país...

—Baristán —indicó el joven conde.

—Eso. Baristán.

—¿Cuándo vuelves? —quiso saber Alex.

—En un par de meses, si no hay nada que hacer aquí.

—Desde Waterloo y el fin de Napoleón, apenas se vislumbran conflictos —adujo Bob—. Yo, particularmente, voy a echar de menos la aventura, porque no pienso volver a enrolarme en el ejército que ahora comanda el Príncipe de Gales.

Swanson se refería a los servicios que habían prestado a Jorge III durante el conflicto con Francia. La implicación militar había ayudado al duque de Mulberry a afianzar su amistad con los tres jóvenes, sobre todo desde que salvó la vida al heredero de Cherrystone. Los demás, asintieron en silencio.

—De todos modos, tú no te aburrirás demasiado —dijo Alex—. Tengo entendido que los turcos tienen siempre algún complot en marcha. ¿Recibiste noticias de tu padre?

—Hace una semana. Y todo sigue como siempre en palacio; hay tranquilidad absoluta.

—No como aquí, demonios —rumió Bob.

Al comentario, el rostro de Kemal Ashan, actual conde de Desmond, perdió algo de su atezado color. Nunca había dado importancia a lo que parecían accidentes, aunque curiosamente había tenido unos cuantos en los últimos tiempos. Sin embargo, la rotura de una cincha del caballo, la rueda que saltaba en pedazos en plena carrera o el frustrado atropello por un carruaje con caballos desbocados, habían tomado mayor relevancia. Le asaltaban las dudas sobre la naturaleza accidental de tantos percances. A Kemal ya no le cabía duda de que tenía un enemigo. Le habían disparado un año atrás cabalgando campo a través, alcanzándole en un brazo, aunque sin mayores consecuencias. Después, durante su última travesía por mar, uno de los palos del barco cayó sobre él y se salvó de morir aplastado por los pelos. Hacía solamente dos semanas dos filibusteros le atacaron a la salida de Hyde Park y aún conservaba una bonita herida sin cicatrizar en su muslo derecho. Sus amigos opinaban como él.

—¿Qué harás cuando llegues al palacio de tu padre? —preguntó el duque de Mulberry rompiendo el hilo que hilvanaba el pensamiento común de los atentados—. ¿Elegir alguna odalisca para que te baile? ¿O te llevarás a Evelin?

La broma fue acogida de inmediato con risotadas. Kem sonrió al recordar la última noche pasada en los brazos de la mujer. Evelin Simons era su amante desde hacía más de seis meses. Una rubia platino de generoso busto y esbeltas piernas. No había compromiso entre ellos y aunque la joven esperaba cazarlo, él compartía su tiempo con ella y alguna otra muchacha. Evelin, debía reconocerlo, era fogosa en la cama; a veces, hasta se quedaba con ella un fin de semana completo, en la casita que le había comprado en las afueras de la ciudad. Pagaba todas sus facturas y le hacía costosos regalos, pero no tenía intenciones de atarse a ninguna hembra. Cuando acabase su relación, pensaba pasarle una buena cantidad al mes hasta que encontrase otro protector; no era tacaño en lo tocante al dinero.

—Vamos, Kem —incitó Bob—. Cuéntanos.

—Estoy pensando en irme contigo cuando vuelvas a Baristán —dijo Alex—. ¿Crees que tu padre me cedería alguna de sus mujeres?

Nuevas risas.

—Mi padre mandaría cortar la cabeza a cualquier hombre que tratase de seducir a una de sus mujeres. Los turcos somos muy celosos.

—No lo dirás por ti —rio Alex—. Aún recuerdo aquella muchacha del verano pasado... ¿cómo se llamaba? ¿Delia?

—Dilalah.

—Bueno, pues la seduje mientras estaba saliendo contigo.

—Y aún te debo un puñetazo por eso. Recuérdamelo.

—Un día de éstos —rio el otro.

—¿De veras un turco puede tener más de cuarenta mujeres? —quiso saber Bob.

—Todas las que pueda mantener —asintió Kem—. Aunque solamente algunos son capaces.

—Los que tienen bien provista la entrepierna. —Lanzó una risotada Alex.

Kem coreó a su amigo y negó con la cabeza. En ese momento una llamada a la puerta les interrumpió. Kemal dio permiso y en la recámara entró un gigante de más de metro noventa de alto, de adusto semblante y negro como alquitrán. Sus ojos, profundos y oscuros, ni siquiera miraron a los presentes. Depositó la bandeja que portaba sobre la mesa y, haciendo una inclinación de cabeza, se retiró hacia la salida.

—Gracias, Umut —susurró Kemal.

—¡Por Cristo crucificado! —exclamó Alex—. No me hago a estar al lado de ese hombre.

—Es pacífico —dijo el conde—. No te haría daño, salvo si creyera que significabas un peligro para mi seguridad.

—¿Por qué demonios tuviste que coger un valet turco? Eres excéntrico hasta en eso, Kemal.

—¿Por qué no hacerlo? —Se sirvió un poco de brandy—. Me pareció oportuno tener un criado personal que entienda mis cambios de humor.

—Ese hombre no los entiende, los soporta porque no tiene otro remedio. Es un esclavo, ¿no? —preguntó Bob.

—Umut es libre. Podría regresar a Baristán cuando quisiera.

—¿De veras está capado?

—Es un eunuco, sí. Lo conocí cuando nací.

—Debe ser triste no poder foll... bueno, quiero decir que...

—Sabemos lo que quieres decir —rio Kem—. Y siguiendo con lo que estábamos hablando, no cabe duda de que un hombre puede verse desbordado con tanta mujer que atender —dijo—. Ninguna de ellas es olvidada durante demasiado tiempo, además.

—Francamente —adujo Swanson—, no me hago a la idea de estar casado con tantas mujeres. ¡Por Dios, pero si soportar a una ya es un castigo! —Las risas volvieron a coro.

—Mi padre no está casado con todas, pedazo de asno —explicó el conde—. Solamente tiene tres esposas. El resto son *ikbals* y *gozdes*.

—¿Y eso qué significa?

—Favoritas y odaliscas. Ni siquiera las eligió en algunos casos. En mi país es frecuente que un rico comerciante, para congraciarse con el bey, regale a una muchacha hermosa.

—¿De su familia?

—En muy raros casos. La mayoría son compradas.

—Esclavas —musitó el duque de Mulberry entre dientes.

—Esclavas que tienen una verdadera fortuna personal. El bey es un hombre dadivoso y no para de hacerles regalos.

—Sólo tres esposas legales, entonces —pareció pensar Alex—. Aun así me parecen demasiadas.

—Tenía una más —dijo Kem en tono bajo.

Un silencio denso se hizo en la sala.

—¿Tu madre? —preguntó el duque.

Kemal alzó sus grises ojos y los clavó en los del otro. Estimaba a aquel hombre y la diferencia de edad —el de Mulberry acababa de cumplir los cuarenta y tres— nunca había supuesto un hándicap.

—Mi madre —asintió. Su pétreo rostro, aquel que hacía poner en guardia cuando se enojaba a sus más ardientes enemigos y suspirar a las mujeres, se suavizó al recordar el dulce semblante. A pesar de los años, a él le parecía seguir viendo a su madre inclinada sobre su cama, cantándole canciones de su amada Inglaterra, velando sus sueños durante la noche, acariciando su cabello cuando algo le hacía llorar. Aún sentía sus labios húmedos besándole en la mejilla, en la nariz, en los ojos, hasta que reía de nuevo. Tenía una acuarela diminuta en un colgante de oro que llevaba al cuello con una gruesa cadena, y no pasaba un día sin que la abriese para mirarla—. Bailaba como los ángeles.

—¿Tu padre te envió a Inglaterra a petición de ella?

—¡Ni mucho menos! —estalló en risas Kemal—. Más bien fue un exilio cuando acabé con su paciencia.

Mi madre sólo tenía un pariente aquí, su hermano, el difunto conde de Desmond.

—Quien se encargó de convertirte en un perfecto inglés y te cedió su título al morir sin descendencia.

—Efectivamente.

—Hablando de bailar —intervino Bob, viendo que la conversación estaba consiguiendo que su anfitrión se dejase arrastrar por la nostalgia—, los gitanos afincados a unas millas celebraban esta noche una boda, según me dijo mi valet. Habrá baile.

—¿Por qué no vamos? —dijo Alex—. Las muchachas gitanas son melosas, dulces y sumamente atractivas.

—También pueden ser unas arpías, pero me apunto —dijo Bob de inmediato, incorporándose—. ¿Vamos? —preguntó al ver que ni el duque ni Kem parecían interesados.

—Animaos —insistió Alex—. Hace mucho que no visitamos a un grupo gitano y comienzo a estar cansado de los clubes de la ciudad.

El de Mulberry se levantó y negó con la cabeza.

—Ya estoy mayor para esas juergas.

—¡Vamos, hombre! —rio Bob.

—Así podrás cuidar de nosotros —le animó Warley—. Kem, hazle entrar en razón, la fiesta no sería lo mismo sin él. —Los tres conocían la historia del hombre, enamorado y engañado por una muchacha gitana.

Kemal acabó por dejar su asiento y se encogió de hombros.

—Si tan interesados estáis en ir... ¿Nell?

Éste negó de nuevo.

—He de acostarme pronto. Mañana tengo una cita en el Parlamento.

—También yo, pero un par de horas es suficiente para mí —aseguró Alex—. A hora por chiquilla voy a acabar a... —Dejó escapar una exclamación de asombro cuando Kem le palmeó en el estómago—. ¡Diantre, casi me sacas la columna!

3

Las fogatas y el sonido rasgueante de la guitarra unido a la algarabía de las panderetas y los timbales les indicó dónde se encontraban los gitanos. Riendo por las bromas de Alex y Bob, el trío se acercó al campamento con prudencia. Los gitanos eran siempre amables, pero también podían ser irritables y por nada del mundo deseaban truncar su paz. Sin embargo, apenas desmontar y acercarse al corro, se sintieron bien recibidos. Un hombre muy moreno y arrugado les acercó un garrafón de aguardiente y una muchacha les ofreció pastelillos. Aceptaron los presentes, sabiendo que después les pasarían factura.

Las luces de los fuegos provocaban la ilusión óptica de que los bailarines eran figuras fantasmales. Claridad y sombras se mezclaban en sus cuerpos, resaltando los brillantes colores de sus ropas.

Alex y Bob tomaron de inmediato posiciones sentándose en medio del grupo, comenzando a palmear desacompañadamente, lo que hizo sonreír a aquéllos. Kem prefirió quedarse un poco apartado, recostado contra la rugosa corteza de un árbol.

Le maravillaba la forma en que bailaban aquellas gentes. Tenían la música metida en la sangre y parecía no costarles esfuerzo mover sus cuerpos sudorosos. En cierta forma, le recordaban el palacio de su padre, el baile sensual de las odaliscas cuando danzaban para ganarse el favor del bey y poder disfrutar de una noche en su lecho. Había una diferencia, sin embargo: las danzas orientales parecían querer despertar la sensualidad, las de los gitanos llamaban a gritos al sexo. Las odaliscas danzaban sobre suelos alfombrados, los gitanos sobre la arena; hermosas paredes revestidas de azulejos o de mármol abrigaban a las bailarinas del palacio, mientras que la naturaleza pura y salvaje envolvía a los bailarines gitanos en algo parecido a la furiosa libertad de la que gozaban siempre. Desde que conoció a esas gentes le habían hechizado. Eran espíritus libres, sin tierra fija, siempre montados en sus carromatos de los que colgaban panderetas y cacerolas, adornados por cortinas de múltiples colores, yendo de un lado a otro, afincándose en tierras de nadie o en las de algún potentado que se lo permitiera. Gentes sin patria ni destino, pero felices y primarios. La primera vez que pisó un campamento estuvo viviendo con ellos durante un mes completo y luego le resultó agónico regresar al palacio de su padre y encerrarse entre los muros del harén. Les envidiaba sinceramente.

Envuelto en sus recuerdos personales no fue consciente de que una nueva danzarina evolucionaba en el centro del corro, a pesar de que las palmas subieron de tono y algunos hombres gritaron piropos. Sólo la vio cuando a su lado, Bob dejó escapar una exclamación de asombro.

—¡Santo Dios, qué hermosa es!

Los ojos de Kemal, dos aros plateados cuando la luna se reflejaba en ellos, se dirigieron al centro del círculo. Entonces sí la vio y su cuerpo se tensó como si le hubieran apuñalado.

La muchacha tenía cuerpo de diosa, cimbreado por su falda verde esmeralda y su blusa blanca y abullonada de enorme escote en forma de V que destacaba sus pechos y su estrecha cintura. A Kemal se le secó la garganta y supo que deseaba a aquella mujer. Sus ojos se convirtieron en dos rendijas cuando ella dirigió sus pasos de baile hasta el lugar donde Alex estaba sentado. Sonriendo, le rozó la cara. Alex lanzó un aullido de lobo que levantó risas entre los gitanos y Bob, que había ido a su encuentro, se dejó caer desmayado aumentando la algarabía general. En ese momento le hubiera gustado atizar un puñetazo en la cara de sus amigos.

El baile de la joven se hizo más frenético. Las palmas subieron de tono, la guitarra pareció atacar las notas con más brío, el sonido del tambor se volvió más profundo y el de las panderetas, más tintineante. Kem se sumergió en aquel frenesí moreno que en sus giros dejaba entrever casi la mitad de sus pechos. Y se vio con la boca abierta ante aquellos trombos de la muchacha que bamboleaban sus faldas y dejaron admirar unas piernas increíblemente perfectas. La piel de la gitana era seda bajo la luz de las hogueras. Seda morena. Kem deseó acariciar aquellas piernas, los brazos descubiertos y ágiles, y la minúscula cintura.

En un molinete final se afianzó al suelo como una estatua y puso colofón a su danza. Todo el grupo estalló en vítores, algunos se acercaron a felicitarla y él escuchó que se había superado aquella noche, al parecer, en consideración a los recién casados. Luego, ella se alejó del centro del grupo y se unió a un hombre mayor, al que dio un beso en la mejilla. Seguramente, el padre o el abuelo y, por tanto, con quien debería hablar para abordar a aquella preciosidad.

Dando un rodeo, se dirigió hacia ellos mientras Alex y Bob no perdían el tiempo hablando con dos jóvenes que no parecían hacerles ascos. Probablemente los dos acabarían la noche en brazos de aquellas chicas a las que luego pagarían sus buenas monedas.

Cuando alcanzó el lugar donde se encontraba el viejo y la muchacha que le acababa de encandilar, ellos parecían dispuestos a retirarse hacia su carreta.

—Disculpe, señor.

Mané encaró aquella voz. Otro tanto hizo Christin. Él evaluó a quien les interrumpía con ojo crítico y ella no pudo por menos que abrir los suyos como platos, detalle que no pasó desapercibido por Kemal, que se sintió entusiasmado por la respuesta silenciosa de la joven.

—¿Ha venido con ellos? —preguntó Mané señalando a sus amigos con la cabeza—. No le vi.

—Admiraba la danza un poco apartado.

Para el gitano tampoco pasó inadvertida la mirada ardiente del aristócrata hacia su protegida. Adivinó el deseo del joven hacia su gacela y no supo si sentirse ofendido o enorgullecerse. Estaba acostumbrado a que todos los hombres mirasen a Christin de aquel modo, por lo que no dio más importancia al hecho.

—¿Qué quiere? —preguntó al cabo de un momento, haciendo que por fin los ojos de Kemal se desviasen hacia él.

—Hablar un momento con la señorita.

Christin le respondió con una mueca divertida. Contoneando las caderas dio un par de pasos hacia el intruso, quedando tan cerca de él que su perfume a flores silvestres embriagó a Kemal y hubo de contenerse para no enlazarla del talle. Sabía las costumbres de aquellas gentes y no podía flirtear con la muchacha si ella no estaba de acuerdo.

—¿Sólo hablar, milord? —preguntó Christin con una voz tan dulce que a Kemal se le volvió a secar la saliva en la boca—. No parece que tus amigos se dediquen a hablar, precisamente.

Kem miró en su dirección y los vio alejarse en la oscuridad enlazando la cintura de dos muchachas. Eran rápidos los condenados.

—La noche llama a la pasión.

A Christin la respuesta le sorprendió para bien y rio con ganas. El movimiento hizo que sus pequeños pechos pugnasen contra la tela de la blusa. La satisfizo observar que los ojos del visitante estaban clavados en sus curvas. Dio un paso más y quedó pegada al cuerpo de él.

—¿Te agrado, milord?

—Mucho.

—Muchacha —interrumpió Mané al ver el cauce que tomaba la conversación entre los dos jóvenes. Conocía a la chiquilla y sabía que lo estaba engatusando—, tenemos que recoger...

—Espera, abuelo —dijo ella sin apartar sus dos esmeraldas de los ojos grises de Kemal—. Me interesa mucho saber qué busca milord.

Kemal sonrió y Christin captó en su mirada que él no iba a flaquear. Su ironía se tornó en asombro porque algo en su interior le decía que le gustaría acariciar el rostro atractivamente viril. Serio, sus rasgos parecían cincelados en bronce, pero cuando sonreía era un demonio fascinante. Su piel no era pálida como el resto de los lechuguinos que solían visitar el campamento, sino tostada. Le sacaba más de una cabeza que remataban cabellos oscuros, brillantes sus ojos como dos lunas en medio de aquel rostro sensual. Bajo el perfecto corte de su traje se adivinaba un cuerpo soberbio. Parecía distinto a los demás. Sobre todo aquellos ojos. Christin presintió que encerraban un peligro indeterminado. Le provocaron desasosiego, aunque no lo demostró.

—Y bien —insistió—. ¿Qué desea el caballero?

—Acostarme contigo.

Fue directo. Acaso demasiado. Pero aquella perra de ojos verdes le estaba provocando con todo el descaro del mundo. Se había contoneado para él, se le encaró tanto que sus pechos casi tocaban la tela de su chaqueta y adivinó lujuria en su mirada. Kemal creía conocer a las mujeres y aquélla se le estaba ofreciendo en bandeja. Alargar la situación sólo podía acarrearle que el viejo subiera el precio. Y aunque no era cuestión de dinero, tampoco le gustaba que le estafaran.

Mané ni se inmutó por la propuesta. Los jóvenes ingleses que se acercaban de cuando en cuando a su campamento —igual daba dónde estuviesen afincados— mostraban siempre las mismas intenciones. Pero ahora se trataba de Christin y él había dado su palabra a la madre de la joven de cuidarla hasta que un hombre honrado y cabal la pidiese en matrimonio. Por otro lado sabía que su hijo, Víctor, bebía los vientos por la muchacha.

—Ella no está en venta —dijo entre dientes.

Kemal apartó la mirada de ella y la clavó en el anciano. Estaba claro que había fallado estrepitosamente su estrategia con aquel viejo: se había dado cuenta de inmediato de que la joven le interesaba demasiado. No importaba. Estaba acostumbrado a regatear. El regateo era un verdadero arte en el país del que procedía.

—Cincuenta libras —dijo.

A Christin el aire se le bloqueó en una exclamación muda pero el anciano ni se inmutó por la cantidad, desproporcionada sin duda.

—No.

Kemal rio para sí. Se recreó con descaro en el cuerpo cimbreante de la muchacha consiguiendo acalorarla y ofreció:

—Cien.

Hasta Mané abrió la boca ante aquel precio. Ni vendiendo cacerolas y cestas de mimbre durante seis meses conseguirían ese dinero. Tragó saliva, pero siguió negando.

—Ella no está en venta —repitió.

Kemal no estaba acostumbrado a que nadie le llevase la contraria. En Baristán tenía algunas muchachas —todas regalo de su padre— deseosas de calentarle la cama cuando iba al palacio de visita. Y en Inglaterra no podía quejarse. Deseaba a aquella chica y la deseaba ya. Sus grises iris se tornaron fríos encarando al gitano.

—Todo tiene un precio. Di la cantidad.

Mané quiso mandar a aquel aristócrata al infierno, pero la mano de Christin le detuvo.

—Doscientas y la sortija —señaló la esmeralda que él lucía en su mano izquierda.

Kemal arqueó las cejas. Aquella zorra había sido concebida para negociar, pensó. Hubiera sido una perfecta subastadora de esclavos, allá en su país, obteniendo sustanciosas ganancias. La observó de nuevo detenidamente, de arriba abajo, como si estuviera valorando si ella valía aquel precio. Un relámpago de rebelión la atravesó, pero no desapareció su sonrisa.

—De acuerdo. Doscientas y el anillo —dijo él, tomándola del brazo, dispuesto a perderse con ella tras los arbustos.

—Aguarda —le frenó Christin ya menos entera—. Hoy no... Quiero decir que... —¡Santo Dios! Ella pensó que no aceptaría tal precio. El trato, sin embargo, se había cerrado y los gitanos tenían su palabra, que jamás traicionaban. Claro está, no podía dejar que la hiciese suya así, por las buenas. La irritaba que cualquier aristócrata pudiera comprar los favores de una mujer de la caravana, y aunque era algo habitual y complemento de ingresos, siempre se reveló contra ello.

—¿Qué quieres decir con hoy no? —le preguntó Kemal.

—No es posible —le susurró ella, bajando la cabeza.

A él le gustó muy poco lo que decía.

—Explícate mejor, muchacha, o voy a...

Christin le miró, ya sin disimular cierto agobio. Tragó saliva y dijo:

—Estoy... indispuesta. —Observó cómo él frunció el ceño y en el fondo lo lamentó—. Una indisposición... femenina.

Mané sabía que ella mentía.

Pasó un largo minuto que fue aplacando el enojo de Kemal. Al fin, suspiró.

—¿Cuándo?

Christin pensó con rapidez. ¿Cuándo? ¡Nunca, maldito majadero que el demonio se llevase a los infiernos!

—Dentro de tres noches.

—Está bien. Dentro de tres noches serás mía.

Más que una afirmación sonó como una orden y la cólera arrasó a Christin.

—A cambio de doscientas libras y el pedrusco —recordó de forma grosera—. De otro modo, deberéis acostaros con el primer mono de berbería que encontréis en vuestro camino... milord.

A pesar de la puya, el conde de Desmond rio con ganas. Ella se cuadró, mirándole sin pudor. No cabía duda de que era un buen mozo, el hombre más apuesto que nunca viera. Él, entretanto, con sus nudillos acarició su mejilla y a Christin le sacudió un ligero temblor.

—¿Me darás algo como aperitivo?

—¿Cómo?

—Un beso —dijo Kemal.

—Yo... yo... —Se le aflojaron las piernas con sólo pensar que aquella boca perfectamente cincelada se posaría sobre la suya.

Kemal no esperó. Su brazo derecho enlazó el talle de la joven y de repente se encontró pegada a él. Christin irguió su cara para mirarle, entre sorprendida y avergonzada y él aprovechó para bajar la suya y apoderarse de su boca. Ella sintió que el fuego la envolvía bajo la voraz caricia, pero Kemal sufrió el impacto de un mazo sobre su cabeza. La boca de ella estaba caliente, sus labios eran terciopelo. Sabía a menta. Profundizó el beso hasta que su cuerpo, duro y excitado, le dijo que el juego debía parar. Se alejó de ella, dándole la espalda e inspiró un par de veces profundamente, tratando de relajar la maldita cosa que le urgía entre las piernas y que le solía obligar a cometer desatinos. Cuando se volvió, el gitano lucía una sonrisa pícara, pero Christin mantenía los ojos aún cerrados, como si esperase algo más. Le costó Dios y ayuda no volver a saborearla. Metió la mano en el bolsillo de su chaqueta y sacó el monedero. Ante la mirada alerta del viejo, tomó unas cuantas monedas y se las entregó.

—Cincuenta libras como adelanto —dijo.

Mané guardó el dinero mirando de reojo a la muchacha, que parecía haber salido del ensimismamiento.

—A cuenta —dijo—. Es usted muy generoso, milord. Por un beso...

—Preludio de una noche que ya estoy esperando. —Se llevó dos dedos a la sien derecha y con aquel parco saludo se alejó de ambos.

Christin se apoyó en la corteza de un viejo roble mientras le veía alejarse. Caminaba como un felino. Reaccionó cuando Mané, a su lado, azuzó.

—Parece que el hombre no te ha dejado fría, chiquilla.

—No sabía que un beso pudiese ser... así.

—Normalmente no lo es.

—Tú estuviste casado, Mané. ¿Se te aflojaban las piernas cuando besabas a Shara?

—Se me aflojaba hasta el alma, niña —le confesó él—. Pero no me parece buena idea lo que tienes en mente. Es peligroso, sólo hay que mirarle a los ojos. No es un hombre corriente, te lo digo yo.

—Pues no, no lo parece.

—Además... dentro de tres días nos iremos. Llevamos demasiado tiempo aquí y se impone un cambio de aires. He pensado que sería bueno volver a Gales.

—Sí —repuso ella sin dejar de mirar el lugar por el que había desaparecido Kemal—. Lo más alejados posible de Londres. Si fuese posible, iría a Francia o a Italia.

—¿Quieres abandonarnos? —se alarmó el hombre.

—Algo aquí —se tocó el pecho— me dice que conocer a este hombre me va a traer mala suerte. No quiero abandonaros, pero podría aprovechar para practicar idiomas.

Christin había nacido para los idiomas. Desde chiquita siempre tuvo una gran facilidad para aprender cualquier lengua y, dado que la caravana había estado seis años en Francia y otros tantos en Italia, pasando después algunos más recorriendo la geografía española, se comunicaba en los tres idiomas sin dificultad. Eso era fundamental en un grupo donde sus mejores ganancias provenían de los mercados donde vendían sus productos de artesanía. En opinión de Mané, siempre se podía engañar a alguien mucho mejor conociendo su lengua.

—Veré la viabilidad de enviarte con nuestros parientes a Bretaña —gruñó el gitano—. Y deberíamos devolver las cincuenta libras a ese joven y decirle, cuando vuelva, que has cambiado de idea.

Chris pareció despertar al escucharlo. Se echó a reír

y abrazó al anciano por los hombros, dándole un beso en la arrugada mejilla.

—De eso nada, Mané. El caballero ha ofrecido doscientas libras y esa maravillosa esmeralda que lucía. Ha de valer sus buenos dineros. La oferta es extraordinaria, nunca nadie ofreció tanto por tontear con una gitana.

—No quiero que hagas nada con ese hombre.

—¿Quién ha dicho que vaya a hacerlo?

—No sé si te entiendo —frunció el ceño el viejo.

Christin enroscó en un dedo uno de sus largos y negros rizos, sonriendo como un gato a punto de tragarse un ratón.

—Dentro de tres días recogeremos el campamento. Esa noche vendrá mi enamorado —rio— y se acostará conmigo. Sólo se acostará.

Mané comprendió entonces.

—¿Piensas engañarlo?

—Pienso drogarlo —aclaró ella—. Le diré a Fátima que me prepare una de sus pócimas. Habrá algunos besos, claro, eso no podré evitarlo, pero luego se quedará dormido como un bebé. Para cuando despierte... nosotros, todo su dinero y esa hermosa esmeralda habrán desaparecido.

—Eso es robar.

—Y los gitanos tenemos fama de ladrones, ¿no es verdad? —apostilló ella.

—Pero no lo somos.

—En esta ocasión haremos una excepción.

—¿Por qué?

Sin pensárselo, endureció su voz y dijo:

—Por el modo en que pide las cosas: altanero, prepotente. Por su arrogancia, pensando que todo el mundo puede venderse. Por presumir de su cochino dinero. Merece una lección de humildad y seré yo quien se la proporcione.

4

Con los enseres cargados en las carretas, el campamento había sido debidamente expurgado de desperdicios. Siempre que acampaban hacían lo mismo y apenas nadie notaba que ellos habían estado afincados en el terreno, salvo por las señales inevitables del peso de los atestados carromatos y los restos de fogatas. Mané era muy severo respecto a eso: si cuidaban el lugar no tendrían problemas para regresar en el futuro.

Christin revisó una vez más sus pertenencias para no olvidar nada, aunque lo cierto era que ni siquiera sabía lo que había metido en las bolsas. Durante todo el día había estado pendiente de que anocheciera. Él vendría, se repitió una vez más, notando que todo el cuerpo se le ponía rígido. Y debería besarle. Acaso dejar que sus grandes y morenas manos le tocaran los pechos. Se le endurecieron con sólo imaginarlo.

Ella no era boba. Había visto algunas veces a muchachas retozando con sus esposos o con los amantes esporádicos a los que vendían sus favores. Nunca, sin embargo, llegó a ver el acto sexual completo. Por pudor, se retiraba en cuanto la pareja en cuestión comenzaba a desnudarse. Pero se imaginaba lo que venía después. Cuerpo contra cuerpo, boca contra boca. Nadie la había instruido al respecto, su madre murió demasiado pronto para hacerlo, Mané era un hombre y en cuanto al resto de las mujeres de la caravana, daban por sentado que ella debía conocer para qué se unían mujer y hombre.

Realmente no lo sabía.

Podía imaginarlo, pero no lo sabía. Y le provocaba cierta vergüenza preguntar por ello. Además, su modo cínico de actuar y su osadía daban a entender que no necesitaba consejos de ese tipo.

Ahora lo lamentaba.

Lamentaba no estar preparada para lo que se le avecinaba y rogó para que la pócima hiciera efecto rápido.

—Aquí tienes.

Pegó un brinco, se giró y suspiró al ver a la mujer.

—Eres tú, Fátima.

—¿Quién pensabas que era?

—El hombre.

La otra frunció el ceño. Tendría unos cincuenta años pero muy bien conservados y aún resultaba atractiva en aquel cuerpo delgado y con un rostro sin arrugas. El cabello, completamente negro, la dotaba de una apariencia que enmascaraba su auténtica edad.

—Dijiste que querías dormirlo durante horas.

—Hasta que estemos lejos.

—Te he preparado la porción justa para un hombre de su tamaño y fortaleza. Echa la pócima en el vino y dáselo; dormirá como un bendito y no se enterará de si te ha poseído o no.

Christin ahogó una exclamación.

—¿Cómo sabes que...?

—No soy tonta. Pero sobre todo, soy ya vieja, niña. ¿Para qué diablos vas a querer una pócima si no quieres que se duerma... y tú sigas siendo virgen?

Chris tomó el frasquito y se dejó caer al suelo, doblando las piernas bajo su falda. Aquella noche vestía una falda blanca con volantes bordados y una blusa verde pálida muy escotada.

—Lo cierto es que estoy muy asustada —confesó.

La mujer asintió en silencio y se acomodó a su lado.

—Nunca has estado con un hombre. Es lógico que tengas miedo.

—Fátima, ¿qué debo hacer para mantenerlo a raya?

—Dudo mucho que puedas mantener a raya a un joven como ése, niña. Me pareció... ¿cómo lo diría?... muy hombre.

—¡Muy arrogante!

—También eso —convino—. No hay muchos hombres que lo sean con motivo, la mayor parte resultan unos idiotas engreídos, pero éste es distinto, Chris, estoy segura.

—Entonces, ¿qué hago? —preguntó con desesperación.

—Concédele algunos besos, siempre comienzan por ahí.

—Y luego...

—Es inevitable que te toquetee —la joven tragó saliva—, pero nadie se ha muerto por un buen sobo, pequeña. Vaya, no debes sofocarte, es lo natural. Los hombres y las mujeres se tocan. ¿Cómo piensas que viniste tú al mundo?

—Sigue, por favor.

Fátima iba de sorpresa en sorpresa. La orgullosa y decidida Christin escondía su timidez en su lengua, afilada como una buena navaja.

—Tócale tú a él.

—¡¿Yo?!

—No puedes permanecer como una estatua. Los hombres esperan de nosotras ardor.

—¡Yo no siento ningún ardor al pensar en lo que va a pasar!

—Disimula si es preciso. Un hombre de verdad no se conforma con satisfacer su cuerpo, sino que busca la satisfacción de la mujer. Si te muestras fría y distante lo frustrarás.

—¡Por mí como si le arrancan las pelo...!

—Vamos, vamos. Estás demasiado tensa. Déjale hacer a él, sabe muy bien lo que quiere. Además, apenas pruebe el vino comenzará a notar el sopor. Antes de que llegue a donde tú no deseas, estará dormido a tus pies. Sólo espero que no lo tome como una afrenta y decida seguirnos.

—¿Y cómo iba a saber adónde vamos?

—Diez carretas son fáciles de seguir, niña. Si quiere dar con nosotros, lo hará.

—Para cuando quiera buscar ayuda y evitar el ridículo, estaremos ya muy lejos.

—Frustrado, sí, pero ¿ridículo?

—¿Es que no va a estarlo un hombre desnudo en medio de un bosque?

La gitana estalló en carcajadas, palmeándose los muslos.

—¡Buena idea!

—Eso le retrasará, seguro.

—Seguro que sí —siguió riendo Fátima—. Pero también le cabreará. Le cabreará mucho, niña. Ser burlado así por una muchacha como tú va a dolerle, así que mejor si no te lo vuelves a encontrar nunca.

—¿Qué importa? No le veré más en toda mi vida.

Kemal soportó las bromas de Alex y Bob cuando se enteraron de que se había citado con la gitana y, sobre todo, le criticaron la cantidad que acordó pagar. Les dejó partiéndose de risa en el club y tomó el carruaje para llegarse a casa del duque de Mulberry, al que tenía que hacer entrega de un encargo.

Cuando entró en la mansión y pidió ver al duque le hicieron pasar a sus habitaciones personales.

—Salgo ya mismo, Kem —escuchó que le decía tras el tabique del baño. Casi de inmediato, la puerta se abrió y entró Nell con tan sólo una toalla alrededor de la cintura. Se alisó el revuelto y húmedo cabello con los dedos y le sonrió—. ¿Lo tienes?

Por toda respuesta, Kemal le tendió un sobre de buenas proporciones. El duque se lo quedó, lo rasgó y tomando asiento en un sofá comenzó a leer los documentos. Al cabo de unos instantes le miró.

—¡Demonios, Kem, siéntate, por favor! Perdona mi falta de tacto, pero estaba deseando tener esto en mi poder.

—No fue difícil conseguirlos.

—No para ti, diablo —rio Nell—. Yo llevaba dos meses tras ese pichón y no había modo de que confiara en mí. Ahora podemos respirar tranquilos. Ese traidor de Meddle acabará sus días en Newgate, si no lo ahorcan antes.

—¿De veras es una pieza como se dice ahí?

El duque frunció el ceño.

—¿Has leído estos papeles?

—¡No pensarás que se puede ser portador de algo sin saber de qué se trata!

—Entiendo —asintió el duque—. No importa, estás con nosotros desde hace mucho y probablemente estés al día de tantos secretos de Estado como yo mismo. —Dejó los documentos—. Disculpa un momento, me visto enseguida. —Se escabulló un instante en el cuarto contiguo y siguió hablando desde allí—: Jorge... o el Príncipe de Gales tendrá que agradecerte de nuevo estos servicios, Kem. —Regresó con la camisa en la mano y se paró frente a un espejo.

—¿Qué es eso? ¿Una herida?

Nell parpadeó y se volvió. El otro se refería a una señal en la base posterior de su cuello.

—Nada tan espectacular, mi sangriento amigo. —Se acercó un poco para que Kemal se fijara mejor—. Un trébol.

—¿Tatuaje?

—Marca de nacimiento. Es como un distintivo de los Highmore.

—Original.

—¿Verdad? —Acabó de vestirse, recogió los documentos y los guardó en el secreter al otro lado del cuarto—. ¿Te apetece alguna bebida? ¿Cenarás conmigo quizá?

—No es posible —repuso Kemal, levantándose—. Tengo una cita.

—Una mujer, claro.

—Claro.

—¿La conozco?

—Una muchacha del campamento.

—¿Una gitana? ¡No me digas que vas a llevarla a cenar a...!

—No. Quedé en verla en el bosque.

Nell sonrió y asintió.

—Ya. Espero que lo pases bien.

—Yo también lo espero.

—No te líes con ella, amigo. Conozco a esa gente.

—¿Lo dices por la mujer con la que...?

—Mi esposa —zanjó el duque—. No llegamos a casarnos pero ya estaba todo dispuesto. Shylla fue mi esposa en todos los sentidos. Lo es aún, si sigue viva, en algún lugar del mundo.

—Conozco la historia.

—Entonces no tengo que decirte que me abandonó, ¿verdad? Tampoco que me robó a mi hija.

Kemal asintió, asumiendo el dolor que encerraba aquella confesión.

—Pero aún la amas.

—La amaré hasta el día de mi muerte, sí, ésa es mi desgracia —musitó, con la mirada en el óleo sobre la chimenea y que mostraba el rostro que devolvía la mirada de una hermosa mujer morena con una creación verde oliva que realzaba su oscuro cabello. Otra copia idéntica colgaba sobre la chimenea de su despacho.

—Debió haber alguna razón de peso para que se fuera. No tiene sentido que abandonara el bienestar que le proporcionabas.

Nell se encogió de hombros.

—A pocas cosas he dedicado más tiempo en mi vida que a la búsqueda de una explicación razonable, pero ¿quién sabe cómo piensan las mujeres? Amigo mío, ¿quién sabe cómo piensa una gitana?

En ese momento la cabeza de un joven rubio, portador de una franca sonrisa, asomó por la puerta.

—¿Está visible, tío?

—¡Ah, Trevor! Pasa, muchacho.

Éste era cinco años más joven que Kem pero más espigado. Vestía una levita de color ámbar a juego con los ajustados pantalones, un chaleco de tono más oscuro y una impecable camisa blanca con corbatín. Al descubrir al conde su sonrisa se amplió aún más si cabe.

—Kem —se estrecharon las manos—, no sabía que estabas aquí. Hace tiempo que no nos vemos.

—Me mantengo ocupado.

—Ya veo. Tío, me preguntaba si ibas a salir esta noche.

—No pensaba. ¿Pasa algo?

—Me gustaría utilizar el carruaje y...

—¿Una cita quizás?

—Y preciosa, puedo jurarlo. ¿Te importaría?

Nell le palmeó el hombro.

—Lo mío es tuyo, ya lo sabes. Usa el carruaje si es tu deseo. ¿Necesitas algún dinero extra?

El muchacho enrojeció.

—No. Ya me das demasiado, tío. Aún me queda de mi mensualidad. Buenas noches, Kem. Espero que nos veamos un día de éstos. Buenas noches, tío. —Se fue alejando, pero se volvió de repente—. Por cierto, mamá quiere saber si puede verte un momento.

—¿Dónde está?

—En las cocinas, con la señora Johnson. Creo que discuten de nuevo sobre si carne o pescado para la cena —rio.

Para Highmore no era nuevo. Las disputas entre la cocinera y su cuñada se habían convertido ya en algo cotidiano.

—Acompáñame, Kem. No te importa bajar a las cocinas, ¿verdad?

—Si tu cocinera me deja probar un trozo de ese pastel que sirvió la última vez que cenamos aquí, te acompaño al infierno.

—De buena gana te regalaría el pastel completo. No sé qué has dado a esa vieja gruñona, pero te adora.

—Con vuestro permiso, me marcho —dijo Trevor—. Un placer verte, Desmond.

Trevor les dedicó una sonrisa y bajó por delante de ellos las escaleras. Nell acabó suspirando y dijo:

—No sé lo que hubiese hecho sin él y Lenora. Gracias a los cuidados de mi cuñada he podido seguir viviendo después de lo de Shylla, y él es todo lo que un hombre podría desear de un hijo.

—Tu cuñada te mima demasiado.

—Lo hace, cierto. Y yo trato de corresponder a su cariño. Lenora es aún hermosa. Podría haber buscado un hombre cuando enviudó de mi hermano Thomas y, sin embargo, ha dedicado su vida a cuidarme y a cuidar de su hijo. Le debo mucho. Trevor es ahora mi único heredero, es lo menos que puedo hacer. Y no es un joven alocado, ya lo conoces. Nunca pide nada. Hoy ha sido una excepción —alzó una ceja—, esa muchacha debe haberlo fascinado. Aunque haya que limpiar un poco el interior del coche.

Kemal asintió y rio la picardía.

En las dependencias de las cocinas, tal y como Trevor anticipó, se estaba librando una batalla. La buena de la señora Johnson blandía una espumadera en su mano derecha como si estuviera a punto de agredir. Por su parte, la siempre estirada pero amable Lenora Highmore, la enfrentaba con las manos en las caderas y el rostro acalorado. Kem había visto a la cuñada del duque en sólo tres ocasiones, pero siempre le pareció una dama muy ajustada a aquel lugar. Ahora se le mostraba en una actitud cotidiana, mucho más humana. Hubiera reído con ganas a no ser por los seis sirvientes de las cocinas, arracimados al fondo de la habitación y en completo silencio.

—Lenora, Trevor me dice que querías verme —dijo el duque.

De inmediato, las dos mujeres se abalanzaron sobre él, hablando al mismo tiempo, cada una con su explicación.

—Milord, es imposible trabajar aquí con su cuñada maniobrando en mi cocina.

—Nell, creo que es hora de buscar otra cocinera —argumentó Lenora.

—¿Y dónde va a encontrar otra tan buena como yo, milady? —La rubicunda señora Johnson se sabía competente y se valía de ello—. Dudo que encuentre quien soporte sus intromisiones.

—Es usted la mujer más...

—¡Haya paz, por favor! —intervino Nell, tratando de contenerse—. ¿Qué problema tenemos ahora?

—Oh, milord, su cuñada pretende que cocine pescado al horno para cenar. ¡Y yo ya había preparado una carne mechada! Esa que le gusta tanto...

—Estoy harta de que usted decida lo que se debe o no comer en esta casa, señora Johnson —interrumpió Lenora.

Nell dejó, con muy buen criterio, que las dos mujeres se enzarzaran un poco más. Luego levantó su mano derecha ordenando silencio y murmuró:

—Me apetecen huevos, señoras. Un par de hermosos huevos pasados por agua. Y fruta. —Enmudecieron ambas y entre los sirvientes se escapó alguna sonrisa maliciosa—. Así que, señora Johnson, puede dejar para mañana la carne, seguro que seguirá deliciosa. Y cenaremos pescado al horno por la noche. ¿Estamos de acuerdo?

Las dos afirmaron con la cabeza. Lenora, abochornada al percatarse de la visita. Cuando salieron de las cocinas, se atusó el rubio cabello y acompañó a los dos caballeros hasta la salida.

—Siento que haya sido testigo de la disputa, lord Desmond —dijo con una sonrisa deliciosa—. A veces esa mujer me saca de mis casillas.

—¿Por qué no se busca otra cocinera?

—¿Y dejar que algún papanatas presuma luego de tener las mejores manos en su cocina? —Pareció asustada—. Oh, no, milord, no estoy dispuesta a eso. Ella es muy buena. Además —sonrió encantadoramente—, estimo a esa foca.

Kem, divertido de veras, se despidió de ambos y regresó a Desmond House. Pidió que le ensillasen un caballo y subió a cambiarse. Se prometía una larga noche de placer; por lo que iba a pagar bien la merecía.

5

Anochecía ya cuando puso el animal al trote y se alejó en dirección al campamento gitano.

Cuando llegó, el completo orden de las carretas, situadas ya en fila india, le confundió. Los gitanos iban y venían como si estuvieran a punto de partir. Paró a un jovencito que cargaba con cestas de mimbre.

—¿Dónde está la muchacha morena?

El niño le miró como si fuese idiota.

—Salvo Hilde, todas las mujeres de este campamento son morenas.

—Ésta tiene los ojos verdes.

—Christin.

—¿Así se llama?

—Sí —sonrió el muchacho—, si estáis buscando a la muchacha más hermosa de la Tierra y que baila como los ángeles.

—Ésa es, sin duda —asintió Kemal.

El chico señaló con la barbilla hacia la primera carreta. Kemal le dio un par de monedas por la información y el mocoso las mordió para comprobar su autenticidad. Luego, con paso rápido, se acercó a la carreta señalada. Casi chocó con la muchacha cuando la rodeó, porque ella venía del otro lado.

—Buenas noches —saludó.

Chris se quedó sin habla al mirarlo. La primera vez que le vio él lucía un traje de corte perfecto que le sentaba muy bien, pero aquella noche parecía un corsario. Le cubría un pantalón ajustado a sus musculosas piernas, una camisa abullonada y suelta y unas altas botas de montar. La chaqueta colgaba de un dedo, sobre su hombro. Todo negro. Como su cabello. Seguramente como su alma ¡condenado fuese!, pensó. Pero sin lugar a dudas resultaba avasallador.

—¿Dónde ha dejado su imagen de caballero? —fue todo cuanto se le ocurrió preguntar.

—Pensé que sería absurdo estropear una buena ropa retozando en el suelo del bosque. ¿O piensas llevarme a la carreta?

—En la carreta están Mané y Víctor —atajó ella, sonrojándose.

—¿Quién demonios es Víctor?

La pregunta fue demasiado directa y ella lo notó. A su vez, Kemal se llamó imbécil a sí mismo. Si ella no entendió su rebuzno, él aún menos. ¿Qué demonios le importaba a él quién era Víctor?

—El hijo de Mané —dijo ella.

—¿Algo tuyo?

—Casi mi hermano. —Y no mentía. Para ella Víctor era más un hermano que otra cosa, a fin de cuentas se habían criado juntos. Sabía lo que el joven sentía por ella, pero no le correspondía.

A Kemal pareció satisfacerle la explicación.

—Vamos —dijo, en tono brusco, tomándola del brazo.

Sin oponer resistencia, Christin se dejó llevar hacia la arboleda, alejándose de la caravana. La poderosa personalidad de aquel hombre la trastornaba. Pero no tanto como para olvidar la droga.

—Aguarda. —Se soltó de él.

Kemal frunció el ceño. Desde que la viera de nuevo su cuerpo vibraba de deseo, sólo pensaba en tenerla.

—Si te atreves a decirme que sigues indispuesta, te mato.

Chris se fijó en él y captó su expresión dolorida.

—Voy a por vino.

—No tardes.

Recogiéndose el ruedo de las faldas, ella echó a correr hacia la carreta. Kemal aguardó, impaciente, preguntándose qué le estaba pasando. Hasta entonces, jamás se había mostrado posesivo hacia ninguna mujer, pero con aquella zorra de cabello de ébano y ojos verdes era distinto. Hubiese deseado tenerla encerrada en una jaula para evitar que otro hombre la mirara. Se llamó estúpido de nuevo y pensó que estaba saliendo a la superficie su parte de sangre otomana.

Christin regresó con una botella de vino y algo envuelto en un trapo blanco.

—¿Y eso?

—Un poco de queso y pan. No he cenado porque hubimos de recoger el campamento.

—Ya he visto que partís.

—Esta noche, sí.

Kemal alzó una ceja y matizó:

—Deberá ser por la mañana. —La enlazó del talle y

la pegó a su cuerpo, a su entrepierna excitada. Chris se quedó sin habla—. Estoy demasiado caliente y voy a pagar más que de sobra por un simple revolcón contigo, muchacha. Me temo que te tendré ocupada toda la noche.

Ella cerró los ojos para reponerse tratando de mostrarse como una mujer habituada a aquel tipo de encuentros.

—Ciertamente, mi señor, vas a pagar un buen precio.

Kemal estaba ansioso, de modo que cortó la conversación y tomó la mano de ella dirigiéndose hacia el bosque. Apenas se perdieron de vista Kemal volvió a enlazarla y la besó. ¡Sabía tan bien la condenada! Era como haber encontrado a un duende de los cuentos infantiles, que podía desaparecer al momento siguiente. Su lengua obligó a la muchacha a abrir la boca y él se introdujo en ella como un ladrón, robándole la razón y la cordura. Christin nunca había besado de aquel modo a nadie y el ataque la encontró sin fuerzas para oponérsele. Cuando él despegó sus labios, ella respiraba con dificultad y una película de deseo nublaba sus ojos, en tanto las manos de Kemal acariciaban sus pechos. Entonces se envaró, apartándole con delicadeza.

—Comamos un poco primero, milord.

Kemal asintió con desgana. Maldito si le apetecía en esos momentos comer otra cosa que no fuese el cuerpo esbelto y cimbreante de aquella beldad morena. Pero aceptó. Extendió su chaqueta bajo las frondosas ramas de un abeto, a orillas del río, invitando a la muchacha a acomodarse con un gesto sarcástico.

Christin se sentó, sus piernas dobladas bajo el ruedo amplio de la falda, y desenvolvió el queso y el pan, ofreciendo un bocado al visitante. Kem probó un trozo de queso, que encontró delicioso al paladar, aunque desestimó el pan que ella le obsequiaba. Cuando la joven le acercó el vino, le dio un buen trago directamente de la botella. El rojo líquido bajó por su gaznate añadiéndole un plus de descaro a su estado de ánimo.

Ella le miraba con mucho interés.

—¿Te gusta?

—Es bueno.

—Lo hacemos nosotros mismos —aclaró la muchacha, ofreciéndole de nuevo la botella que él aplicó a la boca en otro largo trago.

Bajando los ojos, como si su presencia la ruborizase, masticó con lentitud un trozo de queso. A pesar de ser fresco y suave, a Christin le supo a hiel. Tenía todos los nervios de punta y un deseo latente en el vientre que sus besos habían acuciado. Debía quitarse a aquel hombre de encima cuanto antes, porque adivinaba que llevaba con él el peligro.

Le ofreció otro pedazo de queso que él, sin dejar de mirarla a los ojos, rechazó.

Y al instante siguiente, no había ni comida ni vino y Christin se encontró tumbada sobre la chaqueta y aprisionada por el cuerpo de Kemal.

—Espera...

—No puedo —respondió él—. No quiero, bello duende.

Kemal volvió a besarla, aquella vez más posesivamente, más profundamente, subyugándola con la caricia, poseyéndola con la lengua, haciéndola abandonarse y ceñirse más a su musculoso cuerpo. Ella quería echar mano de toda su astucia porque la seducción le envolvía, pero carecía de experiencia. Pretendía no darle a entender, no fuera a ser que él pensara que se estaba burlando, de modo que se implicó y aprisionó su rugosa lengua del mismo modo que él succionaba la suya, al tiempo que el alma se la escapaba en el beso. Le escuchó gemir dentro de su boca y por un momento se sintió importante, única, dueña de aquel adonis.

Christin notó un tironcito de su blusa y no pudo remediar que él la volteara y en dos segundos se la sacase por encima de la cabeza. A continuación la emprendió con la falda con el mismo resultado. Frente a él, cubierta sólo con la ligera camisa interior, transparente, se ruborizó y escondió la cabeza en el hombro masculino. Su corazón le latía a ritmo loco, saltaba en su pecho como un cabritillo. El de él, potente y fuerte, alentado por su estado de excitación.

Kemal la tendió de nuevo sobre la chaqueta, se desprendió de su camisola y se sentó sobre sus talones.

Ya era noche cerrada, pero el reflejo de la luna llena iluminaba suficientemente el lugar, como un altar en el que oficiaba la belleza de aquel cuerpo desnudo y menudo. Se empapó de aquel destello que le secaba la garganta y le traía vahídos de lujuria. Le pareció, sin embargo, que por un instante se le iba la cabeza.

Christin adivinó que la pócima mezclada en el vino comenzaba a hacer efecto y se encontró en una batalla que libraba con ella misma: por un lado, deseaba que él se quedara cuanto antes dormido profundamente, y por otro rezaba para que no surgiera efecto y acabara el encantamiento que le estaba haciendo vivir.

Kemal achacó el mareo al hechizo de aquella bruja.

Adelantó las manos y comenzó a acariciarle los pies, ascendió por los tobillos, por las largas y bien torneadas piernas.

Christin se dejó llevar sin poder remediarlo. Sus manos transmitían calor y una sensación placentera anidó en su vientre.

—¿Tienes frío? —preguntó él cuando sus manos rozaban ya el triángulo entre las piernas y ella se ahogaba en un mar desconocido.

No pudo articular palabra y negó con la cabeza.

Kemal se arrancó la camisa con habilidad y la hizo a un lado. La mirada brillante de aquellos ojos de gata, verdes como gemas, le hizo sacar pecho. Sabía cuándo gustaba a una mujer y no le cupo duda de que aquella zorrita le deseaba. Con una sonrisa, se incorporó y comenzó a desnudarse de verdad: primero las altas botas de montar y luego los pantalones y los calzoncillos.

Entonces Christin sí que se ahogó de veras.

Había visto alguna vez bañarse a los hombres de su campamento, pero se alejaba cuando ellos comenzaban a quitarse las prendas íntimas, así que nunca llegó a verles completamente desnudos. Sólo una vez, de lejos, entre los arbustos, ella y otras cuatro muchachas, mordiéndose los puños y entre risitas, habían estado observando a varios jóvenes juguetear en la corriente de un río. Pero frente a ella se alzaba un imán que atrapaba su mirada. El apéndice que se erguía orgulloso entre las piernas de aquel hombre, rodeado de una mata de vello negro y era... era... Sin quererlo, se mojó los labios con la lengua y eso fue un acicate para la erección de Kemal que se arrodilló a su lado, se inclinó y la besó en el ombligo. Ella brincó en el suelo y le agarró del cabello para apartarlo. Su boca quemaba como ascuas sobre la piel.

Los ojos masculinos, fundidos por la luna, la recorrieron desde el cabello a la punta de los pies. Ella agradeció la oscuridad que escondía el rubor de sus mejillas. Estaba sudando. Y estaba helada. Se sentía tan vulnerable y tan frágil que tenía ganas de gritar. ¡Quería que alguien la rescatara!

Kemal se tendió a su lado, apoyado sobre un codo, y sonrió como un demonio.

—Eres preciosa, duende.

—¿Lo crees? —balbuceó ella.

—Ésta entiende mucho —bromeó Kemal señalando con la barbilla su masculinidad.

Christin cerró los ojos. No quería ver lo que pasaba. Le costaba soportar aquella mirada plateada y ardiente y la visión de sus cuerpos desnudos. ¡Dios! No había nada en aquel hombre que pudiera criticar. Sus músculos eran poderosos, anchos sus hombros, su vientre liso y las piernas mármoles sobre los que se asentaba su masculinidad exuberante. Luchó contra su deseo y fugazmente pensó que mejor si fuera jorobado. Se sintió más vulnerable aún y sobrevoló la acción de la pócima de Fátima: que hiciera efecto de una maldita vez.

La mano de Kemal se posó sobre su vientre, que se tensó trayéndola a la realidad. Él se regocijaba en su pudor y le dijo:

—Pareces una paloma a la que nadie hubiera desplumado todavía. Me han dicho que te llamas Christin.

—Christin, sí —musitó ella, paralizada en ese momento que le parecía sublime, absorta en los círculos que trazaban sus dedos sobre su vientre.

—Un nombre precioso.

—¿Y tú?

—Kem. —Utilizó el diminutivo.

—Kem —repitió ella, y el nombre le supo a mieles.

—Ajá.

—Es curioso.

—¿Qué es lo curioso? —preguntó el conde de Desmond.

Christin sintió que el sonrojo le llegaba hasta la punta de los pies y ladeó la cabeza para mirar la corriente en la oscura curva del río. El zumbido en sus oídos de sus propios latidos no le permitía escuchar el canto del agua al fluir. Por descontado, no contestó a la pregunta. ¿Qué demonios iba a decirle? Había oído alguna vez que ciertos hombres poseían un miembro viril que impresionaba a una virgen. Ella carecía de experiencia, pero estaba segura de que esa afirmación era cierta después de verlo a él. Pero Kemal insistió, intrigado por el comentario.

—¿Qué es lo curioso, duende?

Christin suspiró, se armó de valor y le miró a la cara. ¡Dios! Qué hermoso era, el muy maldito. Tenía unas pestañas por las que cualquier mujer hubiese dado una mano, espesas y oscuras. Su boca no era una línea delgada y fría sino un relieve de labios ligeramente ondulados y gruesos, y sus dientes, perfectos y blancos, destacaban en la oscuridad.

—Quiero decir que eres grande —balbució en un recelo involuntario a la vista de sus genitales.

Él la miró con incredulidad y descubrió el sonrojo en sus mejillas. Entonces comprendió y se echó a reír.

—Imagino que no te asustará —bromeó—. No eres una virgen.

La afirmación la hizo revelarse porque la colocaba algo así como al nivel de una prostituta. Se incorporó sobre un codo y le retó, con el furor acompañando sus palabras.

—¿Temor? —Rio entre dientes, aunque lo que quería era llorar—. Tu orgullo es digno de admirar, mi señor. He visto cosas más grandes —mintió.

—¿De veras? —bromeó él—. Entonces, supongo que podemos saltarnos los prolegómenos, cariño.

El cuerpo de Kemal cubrió el de la muchacha y su rodilla hizo hueco para que abriera las piernas. Christin se mordió los labios. Ahora ya no servía alardear y el órgano enhiesto se apoyaba con descaro entre sus piernas. Quiso gritar. Pero tampoco hubiera podido porque la boca de él se apoderó de nuevo de la suya en un beso que devastó sus ya menguadas defensas.

En realidad, no sabía lo que debía hacer con un hombre. No tenía idea. Supuso que debía ser parecido a lo que le contaban otras muchachas cuando se escapaban de la caravana y se alejaban con sus enamorados hacia el bosque. ¡O lo que hacían los animales! Alzó los brazos y le acarició la espalda. Un escalofrío de placer se extendió por sus dedos que recorrían la fortaleza de sus músculos, la delicada y deliciosa textura de su piel, como terciopelo. Y sobre todo, el calor. El calor que despedía aquel cuerpo hermosamente viril afincado entre sus piernas. Por instinto, envolvió las caderas de Kemal entre sus piernas y devolvió los besos con la misma intensidad que los recibía.

Kemal gruñó y metió la mano entre los dos cuerpos

enlazados para coronar la cima femenina más delicada. Encontró los pliegues de Christin, palpitantes y suaves y se ungió de humedad como de una bendición. Sus dedos juguetearon con aquella carne tibia y se detuvieron un instante en el botón endurecido que emergía sobre el vello púbico. Ella reaccionó con un gemido y arqueando el cuerpo contra su mano. Era el momento adecuado, el instante ansiado para entrar en el cuerpo de ella, para sentirse tragado por su femineidad.

Súbitamente le atacó un mareo repentino y se quedó estático sobre el cuerpo de la joven.

Ella percibió su alejamiento y maldijo a Fátima que la apartaba de un cielo que ya tocaba.

Kemal quiso sobreponerse e intentó de nuevo consumirse en ella. Pero no lo consiguió. Un segundo después, caía hacia un lado y yacía desplomado.

Christin permaneció un largo minuto quieta, medio soportando el peso del hombre. Un minuto que le estaba consumiendo los vapores de la excitación que la abandonaba sin remedio. Metió los brazos entre ambos y le empujó con todas sus fuerzas. El cuerpo inerte de Kemal quedó tendido sobre el suelo y ella se incorporó de un salto.

—Vístete.

La voz, a sus espaldas, sonó como un trueno. Gritó. De frustración y rabia. Se tranquilizó al ver a Mané, tendiéndole sus ropas. Las cogió y comenzó a ponérselas con rapidez, sin vergüenza alguna. Frente a él la desnudez no era sino un percance. La había criado desde que su madre murió, le había cambiado los pañales y bañado. Y además, no era momento para sutilezas. Una vez vestida echó un vistazo al cuerpo caído y se descompuso por haberle jugado aquella mala pasada.

—¿Estás aquí desde hace rato? —preguntó a Mané, sin mirarlo.

—Desde hace un rato, sí. Veo que la pócima de Fátima ha funcionado.

—Lo hizo en el momento justo, gracias a Dios. —Tembló.

—Estamos dispuestos a partir, niña.

Christin reaccionó. Volvió a ser la muchacha díscola y atrevida de siempre y su cabeza comenzó a funcionar con normalidad. Se agachó y recogió la chaqueta de Kemal y la palpó. Encontró la bolsa del dinero, la abrió y volcó el contenido sobre las manos de Mané. Allí había más de doscientas libras y le asaltó el deseo de quedarse con todo, sin embargo, tomó el dinero acordado y lo guardó en el bolsillo del chaleco del gitano. Devolvió el resto a su lugar.

—Vámonos ya —dijo el anciano.

—Aguarda un momento.

—¿No cogerá una pulmonía? —preguntó Mané.

—No lo creo. La noche no es tan fría. —Comenzó a amontonar la ropa de él, chaqueta, pantalones, calzoncillos, botas. Hizo un lío con todo ello y luego, ascendiendo al árbol como un gato, lo depositó sobre una rama alta, bien escondido. Bajó con celeridad y dijo—: No la encontrará.

—¿Por qué la escondes?

—Es un hombre fuerte —repuso, indicando con un gesto el cuerpo inconsciente de Kemal. El suyo, a su pesar, se reavivó con la contemplación de su hermosa desnudez—. Puede que la pócima no tenga un efecto tan prolongado como nos gustaría y no queremos tenerlo a nuestras espaldas antes de desaparecer, ¿no?

—Creo que cogerá una pulmonía —insistió el gitano.

—¡Y a nosotros qué nos importa! No es más que un estúpido engreído.

—Este joven es el conde de Desmond. He indagado por ahí, por si tenía que rajarle el cuello después.

Christin preguntó:

—¿Por qué ibas a tener que rajarle el cuello?

—Algunos de estos señoritos gozan haciendo daño a las mujeres. Cuando decidiste aprovecharte de este joven, no sabía nada de él. Podía resultar un sádico —razonó el gitano—. Si te hubiese puesto una mano encima, lo hubiese lamentado.

—¿Hubieses sido capaz de matarle?

—Aquí mismo. Aunque luego rezaría una oración sobre su tumba, como sobre la de cualquiera, aunque sea un indeseable. Por eso me preocupé de saber algo de él. Y te digo que es el conde de Desmond. Al parecer, muy rico.

—Pues nada dijo sobre ello.

—Bueno, tanto da que fuese un pordiosero. Vámonos.

—Espera. Aún me falta algo.

Se agachó hacia el cuerpo de Kemal y le sacó el anillo que lucía en el dedo meñique. Era una sortija hermosísima y el reflejo de la luna provocó un destello en verde sobre la gema. Se la colocó en el dedo corazón y se la mostró a Mané.

—¿No es preciosa?

—Se enfadará cuando despierte.

—Es la otra parte del precio.

—Del precio por acostarse contigo, niña. No por ser burlado.

Ella se encogió de hombros.

—No echará de menos ni la sortija ni las doscientas libras. Si es realmente rico como dices poco va a herirle nuestro pequeño hurto.

Se alejaron deprisa y la caravana desapareció del claro minutos después.

6

Cuatro horas después Kemal se despertó y se encontró solo y desnudo en el bosque. Por descontado, no le hirió el amaño de que fue objeto.

Pero sí hirió su orgullo.

Cuando asumió su situación se levantó de un salto, barruntando como un toro enfurecido. Aquella zorra no sólo se había atrevido a drogarle antes de... —Dudó un momento—. ¿Realmente había acabado por poseer a la muchacha? No recordaba una mierda de lo que había pasado, pero acabó por convencerse de que no le había hecho el amor y eso le enfureció aún más.

Después de dar cien vueltas al lugar no vio ni rastro de sus ropas y se dejó caer junto a la orilla del río. Elevó la vista al cielo y una miríada de estrellas titilantes se burló de él. Trató de pensar con calma. ¿Qué iba a hacer? Estaba completamente desnudo en medio del campo y no veía modo de remediar su condición. Su caballo pastaba a unos cien metros, pero maldito si servía para algo ahora una montura. ¡No podía aparecer en medio de Londres en pelotas, por Dios!

Mataría a aquella perra en cuanto le echase de nuevo la vista encima, se juró. No se había conformado con robarle la bolsa de dinero, el anillo, la ropa y sus costosas botas, sino que lo humillaba en el ridículo.

La cabeza comenzó a dolerle y el aire frío del amanecer y la humedad del río le hicieron tiritar.

¿Cómo demonios habría conseguido...? Casi a mano reposaba la botella. Quizá quedaría un poco de vino y tal vez algo de queso y pan. Se envaró de pronto. ¡La botella! ¡Eso era! Se estiró y la alcanzó llevándosela a la nariz. Captó un aroma agrio en el que antes no había reparado. ¡Drogado, como un pollino! ¡Aquella puta gitana le había drogado para robarle y burlarse de él! ¡Le retorcería aquel bonito cuello que tenía, lo juró por Alá!

Mientras digería su humillación escuchó silbar una melodía y se levantó de golpe, como lo hiciera un felino. Sus grises ojos otearon las proximidades y acabó por descubrir, entre las sombras, a alguien que parecía montar un burro. Allí estaba su salvación. Corrió hacia el camino que serpenteaba entre el follaje hasta darle alcance.

El pobre viajero sufrió un susto mayúsculo cuando ante él, cortando el paso del camino, apareció un ser alto y poderoso tan desnudo como le había traído su madre al mundo. El sujeto tiró de las riendas y el burro frenó en seco. De inmediato echó mano a las alforjas donde probablemente escondía alguna arma.

Kemal no le dio tiempo. Saltó hacia él y le apeó del animal sin contemplaciones.

—¡No me haga daño! —gritó el hombrecillo.

Kemal le zarandeó para calmarlo, con ánimo de asestarle un sopapo, aunque entendía que su aparición y ataque, ahí, en medio del bosque y en cuero vivo, era como para asustar a cualquiera.

—No voy a hacerle nada, buen hombre. —Trató de que la voz le saliera calma—. He sido víctima de un robo y necesito ayuda.

El campesino recuperó la compostura poco a poco y le miró de arriba abajo. Kemal se sintió absolutamente ridículo expuesto al desnudo ante un desconocido, pero no hizo intento de cubrirse, eso hubiera resultado aún más denigrante.

—¿Quién es usted? —preguntó el viajero, sin tenerlas aún todas consigo.

—Mi nombre es lo de menos —dijo Kemal. Sólo faltaba dar tres cuartos al pregonero. Todo Londres se mearía de risa si aquello llegaba a conocimiento público—. Lo que realmente importa es lo que usted puede ganar si hace lo que le digo.

—¡No pretenderá que le entregue mi ropa!

Kemal echó un vistazo al hombrecillo. Apenas medía un metro sesenta y era delgado como un junco. No hubiera podido ponerse su ropa ni aunque le fuese la vida en ello.

—Puede quedarse con su ropa, buen hombre. Sólo debe ir donde yo le diga y entregar un mensaje.

El campesino le miró con reticencia.

—¿Qué ganaré a cambio? Debo estar en York dentro de dos días.

—Cincuenta libras.

—¡Por esa cantidad me quedo yo en cueros y le regalo el burro!

—Sólo le pido que vaya a hacer mi encargo.

—Está bien. Dígame qué debo hacer.

Kemal le indicó la dirección de su amigo Alex y lo que debía de comunicarle. El hombre asintió y volvió a montar en su burro. Desde esta posición podía mirar a Kemal de frente, sin tener que alzar la cabeza. Pensó un momento y chascó la lengua.

—¿No me daría algo a cuenta, milord?

—¡Qué coño quiere que le entregue ahora, hombre de Dios! —explotó el conde—. ¿Es que no ve que estoy sin nada?

El campesino esbozó una leve sonrisa que a Kem le sacó de quicio.

—¿El caballo es suyo? —Señaló al semental.

—Será suyo junto a las cincuenta libras cuando vuelva con la ayuda.

—El caballo me lo llevo ahora como prenda, pero se lo devolveré si me está contando la verdad y me paga. Regresaré lo antes posible. —Tomó una raída manta de sus alforjas, se la tiró y él la cogió al vuelo—. Cúbrase, caballero, aquí hace frío.

Kemal le vio agarrar las riendas de su montura y luego alejarse con una lentitud que le exasperaba. ¿Cuánto tiempo pasaría hasta que aquel condenado burro llegase a casa de Alex? ¿Cuánto hasta que le pasara el recado y volvieran a buscarlo? Maldijo sin fin a la muchacha gitana y regresó a la orilla del río. Estornudó y gritó a la noche de pura frustración. Iba a pillar una bonita pulmonía gracias a aquella zorra. Envolviéndose lo mejor que pudo en la áspera manta, se recostó contra la corteza de un árbol.

—Alex, ven pronto —rogó en voz baja.

Para su desgracia, apenas cerrar los ojos, vio mentalmente otras límpidas, grandes, gemas esmeraldas; un rostro ovalado y perfecto de labios gruesos y jugosos enmarcado por una cabellera de ébano, rizada y sedosa. Y un cuerpo que no se lo sacaba de la cabeza.

No. No le importaba un ardite que se hubiera quedado con todo su dinero y con sus ropas. Y con su sortija. A fin de cuentas iba a regalársela a aquella pécora. Lo que más le dolía era no haber gozado el cuerpo de la muchacha cuando ya estaba a punto de... Pensando en ello una erección indecorosa y repentina le atormentó...

Cuando el campesino llegó, a eso de las seis de la madrugada, a casa de Warley, el mayordomo, medio adormilado lo recibió con cajas destempladas, le costó entender que tenía algo importante que decir al dueño de la mansión. Y sólo a él. Al describir al sujeto que le enviaba al mayordomo se le hizo la luz, le dejó entrar, le hizo esperar allí mismo y corrió a avisar a su amo. Muy poco después un hombre alto y rubio se dirigía a él anudándose el cinturón de una bata que debía costar una fortuna.

Aquel hombrecillo explicó en pocas palabras lo que le había sucedido. Alex se le quedó mirando como si no le creyese, atontado aún por la noche de juerga que él y Bob se habían corrido. Al fin pareció comprender. A voces, despertó no sólo a Swanson —que se había quedado a pasar la noche en la casa—, sino al resto de la servidumbre. Apenas media hora después se ponían en camino. Al ver el burro en la puerta de su casa, a Alex le entró la risa. Hubieron de convencer al campesino para que dejase el burro y el caballo de Kemal en las caballerizas y les acompañara en un carruaje de regreso al bosque. Sólo lo consiguieron prometiéndole diez libras adicionales por la pérdida de tiempo al volver a recogerlo.

Llegar hasta Kemal les llevó casi otra hora, de modo que, para cuando encontraron a su amigo, el sol calentaba ya los huesos helados del conde de Desmond.

Kemal les hubiera estrangulado cuando todo lo que le entregaron fue una bata de terciopelo roja.

—Fue lo primero que pillé —se disculpó Alex.

Kemal sabía que no. Aquellos guasones querían seguir la broma, pero se mordió la lengua y, con aquella estúpida facha, montó en el carruaje —que guiaba Bob— y regresaron a Londres. El campesino cobró sus sesenta libras, tomó su burro y partió hacia su destino, más contento que unas pascuas. Había perdido varias horas pero el dinero le vino como el maná de un cuento.

Tomaron café recién hecho pero el ceño de Kemal no mejoraba.

El condenado de Bob no paraba de reírse.

Y Alex hacía esfuerzos malabares para mantenerse serio, sin conseguirlo.

—Si seguís así, vais a saber lo que es la mala leche de un turco —amenazó Kemal.

—Vamos, hombre, pero si es una experiencia única —dijo Bob—. ¿A cuántos como tú crees que han dejado en pelotas en medio del bosque? —Se tronchaba, dándose palmadas en los muslos. Por su parte, Alex Warley había dejado caer la cabeza sobre la mesa y daba puñetazos sobre el mantel, ahogándose de risa.

Kemal suspiró hondo y se incorporó. Estaba ya correctamente vestido, aunque la ropa era de Alex. Aquellos dos idiotas eran imposibles, pero les quería y era incapaz de estar enfadado con ellos mucho tiempo. Se acercó a mirar por la ventana y apoyó las manos en el alféizar. Fuera, el cielo se había encapotado y amenazaba tormenta, y él identificó su humor con el temporal que se avecinaba.

—¿Vamos a Sweet Pearl esta noche? —preguntó Bob.

Alex se encogió de hombros limpiándose las lágrimas con un pañuelo. Sweet Pearl era un local recién abierto en el que hermosas muchachas hacían agradable las veladas a los varones. La dueña, una mujer atractiva, cortesana en sus años jóvenes, estaba segura de que el local tenía futuro. Desde que lo inaugurara, acudía la flor y nata de Londres.

—Lo digo por Kem —siguió el conde de West—. Si esa gitana le dejó empalmado como a un caballo, tendrá que desquitarse.

Volvieron a estallar en carcajadas, pero aquella vez, en vez de dejarse caer sobre la mesa, Warley se echó hacia atrás y el movimiento repentino de la silla hizo que diera con sus huesos en el suelo, lo que provocó que Kemal coreara las risotadas de Bob ante su colega despatarrado sobre la alfombra. Se acercó, le tendió la mano y le ayudó a levantarse.

—Gracias.

—Debería darte un puñetazo.

—Vamos, chico, deja ya de fruncir el ceño. No ha pasado nada que debamos lamentar, ¿verdad? Te han robado y se han burlado de ti. Bien. ¿Y qué? ¿Acaso no se burlan de los hombres todas las mujeres?

—Eso es cierto —dijo Bob.

—A ésta le van a quedar pocas ganas de reír cuando la encuentre —sentenció Kemal.

7

Cardiff. Dos semanas después

La ciudad, surgida alrededor de la noble construcción de un castillo de origen normando, entre 1100 y 1200, era típicamente galesa. Situada en la orilla septentrional del canal de Bristol, la besaban las desembocaduras del Taff y del Rhymney, en el estuario de Severn, y contrastaba con la aglomerada ciudad de Londres por su tranquilidad.

Los gitanos ya conocían la ciudad, de modo que tardaron poco tiempo en instalarse en las afueras y montar su campamento, después de pedir permiso al dueño de las tierras y pagar el tributo que se les exigía.

Mané sabía lo que demandaba una ciudad dedicada casi al completo a la extracción del carbón, y las mujeres de la caravana se pusieron de inmediato a confeccionar pañoletas de colores y brocados para los bajos de las faldas y los escotes. Allí siempre conseguían buenos ingresos porque, si bien era cierto que los mineros ganaban poco, también lo era que sus esposas, hermanas, hijas y novias deseaban lucir bonitas los días festivos. Casi en todas las viviendas había uno o más de sus componentes trabajando en la minería —incluidos niños de siete y ocho años y las mujeres—. Quedaba pues poco tiempo para dedicarlo a bordados. Y ellas cubrían ese vacío con muy buenos resultados.

Y así fue los primeros días. Hasta que una de las gitanas llegó al campamento sollozando. Se arracimaron en torno a ella que explicó el modo lastimoso en que había sido asaltada por dos jóvenes. Víctor estaba decidido a ir a la ciudad y arreglar el asunto por la vía rápida, pero Christin, haciéndose oír entre la protesta general, expuso una forma sutil de venganza, de recuperar lo que les pertenecía y, lo que era más importante, sin enfrentarse con la Ley. De todos era sabido que los alguaciles siempre se volcaban más hacia los habitantes del lugar que a sus posibles denunciantes. Mané la apoyó. Localizarían a los ladrones, recuperarían lo robado y regresarían al campamento como si nada supieran del asunto.

Varios hombres se ofrecieron. Christin se negó en redondo a que ninguno se expusiera. Sólo ella se enfrentaría al hecho de aligerar los bolsillos a los culpables y asumiría el riesgo. Además, iría disfrazada. Y un muchacho de pocos años acompañado de un niño pequeño no levantaría sospechas.

Aquella misma noche, la mujer burlada les guio a ella y al chiquillo elegido hasta la ciudad y tras deambular durante horas aquí y allá, dieron con sus víctimas en una taberna, a poca distancia del puerto en que la asaltaron.

—Regresa al campamento.

—¿No puedo quedarme? —preguntó la otra—. Me gustaría poner mi trasero delante de esos dos desgraciados para que me lo besen.

Christin ahogó una risa y la empujó. Una vez se perdió en la oscuridad, se aupó a la ventana de la tasca. Las risotadas y frases soeces atronaban el infecto lugar y el olor a cerveza rancia le hizo arrugar la nariz. Se agachó junto al chicuelo que la acompañaba y le susurró al oído:

—Escóndete, Luis. Cuando veas que voy tras ellos, tú me sigues de lejos.

—¿Qué vas a hacer?

—Veré si me puedo enterar de algo. No puedo robarles si siguen dentro.

—¿Vas a entrar ahí? —se asustó el pequeño.

—Sólo un momento.

—Pueden darse cuenta que no eres un chico.

Christin se observó críticamente. Vestía unos pantalones holgados y una camisa abullonada, todo ello de color marrón; el sombrero le caía sobre la cara y cubría su larga y rizada cabellera, convenientemente recogida con una redecilla. Como los trabajadores, se había embadurnado la cara de hollín.

—¿Parezco una chica?

—No, pero... —dudó el niño—, eres el muchacho más guapo de todo Cardiff.

Ella le besó la nariz. Le instó a esconderse en la esquina próxima, se frotó las manos, tomó aire y se encaminó hacia la entrada de la taberna adoptando aires más o menos viriles. El pequeño siguió sus instrucciones y rezó para que saliera con bien de aquel lío.

Dentro de la taberna olía aún mucho peor y Christin aguantó la respiración cuanto pudo. Echó un rápido vistazo y se acomodó en una mesa libre justo al lado de la que ocupaban los dos jóvenes ladrones. Ojeó el ambiente y esperó. Se acercó un tipo fornido con un delantal ennegrecido de suciedad.

—¿Qué va a ser?

—Cerveza —dijo con voz ronca.

El sujeto la miró de arriba abajo, seguramente preguntándose quién sería el nuevo parroquiano, pero se encogió de hombros y marchó en busca de la bebida. Volvió e hizo aterrizar un pichel en medio de la mesa.

—¿Tienes dinero para pagar?

Por toda respuesta, ella dejó un par de monedas sobre la mugre de la madera, que fueron retiradas de inmediato.

—¿Eres nuevo por aquí?

—De la mina Simon —repuso Christin, ahogando el tono de su voz tras el trago de cerveza, que le supo a rayos.

—No sabía que contrataran gente nueva —pensó el tabernero en voz alta. Ella calló y él se alejó para seguir con sus quehaceres.

A Christin le costó beberse una segunda cerveza antes de escuchar algo interesante.

—¿Qué te parece si vamos al burdel de Nelly? —preguntó uno.

—Las putas de Nelly son caras —replicó el segundo.

—Pero ahora tenemos dinero.

—Eso es verdad.

—Vamos, anímate. Un par de polvos y nos vamos a casa.

Christin aguardó con el alma en un puño a que se

levantaran. Dejaron unas monedas sobre la mesa y salieron. Sólo entonces se movió y, como si pensara regresar al día siguiente después del arduo trabajo de la mina, saludó al tipo que le había servido y que faenaba ahora tras el mostrador.

Los dos ladrones se alejaban calle abajo. Hasta ella llegaron sus risas. Pensaban pasarlo estupendamente, estaba claro. Con un vistazo a la esquina adivinó más que vio los ojillos del pequeño Luis antes de seguir a aquellos dos.

Caminaron por calles oscuras y silenciosas hasta llegar a las puertas de un establecimiento que se anunciaba como El Reino del Placer. Christin torció el gesto y esperó a que entraran, guarecida en un portal. No había tenido oportunidad de desquitarse del robo durante el trayecto y tampoco pensaba meterse en un burdel para hacerlo, de modo que debía estar vigilante. En cuanto recuperara el dinero, Luis sabía que tenía que salir a escape hacia el campamento, de modo que si a ella la cazaban no pudieran relacionarla con la caravana.

La suerte le fue propicia cinco minutos después. La luz se encendió en el piso superior del prostíbulo. Escuchó sus comentarios entre ebrios y malsonantes y las voces aflautadas y melosas de las fulanas que, seguramente, aguantaban decididas a sacarles hasta la última moneda que pesaba en sus bolsillos. Christin lo lamentó por las mujeres, pero ella no estaba dispuesta a que el dinero de la caravana acabara en sus manos.

Arrimó un par de cajones y los colocó junto a la pared, se subió a ellos y miró a través de la ventana. La altura era mínima y sus dos víctimas estaban ya en cueros. Y lo que era mejor: con sus ropas colgando de una silla, a su alcance. En ese momento desnudaban a las dos prostitutas. Sólo había un candil en la sucia habitación. Christin se bajó de los cajones y buscó una piedrecita adecuada. Una vez la encontró se quitó los tirantes y confeccionó un tosco tirachinas. Regresó sobre los cajones y se asomó con cautela. Los cuatro trataban de procurarse un hueco sobre el camastro donde se iban a revolcar.

Apuntó y disparó.

El proyectil acertó en el cristal de la lamparilla haciendo un ruido seco apagado por la urgencia de los inquilinos de la habitación.

—Queréis follar a oscuras, ¿eh? —alardeó uno de ellos.

Christin aprovechó la ocasión, se aupó un poco más y cazó la ropa, saltando de inmediato al suelo. Luis salió de su escondite y se le aproximó como una exhalación. Ella registró las chaquetas con manos hábiles hasta encontrar las bolsas de dinero. Se las entregó al chiquillo y arrojó las prendas a un lado del callejón. Algo, sin embargo, alertó a los amantes porque justo en ese momento se escuchó el bramido.

—¡Mi dinero!

Christin se puso en marcha y empujó a Luis, instándole a escapar. Uno de los hombres se asomó a la ventana. La luna, ¡condenada fuese en esa noche!, le permitió descubrirla en el callejón. El rugido que soltó paralizó por unos segundos a Christin, que puso luego sus piernas en marcha y escapó en dirección opuesta a la que lo hiciera el niño.

Como dos perros de presa, los burlados saltaron por la ventana. Uno de ellos ahogó una blasfemia al golpearse con el empedrado y arriba, a su vez, las prostitutas maldecían a voz en grito. Ganó un tiempo precioso mientras ellos encontraban sus pantalones, pero desgraciadamente desconocía aquella parte de la ciudad y cuando quiso orientarse los tenía pegados a sus talones.

Aceleró como una loca, lamentando haberse desprendido de los tirantes porque ahora los pantalones, grandes para su tamaño, amenazaban constantemente con enroscarse en sus tobillos. Los sujetó como pudo con las manos, hundió la cabeza entre los hombros y enfiló la calle como una posesa, segura de que si la cazaban ni siquiera llegaría a ver al alguacil.

Frenó a la vuelta de una esquina. El olor inconfundible del puerto se estrelló en sus fosas nasales. Se animó, porque el agua era una solución. Nadaba como un pez, por ahí no había problema. Pero no le apetecía acabar como una merluza, así que saltó por encima de los aparejos apilados a un lado de la calle y corrió entre maromas y barriles, tratando de poner distancia entre ella y sus perseguidores.

Pero los dos hombres, envalentonados ante una presa tan cercana, aceleraron. Christin oía cada zancada más próxima que la anterior.

—¡Córtale el paso, Tommy! —oyó.

No había otra solución. O se perdía en las oscuras aguas del puerto o acababa con el cuello entre sus garras. Se acercó al borde, tomó aire, y exhalando un grito de terror al tiempo que braceaba, simulando que se caía, desapareció en las frías y sucias aguas.

Sumergida, retuvo la respiración todo lo que le fue posible. Distinguió luces en la superficie. Buceó hasta que los pulmones amenazaron con estallar y sacó la cabeza chocando contra algo duro que no era otra cosa que el casco de un barco. Desde allí, escondida tras la cadena del ancla, pudo ver y escuchar algo de lo que sucedía en el puerto. Junto a los dos jóvenes había algunos hombres más portando candiles. Le llegaron difusas las explicaciones de sus víctimas, la risotada de algún marinero y las palabras de consolación de algún otro.

—¡Tiene que estar por aquí! ¡Se ha caído por aquí! —se lamentaban.

—Esperemos a ver si saca la cabeza. ¿Sabía nadar? —preguntó alguien acercando un candil al agua.

—¡Y yo qué coño sé! —explotó uno de los muchachos.

—Pues si no sabía nadar, dentro de unos días saldrá a la superficie su cuerpo comido por los peces —aseguró un tercero—. Es cuestión de paciencia.

—¡Pero lleva nuestro dinero! ¡Nuestro dinero, maldito sea!

«¡Mi dinero!», apostilló Christin para sí, aterida de frío.

Esperaron un rato más hasta que convencieron a los muchachos de que el ladrón había perecido ahogado. Luego desaparecieron. Pero no se atrevió a subir a tierra, aun cuando las luces se perdieron en la distancia y sólo reinó el silencio. Podían estar aguardándola.

Tiritó sin control y observó la cadena del ancla y el estrecho hueco por el que se internaba en las tripas de la nave. Era un sitio tan bueno como cualquier otro para esperar a que se hiciera de día y regresar a la caravana. Incluso, con suerte, de encontrar algo seco que ponerse.

Se esforzó en controlar el castañeteo de los dientes y se elevó, poco a poco, a pulso, hasta llegar arriba. Delgada y ágil como era, pasó sin apuros por el hueco.

Helada como estaba, se dejó caer en un rincón, junto a unos sacos. Era lo único que encontró allí. Sacos vacíos. No era exigente. De modo que se secó con algunos y se arropó con el resto, apoyando la espalda en la madera para descansar. El agotamiento y los crujidos del barco la adormecieron.

8

—Pero ¿qué tenemos aquí?

Unas manos rudas la zarandearon y Christin se removió en sueños.

—Déjame dormir —gruñó, tapándose.

—Lo que voy a hacer es dejarte sin huesos —le dijo una voz aguardentosa.

Christin despertó de golpe atenazada por dos zarpas que la levantaron sin contemplaciones. Como una gata se defendió a puñetazos y patadas y el sujeto cayó sobre una pila de barriles que se desparramaron por la bodega del navío. Escuchó algo muy feo y trotó hacia la trampilla por la que entraba la luz del exterior. Por desgracia, no estaba solo y antes de alcanzar la libertad unos brazos gruesos como troncos la rodearon, privándola del aire. Aun así, luchó denodadamente para liberarse, revolviendo piernas y brazos, lanzando puños al aire.

Y en esa contienda se oyó un rasgueo de ropa. La exclamación de Christin y la momentánea sorpresa del marinero.

Una mano áspera se posó en el pecho desnudo de Christin que le clavó los dientes con saña. El bramido podría haber despertado a medio Cardiff.

De inmediato, un corpachón cayó sobre ella y se encontró inmovilizada de brazos y piernas. Sin dejar de lanzar dentelladas, fue arrastrada hacia la portilla, de ahí al exterior y arrojada sin miramientos sobre cubierta.

—¿Qué demonios pasa? —preguntó alguien.

—La encontramos abajo, capitán. Un polizón.

Christin consiguió apartarse la larga cabellera de los ojos y miró. Y se quedó muda. No estaba rodeada de caballeros, ni siquiera de marineros comunes. Sus rostros patibularios le dijeron que había saltado de la sartén para caer directamente en el fuego.

—¿Es de las nuestras? —preguntó el capitán a la tripulación congregada a su alrededor.

—No, señor. Las zorras están a buen recaudo, acabo de llevarles el desayuno. Ésta es nueva.

Christin se levantó con cautela y quedó de pie delante del capitán. Con gesto decidido, aunque estaba aterrorizada, observó su rostro marcado por dos cuchilladas que le afeaban.

—Estoy en su barco por un error, capitán. Le ruego que me deje bajar a tierra.

Las risotadas atronaron la cubierta.

—Un poco difícil, *madame* —repuso él—, salvo que quiera regresar a nado.

Sólo entonces advirtió Christin que el navío se había hecho a la mar y estaban muy alejados de la costa. Tragó saliva y, tratando de cruzar los despojos de la camisa sobre su cuerpo, replicó:

—Entonces, señor, le pido alojamiento en su nave

hasta que lleguemos a puerto. Le garantizo que mi familia le hará llegar una compensación.

De nuevo risas y bromas groseras que le hicieron temblar.

—¿Quiere decir que la entregue a la Ley en el primer puerto que toquemos?

—Exactamente, capitán.

—Deberá esperar entonces varias semanas, dulzura. Nos dirigimos a la costa turca.

Christin abrió los ojos como platos. ¿A la costa turca? Se revolvió como una corza atrapada y trató de ganar la borda, pero sólo consiguió que la retuvieran con un descarado manoseo que le provocó náuseas. La empujaron, apenas cubierta, frente al capitán, que la valoró con interés. Era un hombre alto y fornido, de espesa cabellera oscura y descuidada y de dentadura picada. Estiró una mano y la tomó de la barbilla. Christin le mordió y el desafío fue recompensado por una bofetada violenta que volteó su cuerpo como una marioneta a la que sujetó un marinero para evitar que cayera. Con los ojos llenos de lágrimas y el rostro sonrojado por la vergüenza, medio desnuda, fluyendo el pánico por sus venas, agachó la cabeza.

—Eres bonita, a pesar de estar hecha un asco. ¿Cuántos años tienes?

—¡No te importa!

—No más de diecisiete o dieciocho —se contestó a sí mismo—. ¿Eres virgen?

Christin se ahogó. ¡Por todos los santos del cielo! ¿Qué estaban pensando?

—¿Eres virgen? —insistió él.

—Deje que yo lo compruebe, señor —pidió uno de sus esbirros.

El capitán mostró el arco vacío de dos dientes en una sonrisa forzada.

—En todo caso, Johnny, sería yo. A ti te falta experiencia, chico. —Una andanada de aullidos acogió la burla—. Bien, dado que no quieres responder... ¡A mi camarote!

La llevaron casi en volandas. Pugnaba por escapar de la garganta de Christin una llamada de clemencia, pero la convicción de que aquella bazofia no sólo haría oídos sordos a sus súplicas, sino que se burlarían aún más de ella, la mantuvo en silencio mientras la zarandeaban de camino al camarote. Sus protestas no harían más soportable la violación, porque estaba segura de su inminencia. Sin embargo, no dejó de debatirse entre aquellas manos que hurgaban y humillaban su cuerpo y la empujaban por el estrecho corredor.

Desembocaron en un camarote apestoso y pequeño. La arrojaron al suelo, pero se incorporó como una gata para enfrentarse a ellos, intentando conservar algo de orgullo.

—¡Fuera todos! —ordenó el capitán.

—¿Vas a ser tú el primero? —le preguntó con miedo y amargura, cruzando sobre su pecho los jirones de tela restantes.

—Desnúdate —obtuvo por toda respuesta.

—Tendrás que matarme.

—Si no lo haces por las buenas, puedo llamar a unos cuantos muchachos —amenazó él—. Te aseguro que no será mejor.

Christin estaba irremisiblemente perdida. Ni podía luchar contra aquel corpachón, ni podía evitar a sus secuaces. Sólo había una vía de escape y era salir de aquel camarote y saltar por la borda. Ahogarse en mar abierto era mucho mejor que ser ultrajada por una banda de desaprensivos. Pero siempre pensó con lógica. Sabía que no tenía escapatoria ni alternativa. Si se mostraba sumisa, al menos no la golpearían y cuando llegaran a puerto tal vez se relajaran y contaría con alguna posibilidad de escapar.

Se quitó los zapatos y se quedó paralizada con ellos en la mano, alargando el momento de desprenderse de la poca ropa que apenas la cubría.

—El resto, vamos —le exigió.

—¡Capitán, no se la coma entera! —pidió alguien desde fuera acompañado de otro coro de risas—. ¡Deje algo para los menos afortunados!

Christin dio un paso atrás, la mirada errática, temerosa aún de que la puerta del camarote cediera y entrara aquella marabunta.

—¡Vamos, joder, quítate la ropa! —urgió el capitán.

Muerta de miedo, Christin se desprendió de sus andrajos. Para proteger su desnudez echó su larga melena hacia el pecho, cubriéndolo en parte. La manaza de su captor le devolvió el cabello a la espalda y ella se sonrojó ante su hambrienta mirada. Luego la desplazó hacia abajo y le apresó un pecho. Christin no pudo remediarlo y se lanzó contra él.

En segundos, estaba tumbada sobre el camastro con el cuerpo del capitán encima. Le arrancó los pantalones. Bramó, desesperada, presa del terror, intentando morderlo, arañarlo. Recibió un golpe que la lanzó contra el mamparo, dejándola semiinconsciente. Entre la bruma, creyó que él la obligaba a abrir las piernas, pero no tenía fuerzas para seguir peleando y no fue capaz de resistirse.

Los encallecidos dedos penetraron en su intimidad y se retorció y gimió, presa del asco.

Sin embargo, se encontró libre. Con rudeza, el capitán la puso en pie y ella le miró aún aturdida.

—¡Morgan!

La puerta golpeó la pared en un vaivén. El marinero asomó la cabeza y se la quedó mirando como a una aparición.

—Llévala abajo, con las demás.

—¡Dios mío, capitán, es una belleza!

—Pero no es para ninguno de nosotros. El que la toque, que se dé por muerto.

El sujeto volvió a observarla.

—¿Es virgen?

—Lo es. Nos darán una buena bolsa por ella. Llévala abajo y di a los demás que no quiero que nadie se le acerque. ¡Ni siquiera para mirarla! ¿Has entendido?

—Sí, capitán. Por supuesto, capitán.

—Comunica a esos cabrones que si alguien se atreve a estropear la mercancía lo echaré a los peces... después de cortarle los cojones.

Christin no reaccionó. Volvían a ponerle sus ropas escasas y era arrastrada, una vez más, aunque tal vez, con mayor consideración. No hizo falta que el tal Morgan informara al resto de la tripulación porque todos escucharon las voces de su capitán. Nadie se atrevió a tocarla, pero aquellas sucias miradas manchaban su alma arrasada de pena.

En la bodega del barco había once mujeres más.

Todas ellas raptadas en las calles o en los burdeles. O compradas por cuatro monedas en la prisión —eso lo supo después—. Como supo que los carceleros hacían su negocio vendiendo al capitán la mercancía de mejor calidad que nadie reclamaba.

Tres de las mujeres eran criadas, a las que capturaron cuando se disponían a realizar algún encargo de sus amos. Las tres eran bonitas y pequeñas y estaban aterrorizadas. Otras seis provenían de los burdeles de Londres y Cardiff, y aunque desmejoradas y sucias, parecían interesantes. Las dos restantes eran, según contaron, verdaderas damas. Christin las creyó oyéndolas hablar. No podían compararse con las demás.

Ninguna sobrepasaba la veintena. Una de las doncellas ni siquiera debía de tener quince años y no paraba de llorar.

—¿Adónde nos llevan? —quiso saber una de las mujeres—. ¿Has podido saberlo?

—A la costa turca —le respondió Christin.

Una de las damas lanzó un gemido angustiado y perdió la compostura estallando en un llanto histérico. La otra trató de calmarla.

—¡Eh, encanto! —se hizo oír una de las prostitutas—, deja de rebuznar o nos molerán a palos a todas.

—A lo mejor encuentras a un hombre mucho más macho que el tuyo —bromeó otra.

—No estoy casada —informó, entre sollozos.

—Entonces sabrás pronto lo que es tener un hombre entre las piernas —intervino una tercera, provocando el jolgorio de las fulanas, como si a ellas no les importara.

Christin se acercó a ella. Afortunadamente no las habían encadenado. Era casi mortal si el barco sufría algún percance. Palmeó su hombro, intentando consolarla, cuando ella misma anhelaba consuelo.

—Si eres virgen no debes preocuparte demasiado —dijo—. El capitán dio órdenes estrictas a sus hombres para que a mí no me molesten. Eso quiere decir que pretenden vendernos y valemos buen dinero.

—¡Pero yo estoy casada! —protestó entonces la otra dama—. ¿Qué van a hacer con las que ya no somos doncellas?

Eso alarmó a las demás. Las rameras no temían tener que compartir algún momento de sexo con los rudos marineros que las atraparan, pero las demás se aterrorizaron. Christin no supo cómo calmarlas.

—No podemos perder la esperanza. Siempre podríamos pedir ayuda al embajador inglés cuando lleguemos.

—Ni siquiera sabemos si hay embajador inglés adonde nos llevan. Además, ¿tú crees que se interesaría mucho por lo que les pueda pasar a un grupo de putas?

—¡Yo no soy ninguna puta! —gritó, fuera de sí, una de las criadas.

—Acabarás siéndolo cuando lleguemos. Como nosotras, ¡pedazo de estúpida! Así que hazte a la idea.

—¡Puerca zorra!

La dama desposada se lanzó hacia ella y ambas se enzarzaron en una pelea. Trataron de pararlas mientras otras de las prostitutas jaleaban a las contrincantes.

Alertados por el barullo aparecieron dos marineros que las separaron sin contemplaciones. Las jóvenes se encogieron ante su presencia y guardaron silencio.

—Una sola bronca más, señoras —dijo uno echando un vistazo general—, y puede que no lleguen vivas a Baristán. —Luego clavó su mirada en la ramera—. Y tú, si quieres juerga espera a que te subamos a cubierta. Habrá jaleo para ti.

La escotilla se cerró un instante después y de nuevo la penumbra inundó la bodega. Por un momento, todas se quedaron en silencio hasta que una de las criadas volvió a preguntar:

—¿Qué ha querido decir?

—Pues está muy claro, bonita —respondió una de las chicas del burdel—. Las vírgenes serán respetadas porque en esos países el himen intacto vale oro. Las que no lo somos... tendremos que satisfacer las necesidades de esos hijos de puta durante el trayecto.

La afirmación, rotunda pero lógica, sumió en llanto de nuevo la bodega. Christin no se había sentido nunca tan afortunada de no haber compartido su jergón con algún joven, ni siquiera el dandy. Al menos, hasta llegar a su destino, estaría relativamente a salvo.

9

Después de semanas de navegación, Christin recelό de si alguna vez volvería a ver tierra firme. Allí abajo, en las fauces del barco, el día y la noche eran iguales. Cuanto más tiempo pasaba, más nauseabundo era el olor que, unido al calor, creaba una atmósfera irrespirable.

Afortunadamente, la comida no era del todo mala, porque no sería buen negocio matarlas de hambre.

Christin había oído hablar del lugar al que se dirigían. Un país independiente que se emancipó del sultanato turco y donde —se decía— las mujeres podían venderse y comprarse como ganado. En ocasiones, se las encerraba en casas de las que salían directamente para pasar a propiedad de cualquiera con suficiente dinero como para pagar lo que exigían por ellas. Ésas eran las más afortunadas. Las otras, a las que nadie elegía cuando aguardaban su oscuro destino, eran expuestas sobre una plataforma y vendidas al mejor postor. Era la esclavitud en otro formato.

Abatida, fantaseaba con la suerte de que algún comerciante se encaprichara de ella. Poco le importaba engrosar el harén de su siguiente carcelero, porque pensaba escapar a la mínima oportunidad.

El capitán les proporcionó algunas prendas alternativas, un par de peines que debían compartir y mantas con las que paliar la humedad de la bodega y el frío nocturno. Christin acabó por acostumbrarse a dormir sobre las desiguales tablas y a bregar con alguna que otra rata que las visitaba de cuando en cuando.

Lo peor no era eso. Era todo lo demás.

Una vez por semana eran obligadas a subir a cubierta y desnudarse completamente. A las rameras no les cohibía exponerse a las miradas de la tripulación, miradas sucias y denigrantes, pero las demás se apiñaban unas a otras procurando ocultar su desnudez. De poco les servía. Se las separaba entre risotadas y palabras soeces. Algunos marineros les hacían gestos obscenos y se divertían con el pudor y los sollozos de las más débiles. Después les lanzaban cubos de agua de mar helada hasta que les parecía que habían perdido el fétido olor de las bodegas. Ése era su aseo.

Y más tarde...

A las vírgenes ni se las tocaba. Se las volvía a encerrar. Pero las que no lo eran, acababan usando la cubierta como lecho. Por entre el consentimiento tácito de las prostitutas se elevaban los alaridos de horror y el llanto histérico del resto. Se las violaba por turno, como materia de consumo. Sin embargo, el capitán cuidaba de que ninguna fuera golpeada, de modo que cuando llegasen a destino, la mercancía —como solía decir aquel tipo vil y miserable— estuviera en condiciones. Poco a poco lo fueron aceptando como un hecho consumado.

Christin también acabó por acostumbrarse a aquella rutina que les iba privando de dignidad y se hizo la firme promesa de soportar tanta humillación y amargura el tiempo que fuera necesario. Luego, cuando regresara a Inglaterra, buscaría a aquel capitán hijo de perra y a sus marineros y les cortaría uno a uno las pelotas. Lo juró por el alma de su difunta madre, Shylla Landless.

Adormilada, intuyó más que oyó el vozarrón de un marinero que gritaba a pleno pulmón.

—¡Baristán a la vista, capitán!

El anuncio provocó una frenética actividad. Nuevamente se las subió a cubierta, donde las rociaron de agua y hasta les obsequiaron con una pastilla de jabón por la que hubo una auténtica pelea. Una vez impuesta la calma, se lavaron todas el cabello, disfrutando del pequeño placer a pesar de la presencia siempre libidinosa de la marinería que, por otra parte, se afanaba en las maniobras de acercamiento al puerto. Por toda vestimenta, les fueron entregados largos trozos de paño de tela de colores con los que cada cual se fue envolviendo a su manera.

Christin nunca había visto un puerto con tanto ajetreo como aquél. Era un mundo variopinto. Los colores se alternaban del rojo sangre al azul celeste. Verdes, lilas, amarillos y blancos se mezclaban entre los habitantes de Baristán como atuendos festivos. Los edificios que veían desde la baranda del barco eran bajos y acabados en terrazas planas, pintados de cal, brillando bajo los rayos de sol que conformaba la entelequia de un país de fantasía.

Un sinfín de fragatas y veleros descansaban atracados y centenares de figuras con las cabezas cubiertas por turbantes, a juego con sus túnicas o sus pantalones bombachos, se afanaban en ir y venir, descargando mercancías.

El puerto de Baristán olía a aceite, a clavo, a menta. Olía a vida, que impregnaba las risas de niños que correteaban por doquier y el ajetreo de las madres, atareadas y vigilantes bajo el velo que las cubría.

Christin pensó que, si su condición hubiera sido otra y no llegara allí en calidad de prisionera, se podría haber enamorado de inmediato del lugar.

Pero llegaba como esclava. ¡Qué lejos quedaban Mané, Víctor, Fátima, todos cuantos amaba! Ahogó un sollozo y se sorbió la nariz.

—¡Malditos seáis! —repetía la dama que peor se había adaptado—. ¡Ojalá el infierno acabe con todos vosotros!

—No digas eso —recriminó la joven arrebatada de la familia aristocrática—. No podemos desesperar. Puede que encuentres a un buen hombre.

—Le diré eso a mi marido, si vuelvo a verlo.

Christin sintió lástima. Ella había vivido siempre a salto de mata, con los gitanos; de acá para allá, sin tierra donde aposentarse, sólo espacios abiertos, como estaciones de paso, de los que debían huir en ocasiones cuando les culpaban de alguna calamidad. Estaba, por tanto, más curtida para afrontar lo que les aguardaba, aunque un futuro como esclava no podía sino abrumarla. Pero aquella otra mujer, joven y bonita, criada entre plumas de ganso, enamorada de un esposo que seguramente la acostumbró a lujos y fiestas, difícilmente sobreviviría a la cautividad. Rogó a Dios para que pudiera soportarlo.

Para que no se les viera el rostro, fueron obligadas a cubrirse con velos oscuros antes de bajar a tierra, con vigilancia siempre. Las amenazas del capitán si alguna transgredía la orden de no desprenderse del velo no dejaban lugar a dudas. Pero a las gentes de Baristán muy poco llamó la atención la mercancía que desembarcaba aquel barco inglés, así que se internaron en el laberinto de callejuelas del puerto sin contratiempos, hasta un barracón amplio y aireado, donde pudieron descubrirse y quedaron encerradas.

Christin se dejó caer en un rincón y se durmió de inmediato, fantaseando que, al despertar, todo hubiera sido una pesadilla y se encontrara frente a las estrellas, tumbada al socaire de una de las carretas de su amada caravana.

Una voz potente y airada la devolvió de golpe a la cruda realidad. Se medio acomodó y echó una ojeada a sus compañeras de infortunio, pero sólo encontró sometimiento. Ya ni siquiera lloraban. Una de ellas dijo:

—Parece que nuestro querido capitán tiene problemas.

Christin prestó oídos. ¿Podía ser que el representante inglés hubiera descubierto su llegada y ahora le obligaran a que se las pusiera en libertad?, más que oír, se decía a sí misma. El capitán discutía con alguien en una mezcla de francés y otro idioma que desconocía, lo suficientemente alto como para captar retazos de la conversación.

—¡Te digo, Ahmed, que no tuve nada que ver!

—Pues hubo más de doscientos casos en un mes. En esas fechas sólo llegó un barco de esclavos a Baristán: el tuyo, Roland.

De manera que aquel engendro del diablo dedicado a raptar mujeres se llamaba Roland. Christin archivó el nombre en lo más profundo de su mente. Algún día se vengaría de aquel hijo de puta.

—Hablan en turco, gracias a Dios —dijo una de las damas.

—Y eso ¿es bueno? —se burló otra.

—Lo es para mí. Tuve un profesor que me enseñó un poco de su idioma.

—A mí tanto me da que hablen en chino —escupió al suelo su interlocutora—, no entiendo un carajo.

Christin se pegó al tabique de nuevo, sin hacer caso a los comentarios de sus compañeras. Ella no comprendía el turco, pero sí la batalla dialéctica que libraban al lado, ahora casi todo en francés.

—No quiero problemas con el bey. Debes marcharte con tu cargamento.

—¿Dónde demonios voy a deshacerme ahora de esas mujeres? —bramó el capitán—. Tienes que ayudarme a venderlas.

—No puedo arriesgarme a que alguna de ellas venga enferma y se produzca un nuevo contagio, el bey me haría cortar la cabeza.

—Están sanas, te lo juro, Ahmed. Además, esta vez te regalaré una de ellas aparte de tu comisión —añadió en tono azucarado—. Y podría entregarte un regalo especial para tu señor.

Se fueron perdiendo en cuchicheos apagados y aunque Christin aguzó al máximo su oído no oyó nada más. Pero casi al instante ella y una de las rameras, acaso la menos bonita pero con más curvas, fueron señaladas y sacadas de su encierro.

El sol del exterior bloqueó la visión y se cubrió los ojos. Cuando se acostumbró a la claridad, se encontró frente a un hombre de aspecto fiero cubierto de negro por túnica y turbante. Pero no estaba interesado en ella, sino en su compañera.

—Es tuya —le dijo Roland, empujándola hacia él—. Nunca has tenido una mujer como ésta.

—Me gusta. —Adelantó una mano callosa y atrapó uno de sus pechos. Ella le sonrió provocadora, sabiendo que aquél podría ser su amo de allí en adelante. Usaría la cabeza para sacar todo el provecho posible de su nueva condición.

El llamado Ahmed echó un vistazo rápido a Christin.

—Está demasiado flaca. A Jabir le gustan las mujeres más... ¡más mujeres!

Roland no se rindió y tomando un pliegue de la túnica de Christin descubrió su pecho. Ella, en un acto instintivo y reflejo estiró el brazo y le cruzó la cara con todas sus fuerzas. El capitán amagó con devolver el golpe, pero el fuerte brazo de Ahmed se interpuso en su camino.

—No. No quiero que la dañes —zanjó, fijándose con detenimiento mientras ella se cubría, avergonzada—. Es más hermosa de lo que parece a simple vista. Bien vestida y perfumada será del agrado de Jabir. *Taman*. De acuerdo. —Tendió su mano abierta al inglés—. Te ayudaré a pasar tu mercancía... después de examinar a las mujeres y comprobar que ninguna está enferma.

—Trato hecho.

Así quedó sellado el destino de Christin. Desde aquel momento pertenecía a alguien a quien no conocía y al que odió de inmediato: el bey de Baristán.

10

Umut abrió la puerta del camarote con el hombro y depositó la bandeja de comida sobre la mesa. Luego aguardó, tieso como un palo, a que su señor hablara. Kemal le sorprendió diciendo:

—Siéntate, Umut.

Se puso aún más rígido si cabía, y cruzó una mirada de estupor con el joven príncipe. Debería haberse acostumbrado ya a que el hijo de Jabir hiciera peticiones poco corrientes, pero le costaba. Se crio en el harén del palacio de Baristán, eunuco desde los diez años, y sirvió fielmente al abuelo del joven y después al bey, su padre. Cuando Kemal le eligió entre todos para convertirlo en su guardia y su criado personal, llevándolo a aquel extraño país que era Inglaterra, se sintió favorecido por Alá. Siempre quiso a Kemal, desde que diera sus primeros pasos hasta que se convirtió en el muchacho más revoltoso de todos. No hubiera podido negarse a la petición del príncipe, pero Kemal le pidió su opinión. Podría decirse que no fue una imposición sino un ruego, y él aceptó gustoso. Desde ese momento habían estado a caballo entre Inglaterra y Baristán.

Los ojos de Kemal, profundos y grises, horadaron a su criado, todavía en pie.

—¿No me has oído?

—Sí, mi señor.

—Entonces, siéntate. Y bebe conmigo, Umut, no quiero hacerlo solo.

—Pero mi señor —protestó—, un príncipe comiendo con un esclavo...

—¡Por las barbas del Profeta! ¿Cuántas veces tengo que decirte que no eres un esclavo? Te di la libertad la primera vez que salimos de Baristán. Además, no estamos en palacio aún y no sólo soy el príncipe Kemal Ashan, sino el conde de Desmond. Como diría mi padre, un cochino inglés. Y un conde inglés, Umut, puede comer con quien le dé la real gana. Siéntate y no discutas conmigo.

Umut agachó la cabeza, íntimamente orgulloso, y tomó una silla. Eso sí, no pudo relajarse. Kemal, con calma, le sirvió él mismo un poco de zumo de fruta y empujó el vaso hacia Umut, llevándose él a los labios una copa de vino.

—¿Puedo decirle algo, mi príncipe?

—¿Alguna vez has dejado de hacerlo?

—El bey se enojará si bebéis en palacio, mi señor.

—Imagino que lo hará —asintió Kemal—. Te prometo beber sólo agua de rosas cuando lleguemos.

Umut quiso sonreír, aunque de inmediato volvió a guardar la compostura.

—Quería hablarte de algo importante.

—¿A mí, señor?

Kemal alzó las cejas y echó un vistazo al camarote.

—¿Hay alguien más aquí? —El eunuco negó con la cabeza—. He pensado mucho en los atentados.

—No juzgo vuestro proceder, mi príncipe, pero deberíais haber permitido que os acompañara a todas partes. Seguramente habríamos impedido que se pusiera en riesgo vuestra vida.

—Londres no es lugar para que un hombre se cite con una mujer llevando colgado de sus faldones a un valet, Umut. Lo mismo que en Baristán no estaría bien visto tener todo el día la sombra de un criado vestido de librea.

—De todos modos... me siento culpable, alteza. Estoy aquí para protegeros y lo único que hago la mayor parte del tiempo es preparar vuestra ropa y zapatos.

—No digas tonterías. Lo que quiero pedirte es que no sueltes prenda de todo esto.

—¿Cómo dice, señor?

—Que no abras la boca. Ni una palabra a mi padre. Demasiadas preocupaciones tendrá ya para meterle más en la cabeza.

—¡Debería saber que han intentado mataros varias veces!

—Acaso sólo fueron intentos de robo.

—¿Lo del mástil del barco también? —rezongó Umut.

—Eso podemos decir que fue un accidente.

—Ni vos mismo lo creéis, mi príncipe...

—Bien. Aun así, guardarás silencio.

Umut asintió.

—Como queráis. Pero si el bey se enterara podría colocar guardias para protegeros y...

—Eso es casualmente lo que no quiero, amigo mío. La última vez que visité palacio tuve que bregar con guardianes que no me dejaban ni para ir al excusado.

Esta vez, no. Y te juro que si sueltas una palabra te haré cortar la lengua.

El criado no hizo mucho caso. Era la frase preferida de Kemal cuando se enfadaba. Años atrás, ni siquiera se le hubiera ocurrido mirar al príncipe a los ojos, pero todo cambió desde que le obligó a modificar su vestimenta por aquellos apretados pantalones y chaquetas. Se había vuelto, por así decirlo, un poco inglés. Afortunadamente, en Desmond House podía seguir vistiendo sus pantalones bombachos y chalecos o las túnicas bordadas que tanto apreciaba. Como ahora, cómodo en una de ellas. Se bebió el zumo de un trago y se incorporó. Ya en la puerta avisó:

—Estamos apenas a dos días de Baristán, mi señor, según me dijo el capitán. No creo que hasta allí lleguen los atentados, pero si lo hacen y os rebanan el cuello espero, señor, que no me culpéis a mí.

Kemal se recostó y sonrió a aquel ser fiel y abnegado. Apreciaba a Umut en lo que valía y estaba seguro de que todo iría bien. Sus enemigos quedaban en Inglaterra y era allí donde sus andanzas le pusieron en situación comprometida. Baristán era la paz después de tanto tiempo entre los fríos y apáticos ingleses. Baristán era un paraíso y él pensaba disfrutar su estancia en el palacio.

Se preguntó si su padre habría engrosado su harén. Desde que se adaptó a las costumbres inglesas, se negó a tener mujeres que le pertenecieran, pero su padre insistía en ello y cada vez que regresaba se encontraba el regalo de una nueva concubina. Se sintió extraño aunque deseaba abrazar a su padre y a su primo Okam. Les había echado de menos a todos y volver a meterse de cabeza en los hábitos del país que le vio nacer le atenazaba el estómago.

Se levantó y se acercó hasta el ojo de buey. El mar, inmenso y voraz, lujurioso y magnífico, se extendía leguas y leguas empequeñeciéndole allí donde estaba. Sin embargo, la costa quedaba más allá, a lo lejos. Aún no había llegado y ya parecía que comenzaba a resultarle casi extraña.

El color del océano, intensa esmeralda ondulante, le recordó de pronto unos ojos. A Kemal se le agrió el gesto. La imagen erótica de la gitanilla, desnuda sobre su chaqueta, le aguijoneó. Había intentado dar con ella, pero sus quehaceres le sacaron de Londres y para cuando regresó, resultaba ya imposible seguir la pista al grupo de quejumbrosas carretas.

Pero se juraba, noche tras noche, que encontraría a aquella mujer, aunque fuera lo último que hiciera en su vida.

—Pequeña zorra —la insultó en un susurro.

11

—*Ne güzel!* ¡Qué bonito! —exclamó una de las concubinas admirando la preciosa pulsera de diamantes y zafiros que les mostraba la muchacha.

Christin echó un vistazo a la joya y se dijo que con un regalo como aquél bien podría comprar su libertad y escapar del palacio. Pero para obtener un obsequio semejante había dos opciones: bailar para el bey o acabar en su cama. Ya se había dado cuenta, desde que llegó, de que el bey era de naturaleza dadivosa, como se encargaban de demostrar las chicas, que lucían bonitas pulseras y sortijas y sartas de perlas alrededor de sus esbeltos cuellos.

Le extrañó los primeros días el ambiente distendido que existía en el harén. Siempre pensó que sería un entorno femenino amargado y sombrío, que se pelearían entre ellas. Al fin y al cabo no eran otra cosa sino esclavas, aunque se resistieran a admitirlo y se llamasen a sí mismas preferidas del bey. En Baristán, sin embargo, las jóvenes parecían contentas con su destino: jugaban en los jardines y en los patios, disfrutaban de la enorme sala de baños provista de una piscina cuidada, se dejaban peinar por las criadas destinadas a sus servicios, recibían masajes, se impregnaban en esencias. En resumen, parecían felices.

Había aprendido algunas cosas desde que un carruaje cerrado la trasladara desde el barracón del puerto hasta la entrada trasera del palacio. Estuvo aterrorizada pensando que, apenas la pusieran delante del bey, él le arrancaría la ropa, la examinaría y luego mandaría que la llevaran a su habitación. Pero no había sido así. El hombre que gobernaba aquel pequeño país, que se ganó su independencia en tiempos de su abuelo, salvando la vida del sultán, no estaba interesado en su nueva concubina. Sus costumbres eran otras. De hecho, ni siquiera la había mirado con atención cuando, una semana después de su llegada, recuperado el brillo de su larga cabellera y de su piel, la apostaron frente a él. Jabir era alto y poderoso, de mirada intensa e intimidante. Atractivo. El halo de poder y magnanimidad que desprendía la hizo sentirse ligeramente más segura. Tras una corta inspección, dio orden de que la instruyeran. Luego supo, por boca de otras concubinas, que él seguramente la entregaría en matrimonio a algún comerciante con fortuna.

Por eso, la furia bullía en su interior cada segundo de su nueva vida. Sí, estaba rodeada de lujos, lucía preciosos vestidos y la cuidaban como si fuera una joya. Pero no dejaba de ser una prisionera. Eso no lo olvidaba.

La mujer encargada de su instrucción se llamaba Yezisa y debía tener dos o tres años más que ella, pero llevaba en el harén, según le contó más tarde, desde los cinco. Su padre la entregó al bey y ella estaba contenta de servir al señor de Baristán y, también había que decirlo, de ser una de las que habían visitado sus habitaciones. Al fin y al cabo el bey, aunque suspiraba aún por su esposa inglesa muerta, tenía urgencias físicas, como todos. No era frecuente que él llamara a las concubinas. Se conformaba casi siempre con sus tres esposas legales y alguna que otra *ikbal* de cuando en cuando, por lo que ser requerida a sus aposentos era un orgullo que estimaban en muy alto grado.

Al principio, Christin creyó que acabaría loca entre tanto patio y tanta galería, pero acabó por orientarse y ya era capaz de atravesar el harén de un lado a otro sin perderse, lo que le sirvió para memorizar cada rincón buscando una posible vía de escape. En vano. Los guardianes en el exterior y los eunucos —inmensos gigantes negros— apostados dentro de las murallas, hacían imposible cualquier tentativa.

Los baristaníes llamaban al harén *darüssade* o casa de la felicidad. Todo hombre que se lo pudiera permitir podía tener cuatro esposas legales y un sinfín de concubinas, tantas como pudiera sostener. Según le contara Yezisa, fue Solimán el Magnífico el que potenció la poligamia en aquella parte del mundo. Las numerosas guerras que libró el sultanato dejaban gran cantidad de viudas y, por tanto, pocos jóvenes para un ejército que necesitaba de ellos, de modo que halló en esta fórmula una solución para que le dieran hijos. Las madres de los príncipes vivían en palacio y ocupaban los aposentos conocidos por *kafes*. Las mujeres que integraban el harén provenían de zonas muy dispares —algunas de ellas eran europeas— y, en ocasiones, entraban allí desde niñas. Christin se familiarizó con rapidez con una italiana y con una francesa, probablemente por los idiomas. Se defendía en uno y hablaba bastante bien el otro. Todas ellas recibían una esmerada educación y al ingresar en palacio a tan corta edad se las denominaba *acemi* o principiante. Más tarde pasaban a ser *cariye* o concubina. A las *cariyes* mayores se las denominaba *kalfas* o *ustas*, dependiendo de la experiencia adquirida.

Durante las animadas conversaciones de sus obligadas compañeras de prisión, Christin se preguntó en qué grado se encontraba ella. No era estúpida y había aprendido ya algunas palabras en turco porque en las horas de formación tenían prohibido hablar en su propio idioma. Pero se resistía al modo en que Yezisa le enseñaba cómo comportarse delante de un hombre, cómo debía comer y, sobre todo, la forma sumisa que debía adoptar ante sus superiores. Ella nunca había tenido superiores, pensó con un ramalazo de rebelión. Ni siquiera aquel condenado conde que la quiso poseer allá, en Inglaterra.

Los jardines del palacio eran un remanso de paz. Nunca había visto nada tan hermoso y gustaba de pasear entre los senderos de flores. Yezisa le dejaba algún tiempo libre y no tenía que someterse a una de esas tediosas e interminables sesiones de depilado, masaje o peinado. El depilado había sido la primera batalla seria que tuvo que librar con Yezisa, ya que Christin se negó en redondo a que tocaran su vello púbico. Su instructora, temerosa de que la insurrección de su pupila llegase a oídos de la hermana del bey, Corinne, quien dirigía el harén con mano férrea, accedió con condiciones.

—Sólo, por descontado —le dijo—, hasta que nuestro señor te ceda a alguno de sus ministros... o te llame para sí.

Christin, tan necesitada de concordia como Yezisa, asintió, aunque en su fuero interno sabía que mentía. ¿Dónde se había visto que le arrebataran el vello de su femineidad? Si tenía que matar a alguien, pues lo mataría y listo.

Entró en la enorme sala de la piscina, donde algunas de sus colegas, todas ellas desnudas, jugueteaban chapoteando en el agua como bebés. Yezisa la abroncó con frecuencia para que se deshiciera de su pudor al desnudarse ante el resto, así que Christin terminó por acostumbrarse. Dejó caer la suave túnica pistacho que la cubría, descalzó las sandalias y buscó un acomodo para leer el libro que tenía entre manos. Por fortuna, leer no estaba prohibido en el harén y la propia Yezisa le proporcionó algunos ejemplares. Lo malo era que la mayoría estaban escritos en turco, pero ni eso le importó. Al contrario, le servía para acelerar su aprendizaje. Cuando escapara, al menos, sabría un idioma más.

—¡Ha venido! ¡Ha venido! —gritó una preciosa rubia de origen caucásico llamada Loryma, que acaparó la atención de todas.

—¿Quién ha llegado? —le preguntaban.

—El príncipe.

La noticia causó un revuelo que a Christin le sorprendió. ¿Quién diablos era el príncipe? Ignoraba que existiese príncipe alguno allí, aparte de los tres pequeños que, según contaban, había conseguido engendrar por fin el bey, después de años de intentar que sus mujeres parieran varones.

—¿Dónde está mi criada?

—¡Mayda, ven de inmediato!

—¿Nos dará tiempo a estar presentables?

—¡Mayda! ¿Dónde te has metido, condenada vaga?

Christin observó la algarabía con cierta displicencia. El recién llegado, además del príncipe, debía ser todo un personaje porque, en segundos, consiguió poner en pie de guerra a todo el mundo.

—Vamos, vamos. —La voz enérgica pero agradable de Corinne se elevó sobre el barullo. Batió palmas por segunda vez hasta conseguir silencio y cuando tuvo la atención de todas las jóvenes dijo—: No viene a cuento tanto alboroto, queridas.

—Pero señora, Loryma acaba de decirnos que el príncipe ha vuelto a palacio.

—Es cierto. Y ahora mismo está con el bey en sus aposentos.

—Entonces debemos prepararnos, ¿no? ¡Seguro que habrá una cena especial para celebrar su regreso!

La cara de Corinne dibujó una cierta sonrisa. La conocía poco aún y, aunque siempre parecía amable, a Christin le desagradaba su estirada compostura. Era quien más poder ostentaba en palacio, después del bey, y estaba incluso por encima del jefe de los eunucos. Sin embargo pocas veces alzaba la voz y trataba a todos con fría cortesía. Se decía en el harén que preparaba un aire de rosas inigualable, cuyo secreto nunca desveló y que sólo prodigaba a las elegidas que iban a pasar la noche con el bey. Gozaba de respeto entre las mujeres, pero a Christin aquella mirada oscura le daba escalofríos.

—Seguro que la habrá —dijo Corinne—. Y espero que bailéis como nunca para nuestro bey y sepáis honrarle ante su hijo.

—Y ¿quién bailará, señora?

—Sí, ¿a quién vas a elegir?

—Dínoslo.

Las jóvenes la rodearon y ella se esforzó por que regresara la calma.

¡Vaya! ¡Llegaba otro degenerado más para someterlas y le jaleaban!, pensó Christin. Agachó la cabeza y continuó con su lectura. No vio que la hermana del bey se volvía hacia ella y la observaba con detenimiento.

—Aásifa.

El silencio se adueñó del recinto. Tan intenso, que Christin levantó la vista. Todas la miraban, algunas con aprehensión y otras con admiración. En tan pocos días en palacio, aprendió pronto a distinguir amigas de enemigas. Una de aquellas con la que había congeniado, corrió hacia ella y la abrazó.

—Felicidades. —Y la besó en la mejilla.

Christin, confusa por la repentina muestra de afecto, preguntó en tono irónico:

—¿Hice algo bueno?

—¿No has escuchado? ¡Has sido elegida para bailar en la cena!

—¿Yo? —Se puso en pie de inmediato; el libro se le cayó al suelo—. ¿Qué tontería es ésa?

La hermana del bey se acercó a ella con pasos comedidos, como todo lo que hacía. La elegancia era innata en ella. Ceñía una túnica dorada que resaltaba más su espeso cabello caoba, severamente recogido en un moño en la nuca, de estilo europeo. Aunque Christin la había visto desnuda —de vez en cuando compartía el baño con las concubinas, si bien ella disponía de sus propios aposentos como correspondía a su rango dentro de palacio—, la túnica tupida que lucía ahora no escondía los contornos aún agradables de su cuerpo. De edad indefinida, conservaba una belleza serena y una línea esbelta. En sus muñecas colgaban varias pulseras de diamantes, único lujo que se permitía.

—No es ninguna tontería. Yezisa me ha dicho que bailas primorosamente. No nuestros bailes, claro, pero acabarás por aprenderlos.

—No tengo intención de aprender nada, señora —repuso ella en tono hosco.

—Lo harás, por supuesto —zanjó Corinne—. ¿De verdad bailas tan bien? Yezisa se da muchos aires contigo.

—Taparé la boca a Yezisa un día de éstos.

Corinne explotó en una sonora carcajada mientras al resto se le escapaban exclamaciones de asombro.

—No harás nada a nadie. Como las demás, acabarás por acostumbrarte al harén. Si mi hermano decide regalarte a alguno de sus ministros, serás una buena esposa. Y si decide llevarte a su cama, le darás todo el placer que se debe dar al bey de Baristán.

—Por mí, el bey y usted pueden irse al inf...

No pudo continuar porque Loryma tapó su boca con ambas manos. Corinne agradeció la intervención con una sonrisa.

—Tu amiga te ha librado de un castigo seguro, Aásifa. De momento. Puedo pasar por alto ciertas cosas porque sé que vienes de un país de salvajes, pero...

—¿Llama usted salvajes a los ingleses, señora? ¿Cómo llamaría entonces a la gente de su propia raza, que raptan, poseen esclavos y venden a las personas como ganado? ¿Cómo llamaría usted a un hombre que tiene varias mujeres, y a la mujer que prepara las fiestas para él? ¿Cómo...?

—¡Silencio!

Fue la primera vez que Christin vio enrojecido y furioso aquel hermoso rostro. Sus ojos oscuros despedían llamaradas de irritación y supo que se había excedido. Acababa no sólo de insultarla a ella, sino al bey. Las otras muchachas, que sabían del castigo por su actitud, la miraban mudas de asombro: el poste de flagelación o, lo que era peor, le podían cortar la lengua, algo bastante común en aquellas latitudes.

Sin embargo Corinne contuvo su ira y aseguró con suavidad:

—No toleraré que pongas este harén cabeza abajo, Aásifa. Bailarás esta noche para nuestro señor y no se hable más. Eso... o mandaré que te despellejen la espalda.

No era una advertencia. Era una amenaza en toda regla. A Christin le recorrió la espalda un ramalazo de miedo. Aquella mujer hablaba muy en serio y ella se lo pensó... No iba a arriesgarse a un castigo físico que la marcaría de por vida sólo por su orgullo. De modo que acabó asintiendo secamente, aunque rezongó:

—No quiero que me llame Aásifa. Mi nombre es Christin.

—Era, pequeña. Además, Aásifa te va mucho mejor porque en tu idioma quiere decir tempestad y... ¿acaso no eres tú justamente eso?

Guardó silencio y abandonó la piscina. De inmediato, las jóvenes la rodearon.

—¿Cómo te has atrevido?

—¡Vaya suerte!

—Por eso te pueden cortar la cabeza —dijo Loryma—. Corinne es buena persona, pero no se la puede irritar del modo en que tú lo haces. Yezisa pagará las consecuencias.

Christin se alteró con el último comentario.

—¿Qué tiene que ver ella en esto?

—Es ella quien te instruye y, en vista de lo ocurrido, no lo ha hecho bien. Seguramente Corinne ordene castigarla.

¿Castigar a otra por las faltas que uno comete? ¿Adónde había ido a parar? Salió con premura de la piscina y, sin importarle su desnudez, atravesó el jardín interno, el patio alrededor del cual se ubicaban las habitaciones y el corredor que accedía a las dependencias de las *ikbal*. Alcanzó a Corinne a punto de entrar en las cocinas privadas de las favoritas. Saltándose las normas de nuevo, asió a Corinne por la túnica, deteniéndola. Unos ojos velados de enojo recriminaron su imprudencia.

—Señora, por favor, debe escucharme —le rogó Christin—. No creo que sea justo que... Yo no quería... ¡Oh, por Dios, lo siento!

—¿Qué es lo que sientes, Aásifa?

Se dirigió a ella por su nuevo nombre, situándola en su lugar, pero Christin se tragó su bilis y, en actitud sometida repuso:

—Siento haberle hablado como lo hice, señora. No puedo explicar lo que me pasó. Pero Yezisa no debe pagar por mi falta. Ella me instruye con dedicación en el modo de comportarme, cómo debo hablar, me enseña vuestro idioma. Aprendo deprisa, señora, os lo juro. Yezisa es una buena profesora y muy paciente conmigo. —Corinne ya suavizaba sus facciones—. No quiero que se la castigue por lo que yo hice y... ¡Maldición, no podéis mandar que la azoten!

Habló sin medir las consecuencias, como en ella era habitual. Luego, calló. Con la mirada fija en la azulejería del suelo, rezando para que su nuevo estallido no incrementara el castigo a Yezisa y el suyo propio.

—¿No puedo hacer qué cosa, Aásifa?

Christin, en alerta, rectificó.

—Quería decir que vuestra bondad no puede permitir que Yezisa reciba el castigo que provocó mi estúpida lengua, mi señora.

Corinne se rio a conciencia y su risa rebotó en los blancos muros del palacio.

—Estás mucho mejor enfurecida, pequeña. Ese aire de mosquita muerta me parece más peligroso que tus ladridos —soltó sin indulgencia—. No temas, tu instructora no será castigada... esta vez. Pero quiero que recuerdes una cosa, Aásifa. En este palacio soy yo quien lleva las riendas. Puedo hacer y deshacer cuanto me plazca. Después del bey, soy dueña de personas y de enseres. Mi hermano confía en mí para que no afloren los problemas en su casa, y así seguirá siendo aun a tu pesar. —La tomó del mentón y la obligó a que la mirara. Descubrió la tempestad en los lagos verdes y la alimentó aún más—. Guarda tus garras, pequeña loba, porque tendrás que acostumbrarte como se han acostumbrado las demás. Nunca saldrás de este palacio, salvo que el bey decida entregarte a otro hombre. Y si eso ocurre, nunca saldrás de la casa de ese hombre. Nunca, entiéndelo bien, regresarás a tu país de salvajes.

Christin no pudo remediar que le asomara un caudal de lágrimas, aunque se torturó a sí misma por mostrar su miedo y su angustia.

—No es justo —susurró en voz baja.

—El mundo no es justo, niña. Nunca lo ha sido —suspiró, tal vez con cierta añoranza, creyó la joven—. Prepárate para esta noche. Pondré a tu disposición el mejor vestido para que luzcas en la cena. Y quiero que te dejes el cabello suelto, te sienta muy bien. —Los nudillos acariciaron la mejilla y se llevaron alguna lágrima—. Si bailas como me ha dicho Yezisa que lo haces, puede que mi hermano te regale una bonita joya. Aprovecha tu buena suerte.

Se dio la vuelta y entró en las dependencias. Christin quedó sola y regresó a paso cansino a los aposentos de las concubinas, sumida en su pena. Cuando llegó se dejó caer en un diván y dio rienda suelta al llanto. Estaba perdida, se dijo. Hasta ese día había conseguido pasar desapercibida para el bey pero si aquella noche bailaba para él, a aquel degenerado casado con tres mujeres, seguramente le apetecería otra nueva diversión. Y ella sería su juguete.

Yezisa, a quien Loryma puso al tanto de la escena en la piscina, llegó a la carrera y se agachó junto a ella y le acarició la cabeza.

—Vamos, cálmate, parece que ha pasado el peligro.

Christin se le abrazó, sollozando ya sin vergüenza alguna.

—¡Oh, Yezisa, creo que voy a morirme!

—No digas tonterías.

—Si el bey decide llamarme a sus aposentos, me cortaré las venas.

—No te cortarás nada, insensata —le dijo—. Bailar para el bey no es un castigo, sino un honor.

—Para mí no es un honor. Yo bailaba entre los míos, por puro deleite, sin que ello me obligara a nada. ¡Pero no quiero exhibirme delante de un mulo!

—Acabarás por conseguir que nos corten la cabeza —le regañó—. ¿Qué importancia tiene bailar para el bey? Piensa, mujer. Estás aquí y no puedes marcharte. ¿No sería mejor acoplarte a tu nueva vida y tratar de sacarle todo el provecho posible?

—Yo quiero regresar a Inglaterra con los míos.

—Sabes que eso no es posible. —Yezisa volvió al abrazo—. Vamos, deja ya las lágrimas o no habrá maquillaje capaz de disimular el enrojecimiento de tus mejillas.

—¡Pero es que quiero llorar! —protestó ella como lo hiciera una criatura—. Quiero llorar. No quiero estar guapa y evitar así que el bey me llame a sus habitaciones.

—¿Tan malo sería?

Christin la miró como si estuviese loca.

—¡Soy virgen!

—Por eso te regalaron al bey.

—Y quiero entregar mi virginidad al hombre con el que me case, no a un maldito asno libidinoso.

—El amo es como tu esposo —le explicó Yezisa—. Le perteneces, como le pertenecemos todas, y si él decide que vayas a su cama, debes hacerlo. No le des tanta importancia a tu virginidad. Si acabas casada con un hombre rico o uno de los ministros de nuestro señor, haber dejado de ser doncella en la cama del bey será un honor para tu esposo, al contrario que una ofensa.

—En Inglaterra no pensamos de ese modo.

—Esto es Baristán, no tu adorada Inglaterra. Y cuanto antes te metas eso en la cabeza mejor para ti y para mí —le dijo, levantándose—. Descansa un poco y luego llamaré a las criadas para que te bañen y perfumen. Sé que no me vas a dejar en evidencia esta noche, Aásifa. Somos amigas, ¿verdad?

—Loryma y tú sois mis únicos consuelos.

—Entonces, sal y evita que me tengan que cortar la cabeza por tu mal genio —rogó.

12

Kemal se recostó en los almohadones y miró a su padre con atención. No había cambiado nada en aquellos cuatro años; si acaso, alguna cana más en las sienes.

Jabir desenvolvía el paquete. Adoraba los regalos del joven porque siempre resultaban una sorpresa interesante. Rasgó el envoltorio con la ilusión de un niño. Con el obsequio en sus manos quiso decir algo, pero las palabras se le atascaron en la garganta.

—¿Te gusta, padre?

Un destello de orgullo brilló en los iris del bey. Asintió y pasó las yemas de los dedos por la afilada hoja de la espada. Era magnífica.

—¿De qué época es?

—Si tengo que hacer caso al maldito chantajista que me la vendió, debe de ser la espada de Ricardo Corazón de León —bromeó Kemal—. Al menos, pagué por ella como si lo fuera de veras. Es del siglo XII.

—Es preciosa —musitó Jabir, admirando las esmeraldas incrustadas en la empuñadura—. Nunca he tenido una igual.

—Por eso la compré, padre.

—Debo darte algo a cambio.

—Imagino que, si Dios no lo remedia, así será.

—¿Quieres decir Alá?

—Uno u otro, tampoco importa mucho. —Kemal se encogió de hombros ante la solapada amonestación—. ¿Cuántas muchachas tengo en mi harén particular ahora?

—Creo que ya son ocho.

—¡Ocho! —Kemal se irguió—. Padre, sabes lo poco que me gusta eso. Las mujeres las elijo yo. ¡Oh, demonios! La última vez que estuve aquí eran solamente cuatro y me vi y me deseé para librarme de ellas.

Jabir dejó escapar una larga y sonora carcajada.

—Veo que la presencia de Kemal ha mejorado tu ánimo, mi señor —dijo Abdullah, entrando en ese momento en el salón—. Bienvenido, mi príncipe —saludó, con una profunda reverencia.

Kemal se levantó y le abrazó.

—Te eché de menos, visir bribón.

El visir apretó sus brazos en señal de amistad y a una indicación del bey tomó asiento junto a ellos.

Les habló luego de su estancia en Inglaterra, de cuyas vivencias no se cansaban nunca. Le preguntaban y no paraban. Por fin, Kemal puso coto a ello y dijo:

—Hablemos ahora de aquí. Mi padre me dice que hubo problemas con piratas griegos en los últimos meses.

—Nada que no podamos solucionar. Ya sabes que, en caso de necesidad, el sultán pondría a nuestra disposición sus propios barcos para defendernos.

—No acaba de gustarme que sigamos dependiendo

en cierta forma de Mahmut. Preferiría que dispusiéramos de medios de defensa propios.

—El sultán actúa de buena fe —dijo Jabir.

—¿Tú crees, tío? —se oyó una voz a sus espaldas—. Particularmente, no me agradan sus consejeros.

Kemal se levantó, atravesó la pieza y abrazó con fuerza al recién llegado. Luego, manteniéndolo a distancia, sujeto por los hombros, le observó con atención. Era tan alto como él, de porte orgulloso, cabello caoba como Corinne, ojos algo almendrados de color chocolate. Cubría su rostro una barba corta y cuidada que potenciaba su atractivo.

—Te encuentro muy bien, Okam —saludó Kemal.

—Yo a ti, no tanto —musitó él, echando un vistazo a su indumentaria occidental.

Kemal no se había cambiado de ropa y vestía un traje de corte inglés con chaleco. Se había desprendido de la chaqueta y el corbatín cuando entró en las habitaciones de su padre, y lucía la camisa desabrochada.

—Estaré presentable en un momento, lo prometo. Por cierto, te traje un regalo. Y otro para ti, Abdullah.

—¿Para mí, mi príncipe?

Kemal tomó los paquetes y se los entregó sin dilación. Okam no pudo por menos que regocijarse ante una bata de terciopelo vino burdeos, de corte europeo.

—Prometo usarla —dijo, acariciando la costosa tela.

El visir gorjeó ante la vasija que le tocó como presente.

—Griega —musitó con adoración.

—Griega, sí.

—Es una maravilla. Gracias, mi señor.

—No las merece. ¿Dónde está mi tía? Tengo también algo para ella. Y para los chiquillos. Y para Ismet. ¿Dónde diablos se ha metido ese condenado eunuco?

—Mi madre está ocupada preparando la celebración de esta noche —le informó Okam—. Ismet salió a hacer un recado de tu padre. En cuanto a los críos... hay un varón más.

Kemal palmeó a su padre en el brazo, ironizando:

—Tarde, pero seguro, viejo. ¿Por qué no me lo dijiste por carta?

—Guarda a tu padre el respeto que merece —regañó el visir con buen humor—. El niño nació hace apenas dos semanas.

—¿Tenemos fiesta, entonces?

—Has vuelto, ¿verdad? Después de cuatro largos años. Habrá una cena especial en tu honor y ya sabes que a tu tía le gusta disponerlo todo a conciencia.

—Tengo ganas de verla. ¡Oh, vaya! Os he echado de menos a todos.

—En unas semanas estarás harto de nuestras feas caras —bromeó Jabir—. ¿Cuánto tiempo piensas quedarte esta vez, hijo?

—Al menos seis meses.

—¡Tanto! —La alegría del bey se desbordó—. ¡Loado sea Alá!

—Desde la derrota de Napoleón en Waterloo, las cosas están muy aburridas y no necesitan de mis servicios.

—Te estás convirtiendo en un cochino inglés —protestó Jabir.

—¿De quién es la culpa? —rio el joven.

—No voy a eludir la responsabilidad, pero debes

pensar en tu futuro. Tu obligación no es andar de acá para allá jugándote la vida espiando para la Corona inglesa, sino afincarte de una vez por todas en Baristán, casarte y tener hijos varones. Cuando yo muera...

—Vas a vivir muchos años, padre —le interrumpió—, y yo no tengo ninguna intención de atarme a mujer alguna por el momento. Estoy bien como estoy, gracias.

—¿Muchas conquistas en Inglaterra? —cotilleó Okam.

—Alguna que otra. Desde luego, no es tan pesado como tener un harén propio —dijo, como si interpelara a su padre—. Las prefiero de una en una, primo. Cuando te cansas de la rubia, buscas una morena; cuando te cansas de la morena, buscas una pelirroja.

—¿No es más fácil tenerlas a tu disposición en lugar de buscarlas?

—Muchacho —Kemal le palmeó el brazo con afecto—, lo más atrayente de llevarse a una mujer a la cama es poderla seducir. Decirle palabras bonitas, que se sienta hermosa. Una invitación a un concierto, a un baile, susurrarle palabras de amor mientras giras con ella en la pista. Cenar a la luz de las velas... La caza, primo. La caza es lo que importa. Aquí te lo dan hecho.

13

Christin había sido ya preparada. La bañaron y perfumaron su cuerpo con áloe. Se esmeraron en su larga y rizada cabellera que lucía brillante y esponjosa. Admitió, a su pesar, que Corinne acertó en su atavío: era una hermosura, aunque del todo escandalosa. Nada de túnica ni de bombachos —que a veces utilizaban las odaliscas—, sino un cortísimo pantaloncito festoneado con un ancho cinturón de pedrería verde que encajaba sus caderas, muy bajo. Tanto, que quedaba expuesto su ombligo. Del cinturón colgaban tiras muy finas plateadas y verdosas que llegaban hasta sus tobillos y permitían admirar la esbeltez de sus piernas fibrosas y torneadas. El atuendo se completaba con un corpiño a juego con el cinturón, tan diminuto que apenas le tapaba el busto. El velo que cubriría su rostro desde la nariz era de un suave tono lima y se enganchaba tras sus orejas a la diadema que recogía en parte su melena oscura.

—Esto es como ir desnuda —protestó.

—Una bailarina cubierta hasta las orejas no es una bailarina, Aásifa —argumentó Yezisa, que ayudó a prepararla para la gran ocasión. La admiró en silencio—. Estás encantadora, amiga mía. Si nuestro bey no se enamora esta noche de ti y no te llama a su lecho, es que chochea.

El comentario fue acogido con risas entre las criadas.

Yezisa tomó una caja que había apartado y la abrió, mostrando el contenido a Christin.

—Te pondrás esto.

La muchacha lanzó una exclamación.

—Mi gente podría comer seis años enteros con lo que valen estas joyas. No puedo aceptarlas.

—Es sólo un préstamo. Las tengo en gran aprecio, pero lucirán estupendamente en tu cuerpo esta noche. —Sacó la gargantilla de esmeraldas, dos aretes para las orejas y cuatro finos brazaletes a juego. Acabó de abrocharlos y suspiró—: Eres como un sueño...

—Gracias, Yezisa. Son una preciosidad. Pero tienen el inconveniente de que quizás el bey acabe por encapricharse de la bailarina que los luce —protestó, cada vez más nerviosa—. Te juro, pues, que si acabo en su cama, te haré trizas.

La aludida se encogió de hombros.

—Serías afortunada si eso sucede. Y yo también lo sería, por haberte instruido. Pero recuerda que hay un asunto pendiente que deberíamos zanjar si eres llamada a las dependencias de nuestro señor. —Christin frunció el ceño—. Tu pubis.

—Eso no entra en el pacto —zanjó.

—Lo sé. Matarás al que lo intente —sonrió Yezisa—. ¿Nunca te cansas de maldecir, Aásifa? Tendrás que acceder. Según nuestras costumbres, el vello es algo impuro.

—¡Oh, déjame tranquila!

Aceptó momentáneamente la derrota. No tenía sentido discutir con la infiel y ella sabía que acabaría por amoldarse a las normas del harén. Todas, sin excepción, lo hicieron tarde o temprano y aquella joven no iba a ser especial.

—Cenarás aquí —dijo—. Estate preparada para cuando seas requerida. Yo vendré a buscarte. Y por favor, no estropees tu vestido.

—¿A estas dos tiras llamas tú vestido?

Yezisa dio un par de palmadas, indicando a las criadas que podían retirarse. Luego, se inclinó hacia la joven y la besó en la frente.

—Estaré orgullosa de ti —aseguró.

Christin sonrió torcidamente. No estaba ella tan segura de dejar a Yezisa en el lugar que ella esperaba.

El salón del banquete, donde se celebraría la cena, era, tal vez, el más espléndido de todos, sin contar el de las recepciones para los altos dignatarios, conocido como salón de audiencias. Dos de los muros estaban recubiertos de hermosos azulejos azules y blancos provenientes de Iznik y los otros dos eran de mármol blanco. Los techos, hermosamente decorados con pasajes del Corán, letras doradas sobre fondo negro. Las dos hojas de las puertas de acceso eran de celosía con incrustaciones de nácar. Adosadas a las paredes, dos enormes estufas de cobre y oro. En medio de la sala, un brasero de plata. Todo el pavimento estaba cubierto de ricas alfombras azules y blancas, armonizando con el resto de la sala.

Jabir, recostado en un confortable sofá, contemplaba a quienes le rodeaban. En el semicírculo a su derecha se encontraban sus tres esposas y sus hijas mayores —los pequeños habían sido enviados a la cama y estaban al cuidado de las esclavas—, ocupando lugar junto a su hermana, Corinne. Okam dialogaba cercano al visir y a Kemal, a su izquierda. En el piso superior, sus *ikbals*.

Todos lucían sus mejores galas. Los vestidos de las mujeres resplandecían, cargados de joyas. Jabir estaba satisfecho de su numerosa familia.

Aunque no era lo más adecuado, se empeñó en lucir en su cadera la espada regalo de Kemal.

Su mirada se detuvo en su hermana a quien brindó una leve inclinación de cabeza agradeciendo en silencio tan magnífica disposición. Ella le correspondió con una sonrisa —lucía la gargantilla que Kemal le obsequiara— y continuó hablando en voz baja con una de las esposas. En las fuentes: hígado frito con cebolla, berenjenas rellenas de ajo y tomate, alubias blancas con vinagre, huevos duros, pinchos de carne picada, pollo en salsa picante de nueces y pan, cordero exquisitamente asado con salsa de almendras, albóndigas de carne con especias, mejillones rellenos, hojas de parra rellenas de arroz cocido y pescado a la brasa, una variedad increíble de zumos, agua de rosas, agua de menta y buena provisión de yogures, además de frutas y limones. Y dulces, de cien maneras distintas: en pudin, con almíbares, natas, chocolates, almendras bañadas con miel y helados.

Kemal se encontraba cómodo, medio recostado en los almohadones. Vestía unos pantalones bombachos de raso gris perla y una camisa abullonada del mismo tono, abierta en el pecho. En opinión de las mujeres, que no cesaban de mirarle de modo discreto y cuchichear por lo bajo, estaba guapísimo. Jabir simuló no darse cuenta de la expectación que su heredero levantaba entre sus esposas y preferidas. Pasaba igual cada vez que visitaba Baristán y desde que cumpliera los catorce años. Kemal tenía un atractivo especial para las mujeres y él no podía culparlas de que apreciaran su buena apostura aunque, en su opinión, estaba más europeizado con el paso del tiempo. Incluso él tomó, hacía años, algunas costumbres europeas. La vida junto a la madre de Kemal le enseñó que su fe y modo de vida no eran las únicas y que las mujeres tenían también sus gustos, sus preferencias y alguna capacidad de decisión. Bien. Mientras que esas preferencias se limitasen a Kemal, él pasaría el asunto por alto.

Okam le estaba contando el último escándalo en palacio. Dos de las hijas de Jabir, llamadas Yeyma y Adila, de nueve y diez años, se habían escondido en un enorme jarrón en la sala de audiencias. Nadie supo cómo consiguieron escabullirse de sus dependencias y estuvieron buscándolas durante todo el día, angustiados por su desaparición, y justo cuando el bey celebraba una reunión con cuatro de sus ministros y con su visir, Abdullah, se oyó un estornudo. Entonces, las descubrieron.

—No hubo modo de sacarlas de allí sin destrozar la costosa pieza —explicó Okam—. Las muy pícaras estaban atascadas y por eso no pudieron salir.

Kemal se rio con ganas.

—¿Qué pasó con las dos mocosas?

—Tu padre les castigó a un mes sin postre. El castigo debía ser ejemplar —sonrió Okam—, pero el bey, según me contó Abdullah, hacía verdaderos esfuerzos para no reír cuando las descubrió, hechas un cuatro. Ya sabes que son sus preferidas y se les pasa por alto sus travesuras. Tu padre sólo lamenta la pérdida del jarrón, que era una obra de arte.

—Yo pensaba que después de mi marcha el palacio sería un jardín de paz y armonía —bromeó Kemal.

Corinne se incorporó, se acercó a las puertas y batió palmas tan suavemente que Kemal, embelesado con la conversación, ni se enteró.

Christin aguardaba fuera del salón en compañía de Yezisa. Apenas podía respirar. La losa del miedo le oprimía el pecho. Se preguntaba qué podía suceder una vez traspasara las puertas de celosía. Se encontraba en un mar de dudas. Por un lado, deseaba no agradar al bey, lo que acarrearía problemas a su instructora. Por otra parte, deseaba complacer con su baile, por amor propio, porque le gustaba la admiración que el público le dispensaba cuando danzaba. Lo llevaba en la sangre. Era inmodestia, lo sabía, pero también un atributo del que hizo gala desde pequeña. Se tragó el nudo que atenazaba su garganta y rezó para que las piernas no le fallaran cuando Yezisa la instó a entrar con un leve empujoncito en la espalda. En un rápido vistazo vio a los eunucos apostados en la puerta. Ismet, el jefe de todos ellos, guardaba una postura marcial, ataviado con una túnica dorada que realzaba el ébano de su piel. Mostraba con orgullo una daga magnífica colgada de su cinturón, apostando su mano sobre ella. En el harén se decía que era un regalo del príncipe, que le tenía en gran estima.

Aunque la música comenzó en cuanto ella apareció,

ni Kemal ni su primo prestaron demasiada atención al entretenimiento que se les ofrecía. Al primero le interesaban más los últimos acontecimientos de palacio y el segundo había visto demasiados bailes como para estar interesado en uno más.

Christin cerró los ojos y respiró hondo. No podía mirar a nadie. No debía hacerlo o Corinne vería en ellos el miedo y el enojo. No quería problemas. Bailaría, se retiraría y rogaría a Dios para que el bey no le concediera más crédito que el que pudiera dar a cualquier otra de sus mujeres. Clavando sus ojos en el suelo comenzó a bailar. El rubor con que acudía por su media desnudez ante tantos espectadores quedó disimulado tras el velo que cubría su rostro.

A su pesar, su danza llamó de inmediato la atención de todos. Aunque la música marcaba compases perfectos para acometer la danza del vientre, los giros de Christin hablaban de una tierra lejana. Su cuerpo, un tanto rígido durante los primeros pasos, fue sumergiéndose en la melodía y comenzó a contorsionarse por sí misma, sin seguir un guión establecido. Para Christin, la música siempre fue un medio de volar, de soñar. A veces, le parecía verse desde fuera, como si estuviera en un plano superior. No era dueña de sí cuando se dejaba mecer por los pasos de una melodía. Y la que sonaba no resultaba tan distinta a la que interpretaban los gitanos.

Con los ojos apenas abiertos, estiró los brazos con gracia sobre la cabeza, provocativa y sensual, impulsando sus pechos hacia delante. Su vientre se estiraba y encogía al ritmo de unas notas que la guiaban. Describió círculos, su cabello se meció en ondas, sus piernas golpeaban el aire con delicadeza y sus tobillos giraban unos pies que se burlaban de un suelo que no podía seguirles tan ágiles.

Provocó elogios indisimulados al emprender una larga serie de giros. Su cabello suelto simulaba una nube negra que enmarcaba su rostro y sus hombros, cabalgando en cada molinete.

Voló sobre las alfombras, absolutamente inmersa y algunas mujeres siseaban sin poder contenerse.

Para entonces, el heredero de Baristán y su primo habían perdido ya todo interés por la conversación y la observaban fascinados.

En uno de los volteos, Kemal sintió como si le hubieran golpeado en pleno tórax. Había visto aquel cuerpo y aquellos ojos en otro lugar, lejos de allí, atravesando el mar. Pensó que era una ilusión. Debía de haber muchas mujeres de cabello negro y ojos esmeralda. No podía ser que aquella mujer, cimbreándose como una anguila, le recordara tan vívidamente a otra. Debía de ser que la digestión le estaba aturdiendo.

Pero no. Se fijó bien.

La música avanzaba en un *crescendo* que llevaba a la bailarina a un paroxismo que contagiaba al auditorio, absorto por la figura a través de cuyos gráciles miembros fluían la belleza y el arte. Era un foco más allá del cual nadie podía ver más que sensualidad en movimiento.

Súbitamente llegó el final. Los instrumentos dejaron de sonar y la danzarina fue dibujando un escorzo que dejó su cuerpo besando el suelo.

Se hizo el silencio. La fascinación les embargaba. Querían expresarla pero esperaban la reacción del bey. Éste, en un acto insólito, se levantó y comenzó a aplaudir.

El clamor de los aplausos inundó el salón en un acto de homenaje que nunca se había visto en Baristán.

Christin, entretanto, vivía el contrasentido de estar íntimamente satisfecha de su baile y de temer las consecuencias de la danza, una desazón que no veía nadie.

Jabir hizo una seña y pidió que se acercara y se descubriera el velo.

Entonces lo vio. Era el conde de Desmond.

Recibir un disparo no la habría paralizado tanto.

Christin enmudeció al ver a Kemal. Demasiado bien recordaba al aristócrata inglés, demasiadas noches había soñado con aquel rostro viril y atractivo, con aquellos ojos grises como dagas.

Kemal no se resistió a la tentación. Sencillamente, no pudo. Se incorporó y bajó los dos escalones que le separaban de ella y, ante el estupor general, la sujetó por la garganta. Su fiel Umut, como por ensalmo, se posicionó junto a él.

—¡Tú!

Se expandió un murmullo de desconcierto y hasta el propio Jabir se lamentó por aquella actitud impropia de su hijo.

—¡Condenada zorra! —murmuró muy bajo Kemal, absorbiendo la belleza de la bailarina cristiana.

Okam leyó en la distancia los labios de su primo y se puso en pie. ¿Qué le pasaba?

Kemal la empujó antes de que sus dedos ahogaran su cuello y ella, aturdida, cayó al suelo de rodillas. Se volvió hacia su padre y el bey supo que la cólera le embargaba.

—¡Quiero a esta mujer, padre!

En el silencio sepulcral del salón, Jabir, como el resto, se quedó atónito. ¿Su hijo le exigía que le entregara una de sus concubinas? Debía tener sus buenas razones, pero estaba violando todos los códigos de conducta. Tomó asiento e hizo una señal para que los demás le imitasen.

—Lo trataremos en privado, Kemal.

—En privado si lo prefieres, padre.

Jabir dedicó su atención a la joven, que parecía a punto de desmayarse y no se había movido un milímetro.

—¿No es ella la que me regalaron hace poco, Corinne?

—Lo es, mi señor —respondió su hermana, agraviada por tan lamentable espectáculo.

—La cristiana.

—Sí, mi señor.

Christin no se podía creer lo que estaba sucediendo. En el momento en que vio al inglés ante ella se sintió morir. Hubiera querido desaparecer. Incluso acceder a la cama del bey. Todo con tal de no enfrentarse con el hombre al que había burlado en Inglaterra.

—Es una muchacha bonita. Costaría sus buenas monedas.

—¿Cuánto pides por ella? —preguntó Kemal.

Christin se atemorizó. No podía querer comprarla, ¿o sí?

—Dije que es un asunto que trataremos en privado —se enojó el bey.

Kemal asintió. Pero conseguiría a la gitana de un modo u otro, se dijo a sí mismo, obcecado...

—¿Quieres hablarlo ahora, padre?

—Estamos en medio de una celebración. —La irritación de Jabir se estaba incrementando.

Christin miraba a uno y otro sin acabar de creerse que estuvieran hablando de ella.

Kemal se volvió y a ella se le secó la garganta. No podía ser cierto, aquello no era más que una pesadilla. Si la compraba querría vengarse. Pero ¿qué diablos hacía allí un aristócrata inglés, a quien un bey turco trataba como a un hijo?

Cuando Kemal avanzó hacia ella, sintió el miedo. Se levantó de un salto y arrebató a Umut la daga que colgaba de su costado. Absortos como estaban en tantas emociones, nadie tuvo capacidad de reaccionar. Con ella en la mano se aprestó a la defensa.

Un grito múltiple se expandió por el salón.

Christin tenía los ojos tan abiertos que casi se le salían de las órbitas. Le temblaba el cuerpo y su mano apenas era capaz de sostener la pesada daga. Pero Kemal no veía en su mirada ni una pizca de remordimiento, sino un furor retador y para él, los desafíos siempre resultaban un acicate.

Umut se adelantó hacia ella, pero Kemal le hizo una seña para que se apartara.

—Suelta eso —le ordenó.

Ella negó en mudo gesto y captó con el rabillo del ojo el movimiento de los eunucos que la rodeaban. En cualquier momento podían atravesarla con sus cimitarras curvas.

—No seas idiota —afirmó Kemal—. Suéltalo antes de que tu cabeza ruede por las baldosas.

—Antes de que eso pase, milord —mordió las palabras—, te llevo por delante.

Una curva cínica se estiró en los labios de él. Estaba armada, ¿no? Podía atravesarle el corazón. Sabía cómo pelear con los gitanos. No era la primera vez que tenía que defender a sus gentes siendo atacados sus campamentos por desaprensivos que querían robarles y violar a sus mujeres. ¡Sí, condenación! Sabía usar el arma y ahora mismo ansiaba poder marcarle el rostro, seccionar su corazón en pedacitos.

—Umut, perderás la lengua por dejarte arrebatar la daga —dijo Kemal, para distraerla.

Se lanzó hacia Christin y ella, conteniendo el aire en sus pulmones, rasgó el aire sin pensarlo, pronta a su defensa.

Alguien gritó.

Un segundo después en el brazo derecho de Kemal se dibujó una fina línea de sangre y una docena de manos la atrapaban, retorcían su muñeca y ella perdía su arma. Asieron su melena con fuerza hacia atrás y percibió el brillo mortal de una cimitarra sobre ella.

—¡¡¡No!!!

La orden del príncipe rebotó en el salón como el eco de un rugido. La eximió de morir en ese instante. Los guardias se apartaron excepto quien la tenía sujeta por el cabello. Se le saltaron lágrimas de dolor. A una señal de Kemal, Umut la dejó libre y Christin cayó al suelo de nuevo, dolorosamente, sobre sus rodillas. Casi al mismo tiempo, Kemal la agarró por un brazo y la obligó a ponerse en pie. Para entonces, el salón se había convertido ya en un caos de lamentos, gritos y órdenes.

—Estás herido —musitó Jabir junto a su hijo, la sangre tiñendo su camisa.

El bey, Abdullah y Okam rodeaban a Kemal. Las mujeres permanecían petrificadas. Nunca se había visto algo así en palacio. Era impensable que alguien osara levantar la mano contra el bey o su hijo y siguiera vivo para contarlo. Corinne se acercó al grupo y se colocó junto a Christin.

—Me haré cargo de ella, mi príncipe —dijo, tomándola de un brazo—. Puedo asegurarte que no verá el sol de mañana.

Christin apenas si asumió la amenaza de morir esa misma noche. Sí le importaba, sin embargo, el sumo respeto con que se trataba a Kemal. ¿Príncipe? ¿Aquel bastardo aristócrata era el tan cacareado príncipe? ¿El hijo del degenerado bígamo que la había aceptado como regalo? ¿Todo eso le estaba pasando a ella? Sufrió un ataque de pánico y estalló en carcajadas nerviosas.

—Ha perdido el juicio, sin duda —comentó Okam.

Al momento siguiente, el cuerpo de Christin se convulsionó y el llanto sustituyó a la risa.

—No cabe duda —asintió Jabir—. Está loca.

—Sobrino, deberían curarte la herida —dijo Corinne—. ¡Que el médico vaya a los aposentos del príncipe! —ordenó a Ismet, que se retiró en el acto—. Yo arreglaré cuentas con la cristiana.

—No, tía —negó Kemal, muy serio—. Esa fiera es un asunto mío. —Se volvió hacia su padre—. ¿Tengo tu permiso?

Jabir, por toda respuesta, asintió en silencio.

14

Apenas pudo seguirle. Las zancadas de Kemal atravesando salones y pasillos eran tan rápidas que resultaba imposible. Tropezó un par de veces y él la levantó tirando del ella sin misericordia, pero no se atrevió a quejarse aunque estaba dolorida y la cabeza le estallaba. El pavor la mantenía muda.

Cuando llegaron a los aposentos de Kemal, él la empujó al interior. Christin tropezó con una alfombra y volvió a caer. Pero se incorporó con rapidez e intentó correr hacia la puerta que daba al jardín.

—¡Si mueves una pestaña, te mato!

No se sintió con fuerzas para desobedecerle. Ahora temblaba como una hoja, incapaz de hablar, de respirar siquiera. Tenía fuego en el pecho y en la garganta por retener el llanto. ¿Qué haría con ella? ¿Mandaría que le cortaran la cabeza? Yezisa había dicho que eso era una práctica común cuando alguien cometía traición. Y ¿acaso ella no la había cometido? Había tratado de asesinarlo. No, eso no era cierto. Sólo se había defendido. Si aquel demonio de ojos grises no se hubiera abalanzado sobre ella, no luciría una hermosa herida en el brazo y... Miró hacia él y se quedó sin respiración. Kemal se había quitado la camisa y examinaba el corte. Su torso desnudo la transportó a otro lugar, meses atrás. ¡Por Dios! Era tan espléndido como lo recordaba. Su piel tostada parecía terciopelo y sus músculos parecían cuerdas. Se dijo que nunca había visto un cuerpo tan perfecto y casi se arrepintió de haberlo herido. El brazalete de oro en el antebrazo izquierdo le procuraba un halo pagano.

Kemal también se fijó en aquellas pupilas aterradas. Apretó los labios y en dos zancadas estuvo en la puerta.

—¿Dónde diablos está el maldito médico? —gritó. Luego volvió a centrar en ella su atención y se aproximó—. Podrías perder la cabeza por esto.

Ella tragó saliva con esfuerzo, antes de responder.

—No sería peor que permanecer esclava el resto de mi vida. Además, esa amenaza ya la he escuchado muchas veces.

Kemal parpadeó. ¿De veras aceptaría morir con tal de librarse de una vida de lujo y holgazanería? ¡Por las barbas del Profeta, hasta entonces no había sido más que una ramera que vendía sus favores! No entendía que su padre hubiera admitido como regalo a una vulgar zorra cristiana. Si hubiera sido virgen, tal vez. Desde luego, era hermosa. Una mujer que quitaba el hipo con sólo mirar sus ojos de hechicera. Seguramente debía ser verdad que todas las gitanas tenían algo de brujas.

El médico entró apresuradamente en la habitación, abrió su maletín, pidió a Kemal que tomara asiento sobre unos cojines y comenzó a curarlo. Kemal no le prestó atención, pero se quejó cuando el matasanos introdujo un suave paño de lino impregnado en desinfectante en el corte, aunque ni siquiera entonces le miró.

—¡Acaba de una vez!

—Debería aplicaros unos puntos, mi príncipe —dijo el médico.

—Haz lo que tengas que hacer, pero deprisa. Tengo asuntos de los que ocuparme.

—Os prepararé una bebida que...

—No quiero brebajes. ¡Acaba ya!

Una vez el médico finalizó la cura, se inclinó ante Kemal y desapareció, tan presto como había entrado.

Christin se atrevió a ponerse en pie, muy despacio, sin levantar la cabeza. Cuando tuvo a Kemal a su lado, inhaló aire. ¿La mataría ahora? El roce de unos dedos en su barbilla la tomó desprevenida. Kemal la miraba de un modo extraño, como si fuera la primera vez que la veía. Escrutaba sus ojos, sus labios. Y ya no parecía enfadado.

—Eres tan hermosa como te recordaba —susurró.

Christin se encogió imperceptiblemente cuando su mano se enredó en sus cabellos y la acercó a él.

—¿Por qué lo las hecho?

Debía contestar si quería mantener la cabeza sobre los hombros. Se pasó la lengua por los labios resecos y ni siquiera pudo imaginar cómo deseó él saborearlos en ese preciso momento.

—Sólo me defendí —repuso en tono quedo.

—¿Defenderte? ¡Por las barbas de un chivo! —Se apartó de ella y se recostó sobre almohadones. Lucía impresionante en su dejadez.

—¿Qué vas a hacer conmigo? —preguntó, sumisa, pero que a él, por el contrario, le pareció un reto.

—¿Qué voy a hacer? —preguntó Kemal a su vez—.

¿Qué crees que debería hacer con ella, Okam? —Acababa de entrar para interesarse por su primo.

El alivio la inundó. Él no se atrevería a matarla delante de testigos...

—Mandar que la arrojen desde las murallas al mar —repuso el recién llegado—. Aunque es una lástima, es bonita. ¿Cómo está tu brazo?

—Sólo ha sido un rasguño.

Okam tomó asiento al lado de su primo, sin dejar de admirar a la fierecilla cristiana que se había atrevido a atacar ni más ni menos que al heredero de Baristán.

—¿Por qué se la has pedido a tu padre?

—Si te digo la verdad, no lo sé. Llámalo un impulso.

—Has armado un revuelo monumental. Cuando fuiste hacia ella y la atenazaste del cuello creí que ibas a matarla.

—Te juro que así era. Tengo un asunto pendiente con esta perra inglesa.

Okam esperaba más, pero su primo no parecía dispuesto.

—Yo podría hacerme cargo de ella —se ofreció.

—¿Cómo debo interpretar eso?

—Es muy bonita. No sé qué tenéis pendiente, pero sería una pena matarla. Estoy dispuesto a pagar por ella.

Kemal cambió de postura. ¿Bonita?, se dijo. Su primo estaba perdiendo el gusto. Aquella mujer era lo más hermoso que nunca había visto. Rememoraba su cuerpo y aquella noche... Y recordó la burla de que fue objeto y un punto de bilis se le agrió por un momento. No, sólo él tenía derecho a ser el dueño de aquella arpía. Él le enseñaría que nadie podía burlarse de Kemal Ashan, conde de Desmond, príncipe de Baristán y salir indemne.

—No la vendería por todo el oro del mundo —confesó.

Christin no soportó más. Había tratado de mantener la boca cerrada, pero allí se hablaba de ella como de un objeto, como si no estuviera. Como de algo que se toma o se deja, reducida a la Nada.

—Ten cuidado, milord —dijo—, porque aún no he perdido mis dientes.

Okam se quedó en suspenso pero Kemal rio con ganas. Resultaba tan hermosa, con aquella pose altiva, sin un ápice de temor o remordimiento... Sintió deseos de besarla. Nunca había conocido a una mujer con tanta determinación. Las mujeres a las que hizo sus amantes se mostraron siempre complacientes. Pero ¿y esta fiera gitana? Sin duda, en su vocabulario ni existía la palabra.

—Haré que comas de mi mano en poco tiempo —prometió.

—Si quieres arriesgarte a quedarte sin ella...

A Kemal le divertían los dardos envenenados de su boca. Okam tosió, sin embargo, y se levantó. Hubiera dado una fortuna por conocer la guerra que estaban librando los dos.

—¿Puedo tener la seguridad de ver a esta belleza viva mañana? —preguntó antes de excusarse.

—No apuestes por ello —repuso Kemal.

El hijo de Corinne, si conocía bien a su primo, creía que las lanzas estaban en alto. Sabía que los retos eran su pasión y aquella esclava le estaba arrojando el guante cada vez que abría la boca. Le envidió. Domar a la cristiana le iba a resultar placentero.

Cuando quedaron solos, Kemal se levantó y paseó frente a ella con las manos en la espalda. Christin seguía cada movimiento, tan tensa que le dolía todo el cuerpo. Siempre podría decidir que la degollaran o la marcaran con el látigo. O tal vez obligarla a yacer con él.

—¿Y la sortija?

La pregunta rompió el hilo de sus reflexiones.

—¿La sortija?

—La esmeralda que me robaste —explicó Kemal, parándose delante de ella y obligándola a mirarle. Le gratificaba mostrarse ante ella en un plano superior.

—La vendimos —repuso—. ¡Y no te la quité! Sólo tomé lo que habíamos pactado, aunque pude quedarme con muchas más monedas de tu bolsa.

Kemal se agachó ligeramente y sus fríos ojos quedaron a la misma altura que los de ella. Una vena latía en su sien izquierda. Christin se daba cuenta de que no estaba en condiciones de bravuconear pero le costaba evitar mostrarse como era.

—Me robaste hasta los calzoncillos, perra. No lo pasé nada bien para regresar a Londres.

Debería temerle. Pero imaginar al poderoso conde de Desmond, al omnipotente príncipe de Baristán, escondiéndose para volver a su casa medio desnudo, la satisfacía. Un atisbo de ironía cruzó sus ojos.

—Si hubieras buscado bien, habrías encontrado tus ropas en la rama del árbol bajo el que me llevaste. Incluso los calzoncillos, milord. Y todo tu dinero, salvo el importe que acordamos por mi compañía.

—¡Lo pagué por acostarme contigo, condenada seas! —estalló Kemal, haciéndola retroceder—. ¡Desde luego, no por acabar drogado y desnudo como un imbécil! Por esa función el precio resultó carísimo.

Christin se irritó. Y replicó con la misma vehemencia.

—¿Te sientes burlado? ¡Ja! —Cruzó los brazos sin darse cuenta de que se le erguía el pecho que devoraban sus ávidos ojos—. Todos los aristócratas sois igual de necios. Venís a nuestros campamentos y tomáis lo que os apetece, pensando que unas cuantas monedas lo compran todo. ¡No somos putas!

—¡Pues tú interpretabas el papel a las mil maravillas!

—Buscabas una noche de diversión y la tuviste. ¡Me desnudaste y yo no...! —Se mordió la lengua antes que decirle que era la primera vez que un hombre la desnudaba. ¡Ah! No. No le daría esa satisfacción al muy cretino.

—Sí —se lamentó él—, eso fue todo lo que hice... esa noche.

El tono amargo le encogió el estómago, porque escondía la amenaza del cobro de una deuda pendiente. Retrocedió. No podía dejar que la tocara. No otra vez. Ya se había agitado su cuerpo anhelando el contacto de aquellas manos. ¡Nunca más la tocaría! Ningún hombre tendría ese poder sobre ella.

De dos zancadas la alcanzó y aunque trató de escabullirse, unos brazos de hierro la retuvieron. El pánico aceleró los latidos de su corazón. ¡Por Dios! Estaba casi desnuda y él sólo llevaba aquellos condenados bombachos. Abrió la boca para gritar y él aprovechó para besarla. La boca masculina atrapó la suya, su lengua se abrió paso entre sus labios. Le lamió los labios, los mordisqueó, volvió a lamerlos. Las piernas de Christin se aflojaron y se contrajo mentalmente mientras su cuerpo deseaba abrazarlo, acariciar de nuevo sus músculos bajo las palmas de sus manos.

Kemal pretendía demostrar que podía someterla, pero cuando saboreó el néctar de su boca algo le estalló en el pecho. Ella era tan suave... Sabía tan dulce como recordaba, a flores silvestres y a menta. Lo que comenzó siendo un beso posesivo acabó por convertirse en una caricia que le alentaba y excitaba terriblemente.

Christin aprovechó su momento de debilidad para empujarlo y separarse.

—¿Vas a forzarme? —preguntó, la respiración agitada, recorriendo su cuerpo vahídos de apetito carnal, pero huyendo de él para no acabar en su lecho.

¿Forzarla? Pero ¿qué locas ideas acudían a su cabeza? Nunca violó a una mujer, ¿por qué le temía? Pero se percató al ver los labios rojos y ligeramente hinchados por el beso. Las gemas verdes reflejaban desconfianza. Se mesó los cabellos, dándole la espalda.

—No. No lo haré.

Ella casi lloró de alivio.

—¿Puedo irme ahora, milord?

Kemal le prestó atención de nuevo y, por un instante, la detestó. ¿Sabía lo que le estaba haciendo? La necesidad enfermiza que sentía por ella le irritaba. Ninguna hembra había ejercido aquel poder sobre él, pero Christin le desbancaba con sólo mirarle. ¡Por Alá! No era más que una gitana de cascos ligeros, una mujer que habría retozado posiblemente con un buen número de hombres. ¿Por qué temía ahora acabar en su cama? ¿Acaso no tenía derecho a tomarla? Pagó por ella en Inglaterra y debería pagar de nuevo a su padre por tenerla. ¡Era suya, por todos los infiernos!

—No. No puedes irte. —Se sintió malvado y sabiendo que, al menos, podía asustarla. Deseaba que pagara la burla, doblegarla. Pero se encontró preguntando—: ¿Has cenado algo?

La pregunta se salía del guión. El repentino cambio la intrigó.

—Apenas. Tenía un nudo en el estómago por tener que salir a bailar.

Kemal batió palmas y Umut apareció de pronto.

—Trae algo de comer. Y *sarap*. —El criado hizo una reverencia y salió—. ¿Cenarás conmigo? Tampoco yo comí lo suficiente.

—¿Me estás invitando a cenar?

—Dado que no vas a salir de aquí, pequeño duende, es un modo como otro cualquiera de entretenernos mientras hablamos.

—No sé de qué tenemos que hablar.

—De tu deuda. —Ella le censuró con la mirada—. Doscientas libras y una esmeralda... o tu cuerpo que no me diste.

Le llamó algo muy feo y Kemal estalló en carcajadas. Definitivamente, doblegar aquel carácter iba a matar el tedio.

Les sirvieron pollo frío y té, un cuenco de huevas de pescado y pastelillos de pistacho. Como un perfecto caballero inglés, Kemal solicitó la mano a Christin y la ayudó a acomodarse en los cojines. Ella, suspicaz, tardó en encontrar una posición adecuada.

—Pareces un chucho buscando postura —sonrió él.

—Acostumbro a comer sentada en una silla. O en el suelo —protestó ella—. Estos cojines resbalan continuamente.

—Pero resultan ideales si se quiere tener a la mujer tumbada —bromeó Kemal y rio su propia gracia—. ¿Un poco de *sarap*? —le ofreció.

—Creí que vuestra religión prohibía el vino —dijo ella, aceptando la copa—. ¿Es de oro?

—¿Vas a robarlo?

—¡No soy una ladrona! —se encrespó Christin.

—Permite que lo dude.

Se mordió la lengua para no replicar. Estaba teniendo demasiada suerte aquella noche. Atacaba al príncipe heredero, le hería en el brazo y aún mantenía la cabeza sobre los hombros. No debía tentar al destino, se dijo. Bebió un poco de vino y le resultó especiado y delicioso. Alargó la mano y tomó un poco del pollo.

—Estoy muerta de hambre. —Sonrió.

Kemal se atragantó con el trago. ¡Santo Dios, cada vez que ella sonreía se le formaba un nudo en la garganta! Suspiró y se obligó a calmarse. Por fortuna, sus pantalones amplios y no los ajustados calzones que solía vestir en Inglaterra, le evitaban quedar en evidencia.

—Prueba las huevas de pescado.

—¿Están crudas?

—Claro que están crudas.

—Entonces no las quiero. El pescado crudo me repugna.

¡Ah!, pequeña salvaje. Le ponían delante de las narices un manjar y ella lo despreciaba. Tomó un poco en una cucharilla y se lo ofreció de nuevo.

—Prueba.

—¿Qué pasará si no lo hago?

—Me pensaré si llamo al verdugo —dijo muy serio.

No le creyó, desde luego, pero aceptó el ofrecimiento. Kemal le puso la cucharilla en la boca y ella engulló. Primero se marcó un gesto de asco, luego saboreó la comida y por fin abrió mucho los ojos, asombrada.

—¡Está delicioso!

—Vas aprendiendo —concedió. Le entregó la cucharilla para que ella misma se sirviera, porque le temblaba la mano. Alimentarla le resultaba demasiado íntimo y comenzaba a sentirse agitado.

Ella advirtió las gotitas que perlaban su frente.

—¿Tienes calor?

Kemal apretó los párpados. ¡Calor, decía la muy pécora! ¡Estaba ardiendo! ¡Ella le hacía arder como un leño!

—Puede que sea la fiebre —mintió.

Le había tajeado y la herida debía de molestarle. De repente, le vino a la cabeza que sobre Umut y Yezisa colgaba la espada de Damocles. El caviar se le convirtió en un bloque en la garganta y dejó de comer.

—¿No quieres más?

—No.

—Apenas lo has probado. ¿Prefieres un pastelillo?

—No.

Le escuchó suspirar.

—¿Qué pasa ahora, gitana?

Una nube de duda oscurecía sus mejillas y Kemal se contuvo para no acercársele.

—Vamos, suéltalo, duende. Te prometo no enfadarme si me dices que un cochino turco no es digno de cenar contigo.

—No es eso.

—Entonces...

—¿Vas a cortarle la lengua a Umut?

Kemal se quedó de una pieza.

—¡¿Qué?!

—Se lo dijiste. Le amenazaste con eso. Todos lo escucharon.

¡Por el paraíso de Alá! Que le mataran si la entendía. Su cabeza pendía de un hilo, si así lo ordenaba y, sin embargo, se preocupaba por su criado.

—No voy a mandar cortar la lengua a nadie. ¿Qué clase de monstruo crees que soy?

—Pero tú se lo advertiste porque le arrebaté su daga.

—¡Por Dios, mujer, era un modo de hablar!

—¡Pues vaya modo de hablar que amenaza a alguien con dejarle mudo!

—Sí. Creo que le digo eso a Umut desde que comencé a hablar. —Ella le escrutaba reticente—. Es algo así como... un ritual entre los dos. No sabes lo que aprecio a ese condenado eunuco. Me enseñó todo cuando era un niño.

Ella se calmó ligeramente tras la confidencia y asintió.

—¿Comerás ahora?

—No.

—Y ahora ¿qué pasa?

—Antes quiero saber otra cosa.

—¿Qué quieres saber?

—Mi instructora, Yezisa. ¿La castigará Corinne?

—Mi tía tampoco es ningún monstruo.

—Tu tía manda en el harén.

—Sí, es quien lo gobierna.

—Y puede hacer que Yezisa pague por mis faltas.

Kemal abandonó definitivamente la cena. No había turco o cristiano que entendiera a una mujer y menos a aquélla.

—¿Qué quieres que haga? No debo inmiscuirme en los asuntos del harén.

—Pero es que deberías evitar esa injusticia.

—No es una injusticia. Si Yezisa es tu instructora, debería haberte enseñado las costumbres, debería haber hecho de ti una mujer sumisa.

—¡Eso no lo va a conseguir nadie! —explotó Christin—. ¡Yezisa no tiene la culpa de que le encargaran una misión imposible!

La risa atacó en oleadas a Kemal.

Hasta que ella le lanzó un muslo de pollo que impactó en su pecho. Sin perder el humor, movió la cabeza y batió palmas. Umut apareció de nuevo.

—¿Mi señor?

—Busca a mi tía. Quiero verla.

—Pero mi príncipe... ¿A estas horas? Debe estar descansando, si es que alguien puede descansar esta noche en palacio.

—Tú sólo dile que venga. —Cuando su criado salió, se retrepó en los almohadones—. Y ¿cómo vas a pagarme que libre a tu instructora de su castigo, gitana? —Ella se envaró, enrojeciendo e interpretando la solapada insinuación.

—Seré obediente.

Kemal aún reía cuando Corinne entró, pálida como el papel. Se levantó y la abrazó, y Christin se puso en pie, respetuosa.

—Tía, quiero interceder ante ti.

Giró el rostro hacia Christin. Le espetó:

—Ahora es de tu propiedad y nada puedo hacerle, si te refieres a ella, pero si la devuelves al harén de tu padre, te juro que no le quedará piel en el cuerpo.

—Me gusta mucho la piel de mi esclava, tía —bromeó él. Christin odiaba que se hablara de ella como mercancía, pero se mantuvo mirando el suelo—. Es de Yezisa de quien quiero hablarte.

—¿Yezisa?

—Mi esclava no quiere que se la castigue.

—Eso es inevitable, sobrino. Es el pecado de quien la ha instruido. Pésimamente, por cierto.

—Conozco a esta infiel, tía —le acarició el mentón—, y te aseguro que una legión de instructores no habrían conseguido mejorar a Yezisa. Así que, no la culpes. ¿De acuerdo?

Corinne se curvó muy tiesa.

—Eso me dejará en evidencia. Si no la castigo...

—Di que es una orden mía. A nadie le extrañará.

—Si es lo que deseas...

—Es un ruego, tía.

La mujer acabó por acceder y aceptó el beso de su sobrino en la mejilla, aún espigada.

—Vas a traer a todo el palacio de cabeza —susurró, posando su cuidada mano en el brazo del joven que hizo un mohín—. ¿Te duele? —preguntó, reparando en el vendaje.

—No es importante.

—Deberías mandar azotar a esta infiel.

Kemal no respondió. Miró significativamente a Christin, que no se había movido del sitio, aunque estrujaba entre sus dedos las cintas de su cinturón. Acompañó a Corinne hacia la salida.

—Buenas noches.

—Buenas noches, tía. —Esperó a que se marchara y comentó—: No es mala idea la de los azotes. ¡Umut!

—llamó. El eunuco acudió con premura—. Llévala a sus aposentos.

—Sí, mi señor.

Christin se desilusionó y se tranquilizó. A la vez. Por una parte deseaba el sosiego de la soledad. Por otra, le hubiera gustado continuar junto a Kemal.

—¿No vas a...? —dudó, dando un rápido vistazo a la cama.

—¿Querrías?

—¡¡¡No!!! —retrocedió.

Kemal empezó a sentir el cansancio. Acarició levemente con los nudillos su mejilla.

—¿Qué haré contigo, duende? —se preguntó en voz alta—. Llévatela, Umut. Y trae más *sarap*, voy a necesitarlo.

Christin se apresuró a seguir al eunuco. Se había librado por los pelos. Cuanto antes estuviera a buen recaudo, mejor.

Ya a solas, Kemal se dejó caer sobre la cama y cerró los ojos. La herida le latía dolorosamente, pero ni la mitad que otra parte de su cuerpo. La cabeza le bombeaba y ya se notaba febril. Umut lo advirtió y colocó una mano en la frente.

—Tenéis algo de fiebre —confirmó—. Llamaré al médico ahora mismo.

—No es nada. Déjame ahora, necesito dormir. Abre más las puertas del jardín, hace un calor insoportable.

—Os digo que es la fiebre —se empecinó el eunuco.

—Ve a dormir, Umut. Estaré bien.

El eunuco desistió. Abrió de par en par y un aroma dulzón embargó las dependencias, permitiendo que con la brisa fresca titilaran las llamas de las lamparillas.

Pero no se marchó. Permaneció durante toda la noche velando a su príncipe. Kemal se removió, inquieto en su sueño y el negro se prometió hacer todo cuanto estuviera en su mano para proteger a su señor de aquella cristiana.

15

Apoyada en el arco de media punta que constituía una de las puertas de acceso al jardín de las odaliscas, Christin se fijó en el azul límpido del cielo. Era el mismo cielo que el de Inglaterra, pero ahora se encontraba muy lejos de allí.

Su llegada la noche anterior había soliviantado los ánimos. Ninguna muchacha quiso acercarse a ella, convencidas de que iba a traerles problemas. Corinne bien podría pagar con todas ellas la traición de la infiel.

Durmió en el jardín, sobre un banco de piedra, rechazada y sola. Al despertar tenía el cuerpo dolorido y estaba casi, solamente casi, arrepentida de su ataque de pánico.

Suspiró, recordando la boca de Kemal y se internó en el edificio. Ansiaba el agua y que las criadas le masajearan el cuerpo con aceites. Al entrar en los baños, algunas de las jóvenes se levantaron y salieron. Acababa de convertirse en una paria, pero no le importaba demasiado. Escaparía de aquella prisión a la menor oportunidad. No necesitaba el apoyo de nadie, y tampoco lo pediría. Comprendía que las muchachas que vivían en el harén se hubieran acostumbrado a aquella vida porque para algunas, nacidas en familias muy pobres, constituía una suerte vivir rodeadas de lujo sin algo más que hacer que cuidar de su cuerpo. ¿Qué podía recriminarlas?

Se despojó de la túnica y se introdujo en el baño. El agua estaba fresca y deliciosa. Resbaló hasta que el agua le cubrió la cabeza y permaneció allí hasta que sus pulmones volvieron a solicitar aire. Al incorporarse, se enfrentó con el rostro severo de Corinne.

—Creí que Alá había sido misericordioso contigo y te habías ahogado.

—A mí tampoco me hace feliz verla —respondió ella, saliendo del agua. Aceptó una toalla que le tendía una de las criadas y se envolvió—. ¿Han decidido si me degollarán al fin?

—Eres deslenguada como sólo una infiel puede serlo. —El mal humor arruinaba la belleza de la hermana del bey—. No tientes tu suerte, Aásifa. Mi sobrino sin duda ha enloquecido en Inglaterra. Se ha vuelto tan blando que es incapaz de castigar tu pecado como mereces, pero yo no soy de azúcar.

—Nunca pensé que lo fuera, señora.

—Coge tus cosas. Te trasladas.

—¿A un calabozo? —A pesar del sarcasmo con que respondió, Corinne advirtió un ligero temblor en la voz.

—Si por mi fuera, no saldrías de él hasta que estuvieras arrugada como una pasa. Te trasladas al ala privada del príncipe. —La agarró por el brazo y tiró de ella—. No me explico qué mosca le ha picado, pero nada más despertar ha dado instrucciones para que integres su harén particular.

Christin se deshizo de la mano de Corinne de un tirón.

—¡Ni lo sueñe usted!

Corinne despreció con un rictus de lástima su carácter deslenguado.

—Irás, muchacha. Claro que irás. Nadie puede negarse a las órdenes del príncipe.

Gritó algo que la joven no entendió y acto seguido aparecieron dos gorilas que rozaban el dintel de la puerta. Uno de ellos la cargó al hombro como si de un saco de patatas se tratara. Ella le regaló todos los insultos que conocía en varios idiomas, incluyendo los que había aprendido desde que la encerrasen allí. Pero el eunuco ni se inmutó y trotó con ella en pos de la hermana de su señor. Al soltarla, sin delicadeza alguna, Christin cayó sobre sus posaderas presa de dolor y rabia y no sólo por el trato: se le había deslizado la toalla y quedó desnuda. De inmediato se incorporó dispuesta a dar batalla, pero una mano la detuvo.

—No causes más problemas, mujer, y ven conmigo —le ordenó Umut.

—¿Adónde?

—Te mostraré tus nuevas dependencias.

A regañadientes, abochornada, se envolvió la toalla y le siguió. Ni siquiera le habían permitido vestirse antes de llevar a cabo las órdenes de aquel mulo engreído de Kemal.

La habitación era amplia y disponía incluso de un baño particular en un cuarto adyacente. El suelo y las paredes estaban revestidas de mármol rosado y las ventanas ojivales permitían penetrar la luz formando rayos multicolores sobre el suelo.

—Muy bonita —comentó en tono ácido.

—Sin duda, mucho más de lo que mereces —zanjó Umut—. Se te asignará una criada y una nueva instructora.

—¿Y Yezisa?

—No la verás más. No volverás a ver a tus antiguas compañeras. Cualquiera de ellas podría envenenarte por lo que hiciste anoche. Temen las represalias de Corinne. Y aman al príncipe.

—¡Por amor de Dios, fui yo quien acuchilló a tu puñetero príncipe! Ellas nada tienen que ver. Si alguien merece un castigo soy yo.

—Sin embargo, mi señor no parece dispuesto a darte un escarmiento. Más bien se está castigando él.

—¿Qué quieres decir?

—Anoche bebió más de la cuenta. No podía dormir a causa de la herida y acabó con dos botellas de *sarap*. Ahora tiene un dolor de cabeza insoportable y la fiebre le mantiene en cama.

¿Por qué esa noticia la alteraba?

—¿No se encuentra bien?

—Nunca fue buen enfermo. Aquí está tu criada. Se llama Laila. Ella acabará de bañarte y vestirte por si, Alá no lo quiera, él desea llamarte a su lado.

—No pienso ir.

—Te llevaré a rastras si es menester —precisó Umut. Había aprendido desde muy chico a proteger a las mujeres del harén y sabía cómo tratarlas, pero aquella muchacha rompía los esquemas con sus constantes puyas y negativas. ¿No podía comportarse como el resto?

Cuando Umut se marchaba, resentido, pero firme, ella le detuvo.

—Podría ayudarle.

—¿Ayudarle?

—Conozco un remedio que elimina la fiebre.

—Gracias, pero ya se encarga el médico.

—Puedo hacer que mejore —insistió—, de veras. El médico me pareció un incompetente.

Umut oía con interés. Había herido a su amo y ahora quería curarle. ¿Quién entendía a las perras inglesas?

—Se lo diré a él.

Poco después regresó a buscarla. Ella ya se había vestido con una túnica blanca, transparente y cómoda sobre unos pantalones bombachos de tela finísima y un corpiño de pedrería, con el cabello recogido en una cola de caballo.

—Ven conmigo.

Le siguió en silencio. Lo último que deseaba era volver a enfrentarse a Kemal pero, en cierta forma, estaba en deuda con él.

Kemal vestía pantalones de color blanco y un chaleco que apenas le cubría el pecho. Christin sintió un cosquilleo en el vientre ante la línea de vello oscuro que cruzaba entre las tetillas y bajaba hasta la cinturilla del pantalón. Recostado en los almohadones, mostraba una imagen espléndida. Al oírles entrar se incorporó sobre un codo.

—¿Qué veneno has pensado prepararme, gitana? —le preguntó.

Ella chascó la lengua y se le acercó. Estiró la mano para tocarle, pero se detuvo.

—¿Puedo tocarte?

Kemal no respondió. Sólo se recostó de nuevo.

Christin puso su mano sobre la frente y constató que, en efecto, tenía fiebre.

—Umut, ¿sabes leer inglés?

—Mejor que tú árabe.

—Dame papel y pluma. Te escribiré lo que me debes traer. Y lo necesito cuanto antes. —Muy segura de lo que hacía, comenzó a quitarle el vendaje. La herida no era importante pero estaba infectada. El matasanos que le atendió no fue muy profesional. Si todos trabajaban como aquél era un milagro que alguien siguiera vivo en el palacio. Presionó la herida y Kemal se encogió. Sus ojos brillaban afiebrados—. Me temo que la herida ha cerrado en falso.

Kemal suspiró brevemente y volvió a cerrar los ojos.

—Es sólo un rasguño, ¿no?

—Que tu médico debería haber curado anoche como es debido. Es un completo cero a la izquierda.

—Es un buen médico.

—Pues no lo demostró. Cualquiera de los niños de mi caravana podría curar mejor una herida como ésta.

—Por favor, habla más bajo. Me duele la cabeza.

—Seguramente, debido a la borrachera.

¿Le estaba amonestando? ¡Alá misericordioso hiciera desaparecer a todas las mujeres! ¡Lo único que le faltaba! Que aquella esclava descarada le predicara como una esposa regañona. Antes de que pudiera replicar, Umut ya estaba de vuelta con papel y pluma. Christin escribió con rapidez los nombres de unas cuantas hierbas y le entregó la cuartilla.

—Necesito también desinfectante y vendas. —Ante

el aspecto febril de Kemal se sintió un poco culpable. Sin su beligerancia, le turbaba menos. Era muy guapo. Demasiado, pensó, para que una mujer no se mostrara subyugada.

Observándole, se preguntó si no podrían haber llegado a ser amigos, habiéndose dado otras circunstancias. No le desagradaba en absoluto. ¿A qué mujer podía desagradarle un hombre semejante? Tenía el atractivo de un dios griego. No resultaba extraño que las mujeres le admiraran. Y tenía dónde elegir. El bey deseaba que su hijo eligiera una *ikbal* que se convirtiera en *kadine*, para asegurar el trono. Llegado a este punto su cavilación, el hecho de que él pudiera prodigar sus favores a varias muchachas agrió su humor.

De vuelta Umut con todo lo necesario para la cura, empapó un paño en desinfectante y limpió la herida que, en efecto, mostraba una línea blanquecina emponzoñada.

—Una daga —pidió—. Y una llama.

El eunuco se envaró cruzando de inmediato su mirada con Kemal. Ambos se volvieron a ella como si estuviera loca.

—No he pedido la luna —dijo ella.

—Ciertamente que no —replicó Umut—, pero te la daría gustosamente. En cambio, no pienso entregarte un arma.

Christin comprendió su reticencia y asintió.

—¿Pero qué podría hacer yo si tú vigilas como un ave de presa a tu amo y señor? Vamos —extendió la mano—, necesito la daga para abrir los puntos.

—No.

—¡Maldito majadero, cabeza de alcornoque!

En ese instante llegó el médico, sin duda alertado por el eunuco, que regaló una mirada asesina a la cristiana.

—Alguien debería explicar a esta esclava la conveniencia de cubrirse el rostro con un velo —murmuró Kemal.

Christin entró al pique.

—¿Cubrirme? ¿Por qué he de cubrirme? No tengo verrugas.

Casualmente por eso, pensó Kemal. En otro tiempo, ningún hombre osaría entrar en sus aposentos sin cubrirse los ojos si había una mujer. Pero estaba perdiendo las viejas costumbres. Ciertamente, el repentino sentimiento de posesión le produjo una desazón desagradable.

Molesto por la presencia de la muchacha, el médico se dispuso a atender al paciente. Christin le detuvo.

—Yo lo haré. Sus servicios no son necesarios, doctor... aunque se lo hayan hecho creer así —le dijo.

La determinación con que habló, barrió la estancia. En el silencio que siguió, el médico se paralizó.

—Déjanos, Alí —le pidió Kemal.

Visiblemente molesto, el médico había perdido. Se había creado otro enemigo. Se marchó y ella continuó.

—Tu daga.

Umut permaneció estático, en muda negativa.

—Dásela de una condenada vez —apremió Kemal—. Es terca como una mula y quiero saber de una vez si me va a librar de esta maldita fiebre.

Con grandes reservas, el eunuco sacó la daga de su funda. Antes de entregársela, avisó:

—Un sólo movimiento que no me guste y ni siquiera el príncipe podrá evitar tu muerte.

Christin suspiró. ¿Qué pensaba aquel idiota, que estaba loca?

Bajo la atenta mirada de ambos desinfectó la daga convenientemente. Luego desmontó los puntos con la afilada hoja. Limpió el arma de nuevo y se la devolvió a Umut que henchía el pecho, más tranquilo. Con cuidado, ahuecó la carne lacerada y estiró hacia los lados abriendo la herida. Kemal se impacientaba, pero ella no le hizo más caso que a una mosca. De la herida escapó un líquido blanquecino. Empapó otro paño en desinfectante. Antes de aplicarlo al corte le advirtió:

—Esto va a dolerte.

—Si me molesta más que el picotazo de un mosquito, voy a mandar que te corten la cabeza.

—Entonces, milord, puedes ir llamando al verdugo —replicó ella. Y sin dilación presionó la herida.

Kemal juró en turco pero ella apretó y apretó hasta estar segura de haber limpiado la herida por completo. Cuando le liberó, Kemal se relajó, un tanto pálido y demacrado.

—¡Jesucristo! —gimió, dejándose caer sobre los almohadones.

—¿Cómo que Jesucristo? ¿No es Mahoma? —se burló Christin. Examinó el corte con atención. No era necesario volver a dar puntos—. ¿Dónde están las hierbas?

—Mandé a tu criada a por ellas.

—Ve a buscarla. Las necesito ahora, no el año que viene.

El eunuco reprimió contestar y salió de la estancia visiblemente airado. A pesar de todo, Kemal se estaba divirtiendo. Umut se enfurecía enfrentándose con aquella arpía. Siguió cada movimiento de Christin, que continuaba trajinando a su lado. ¡Qué hermosa era! A pesar de la fiebre, una leve palpitación respondió de inmediato en su entrepierna.

Tan pronto Umut regresó con las hierbas, Christin eligió un puñadito de cada una y las dispuso en una copa. Las mezcló y casi pulverizó con los dedos.

—Necesito un puñado de tierra.

—¿Tierra?

—Tierra, sí.

Umut alzó los brazos al cielo. Salió al jardín y regresó casi al instante con una maceta de azaleas. Ella tomó un puñadito de tierra y lo añadió a las hierbas. Mezcló luego con un poco de agua y revolvió. Conseguido el emplaste, lo aplicó sobre la herida.

—¿Qué diablos es eso? —preguntó Kemal, más por ignorancia que por la duda de lo que estaba haciendo.

—¿No lo ves?

—Sólo veo un pegote viscoso que parece el detritus de una vaca, señora mía.

Christin no replicó. Realmente el emplaste no parecía otra cosa. Vendó fuertemente y lo sujetó con un nudo. Una vez finalizada su tarea se incorporó, seleccionó algunas otras hierbas y se las entregó a Umut dentro de otra copa.

—Mezcladas con un litro de agua, han de hervir durante tres minutos —informó—. Tápalas luego y deja que se enfríen. Deberás darle de beber un poco cada hora.

—Ése es el veneno definitivo, claro —rezongó Kemal.

Christin ahora sí se rio con ganas.

—Es una pócima que aprendí de mis gentes. Ellos conocen muchos remedios basados en las hierbas.

—¿Para adormecer también?

La réplica la ruborizó levemente, pero no perdió un ápice de su humor ácido. Apoyándose en uno de los cojines, se acercó.

—Y para dejar a un hombre impotente... —aseguró, divertida—. Es una lástima que sólo haya pensado en procurarte ahora bienestar y no me haya acordado de la otra pócima. Me gustaría inhabilitarte y ver cómo te arreglas con tus mujeres cuando no te funcione... cierta parte.

Kemal se incorporó para responder, pero ella le empujó con ambas manos, tumbándole de nuevo. De inmediato se puso a buen recaudo.

—El brebaje le hará dormir. Descansará. Y al anochecer habrá desaparecido la fiebre y la infección. Mañana habrá que limpiar la herida y vendarla de nuevo —informó a Umut—. No dejes que ese médico vuelva a poner sus zarpas en tu príncipe, o no seré yo la culpable de que pierda el brazo. Y ahora, milord, ¿puedo retirarme?

La respuesta se hizo esperar. Deliberadamente, los ojos de Kemal recorrieron cada milímetro de su cuerpo, lo que a ella gustó bastante poco. Para ser una vulgar buscona, se avergonzaba con facilidad. Y a él le encantaban sus sofocos.

Se relajó, e incluso le pareció que la herida apenas molestaba.

Christin estaba segura de sus cuidados y aunque no esperaba alabanzas por ellos, hubiera agradecido alguna palabra de reconocimiento.

—Te mandaré llamar, Aásifa. Tú y yo tenemos un asunto pendiente aún y pienso resolverlo.

Eso fue todo lo que escuchó de él.

Desilusionada, dio medio vuelta y salió de allí como alma que lleva el diablo. Mientras volvía a sus dependencias, escuchó cómo reía Kemal y cómo protestaba el eunuco.

16

Christin gozó del forzado aislamiento durante dos días. Kemal no la mandó llamar de nuevo y Laila aseguró que el príncipe se encontraba perfectamente y que dedicaba su tiempo a asuntos de Estado, por lo que apenas estaba en palacio.

Aburrida, trabó conversación con el resto de las muchachas que pertenecían a Kemal. Eran jóvenes y alegres y, como las demás, satisfechas de la vida que les habían obligado a llevar. Christin seguía sin comprender que acataran aquello con total sumisión.

—No es tan distinto en Inglaterra —aseguró una muchacha llamada Leyma, una hermosa rusa de cabello plateado y ojos azul claro—. O en mi país. Los padres son quienes acuerdan el matrimonio y nosotras nada podemos hacer.

—No digas tonterías —replicó Christin—. Es totalmente distinto. En cualquier país, en general, las mujeres son libres para decidir con quién se casan.

—¿De veras? A mi hermana Katrina la casaron cuando acababa de cumplir los quince años con un hombre viejo. Tiene el título de duque, claro está, pero es asqueroso. Mi padre firmó el pacto y Katrina se encontró atada a aquel despojo.

—¿Tu hermana se sentía feliz? —interrogó otra de las muchachas llamada Isabella, aunque allí se la conocía por Shalla.

—¿Feliz? ¿Cómo iba a ser feliz con esa boda? Pero tanto dio que llorara o rogara a mi padre. La boda se celebró y la separaron de mí. No volví a verla. Agradezco al cielo que los piratas turcos me capturaran, vendiéndome a Jabir.

—¿Agradeces también pertenecer ahora a este tipo engreído? —rebatió Christin.

—¿Qué te pasa con él? Kemal es atractivo. El hombre más guapo que he visto en mi vida. Y debe de ser un amante extraordinario.

—Cuando yo me entregue a un hombre —murmuró Christin, dejándose caer sobre los almohadones—, será todo para mí.

—¿Quieres decir que no dejarías que se acostara con más mujeres?

—Quiero decir exactamente eso.

—Los hombres, aunque se casen con una única mujer, siguen revoloteando tras las faldas de otras muchas. La monogamia no va con ellos, y menos en Baristán —comentó Shalla.

—No pienso estar siempre en Baristán.

—¿Adónde piensas ir? —se burló otra—. Nadie puede salir de aquí. Por mi parte, no tengo intenciones de abandonar el palacio. Mucho menos despreciar los momentos que Kemal quiera ofrecerme.

Christin le hubiera arrancado el pelo mechón a mechón. Yezisa ya la había puesto en guardia sobre las mujeres del harén: los celos podían llevar a cometer los actos más viles.

—En algo sí estoy de acuerdo. No es justo que las mujeres no podamos elegir al hombre que nos compra —susurró Shalla.

—Nosotras hemos tenido suerte. Kemal es un hombre increíblemente guapo.

—Pero hay otros.

—¿Como quién?

—El sobrino del bey, por ejemplo.

—Cierto —convino Leyma—. Okam es un hombre atractivo. Pero, querida Shalla, no te compraron para él.

—No me hubiera importado.

Christin no quiso oír más. Se levantó impetuosa y escapó al jardín. Apenas tuvo un momento de solaz y Leyma preguntó, a sus espaldas:

—¿Te gusta?

—¿Quién?

—Kemal, claro está. ¿No hemos estado hablando de él casi todo el tiempo?

—No lo había notado.

La disgustó que hurgaran en su intimidad. Tomó asiento en un banco, bajo una mimosa. La sombra y el murmullo de la fuente cercana convertían aquel rincón en un refugio agradable.

—¿Cómo conociste al príncipe? —quiso saber la rusa—. Todo el mundo elucubra sobre el tema.

—¿De verdad?

—El espectáculo de la cena resultó esclarecedor. ¿Por qué, si no, él se levanta y te agarra del cuello? ¿Te extraña que todo el mundo esté intrigado por conocer más detalles? ¿Fue en Inglaterra?

Christin no quería ni pensar en la noche del baile. Había estado a un paso de la muerte. Ahora lo veía tan claro que aún se le erizaba el vello al recordarlo.

—Es una larga historia.

—¿Me la contarás? Prometo guardarte el secreto. A cambio, te daré alguna de mis joyas.

—No quiero tus joyas. ¿De qué me servirían?

—Las joyas siempre sirven —se asombró Leyma—. Pueden comprar algunos caprichos.

«Mi único capricho es escapar de aquí», pensó Christin. Era un objetivo tan arraigado en ella como mala hierba. Mucho más si se acordaba de Kemal. La atraía como la llama a la polilla. Allá, en Inglaterra, su recuerdo podría haberse difuminado con el tiempo pero teniéndole ahora tan cerca, perteneciéndole, sus sueños infantiles recobraron vigor. Mané le inculcó la lectura, cualquier tipo de lectura, y ella se solazó con los libros. Aunque leyó historia y geografía —interesada siempre por lejanas tierras—, devoró sobre todo novelas de aventuras. La vida le enseñó a no esperar demasiado, pero sus fantasías la llevaron una y otra vez a los brazos de un gallardo caballero. La noche en que conoció a Kemal, el corazón le dio un vuelco. Él había echado todo a rodar. Pero él tan sólo deseaba pasar unas horas con ella. Y destrozó el ensueño. Por eso decidió darle un escarmiento. El problema es que una fibra de sus nervios que no controlaba respondía a su proximidad. Y por eso le temía.

Leyma acababa de darle la clave. Las joyas compraban caprichos. Bien podrían comprar sus caprichos también.

—Me gusta tu collar de perlas —contestó.

—Es tuyo.

—Te advierto que no es una historia que pueda valer esa fortuna.

—Sea como sea, será entretenida. Pasan tan pocas cosas en palacio...

Christin le relató su encuentro con el príncipe y la manera en que lo burló, aunque se guardó en secreto que le había dejado también en cueros.

Leyma rio hasta las lágrimas y prometió guardar silencio. Y Christin confió en que la confidencia creara un vínculo más íntimo entre ellas.

Aquella noche, al acostarse, acarició el collar de perlas bastante más distendida.

—Sí —murmuró bajito—, éste es el camino adecuado. Buscaré cómo escapar y esta joya me facilitará las cosas.

Se durmió cavilando que huiría del palacio y acudiría al representante británico en Baristán solicitando auxilio. Entonces se olvidaría de aquella tierra y regresaría a Inglaterra y a los suyos. Y lo que era más importante, no volvería a ver al dichoso príncipe.

Pero no durmió mejor por eso. Inquieta e insatisfecha, acudían a ella los rasgos de Kemal, como olas que rompían en el barco de su alma.

17

Kemal susurró con dulzura al oído del brioso semental negro y el caballo aceleró en la galopada, dejando atrás la montura de Okam. Se felicitó oyendo la maldición de su primo y coronó la loma rocosa objeto de la apuesta. Apenas alcanzar la meta, desmontó.

Okam llegó segundos después. Su magnífica montura, una yegua blanca de estampa incomparable, destacaba como un faro al lado del caballo. Puso pie a tierra justo en el momento en que la yegua lanzaba un mordisco a su rival y el caballo, piafando, se alejaba unos pasos. Relinchando, la yegua agachó su esbelto cuello como si olisqueara la hierba.

—Es tan pérfida como cualquier mujer —bromeó Okam.

—Y tendrá unos hermosos potrillos cuando *Yâmal* la monte.

—Dudo mucho que *Nár* se acople a tu semental. Como su nombre indica, es fuego puro, y parece que tu caballo le hace hervir la sangre cada vez que se acerca.

Kemal admiró la belleza de los animales.

—Me debes diez piezas de oro, primo —dijo luego.

Okam asintió y se acomodó en el suelo.

—Otra vez será.

—No apuestes conmigo. Sabes que suelo ganarte.

Okam se quedó callado. Su vista se perdió en el horizonte. Amaba aquella tierra, las dunas del desierto, cada roca, cada arbusto y cada riachuelo. También Kemal añoraba Baristán desde su niñez. Formaba parte de él, sin duda. Pero ahora su corazón estaba dividido entre Baristán e Inglaterra. Cada vez le costaba más hacerse a la idea de pasar el resto de su vida entre aquellas dunas y abandonar para siempre el verdor de los bosques ingleses. Le asaltó, como otras veces, la duda de si él, como heredero de Jabir, era el más adecuado para ocupar el trono cuando su padre decidiera retirarse.

—Estás muy silencioso.

Okam pareció regresar de un ensueño.

—Pensaba —musitó.

—¡Alabado sea el Profeta! —Kemal usó de su buen humor. Pero Okam no siguió la broma y volvió a guardar silencio—. ¿Qué sucede, primo?

—¿Qué habría de suceder?

—Estás distraído y serio. No es normal en ti.

El hijo de Corinne estiró las piernas y cruzó los brazos sobre el pecho. Kemal aprovechó para observarlo. Okam era un hombre de pies a cabeza. De niño se crio debilucho y aún recordaba, con cierto remordimiento, la de veces que le vapuleó peleando. Pero se había convertido en todo un guerrero y sabía por su padre y por Abdullah, que era respetado en todo Baristán y que las gentes le aclamaban.

—¿Has mandado llamar a alguna de tus nuevas concubinas? —preguntó de repente Okam.

—¿Por qué lo preguntas?

—Curiosidad —se encogió de hombros.

Kemal adivinó que había algo más.

—Aún no —contestó. Sacó una pitillera de su bota de montar, tomó un cigarro muy fino y ofreció otro a su primo.

—Prefiero la arguila —rehusó—. Francamente, no sé cómo puedes fumar eso.

Kemal encendió el pitillo y se acomodó a su lado.

—¿Por qué te interesa saberlo?

—¿Qué cosa?

—Si me he acostado con ellas.

No obtuvo respuesta pero parecía que algo le tensaba.

—¿Vas de decir de una vez qué te pasa?

Okam se relajó casi de inmediato, su mirada en la lejanía.

—No es importante, sólo quería saber.

—Pues ya tienes la respuesta. No. Sabes que me fastidia que mi padre ponga bajo mis narices a esas mujeres. No me gusta.

—¿No te gustan esas muchachas?

—Francamente, Okam —rechazó Kemal—, me parece que el sol de Baristán te está ablandando las meninges. ¿A qué hombre no le gustarían las beldades con las que ha engrosado mi harén? ¡Su harén, sería mejor decir! Yo no he comprado a ninguna de esas jóvenes. Ni lo haría nunca, así que supongo que son más suyas que mías.

—No digas barbaridades, claro que te pertenecen.

—Si insistes...

Okam volvió a encerrarse en sí mismo durante un intenso momento y luego, medio incorporado, miró directamente a Kemal.

—¿Estarías dispuesto a deshacerte de alguna?

Le palmeó en el brazo. Eso sonaba mejor.

—De modo que es eso. Te gusta alguna de esas chicas.

Okam se encogió de hombros, un poco azorado.

—Sólo una de ellas.

—¿Quién?

—La llamada Shalla. La última adquisición de tu padre. Llegó al harén hace apenas cuatro meses.

—¿Y es bonita?

—¡Te juro por cada sura del Corán que es lo más hermoso que he visto en mi vida y...! —se sinceró a la vista de la sonrisa franca de Kemal—. Por descontado que la vi solamente de lejos.

¡Oh, aquello era grandioso! Su primo estaba enamorado como un percebe. Apagó el cigarrillo y arrojó la colilla lejos.

—Me parece que voy a tener que pedir a mi bruja particular que te prepare una pócima, chico.

—¿De qué bruja hablas?

—¿Cuántas brujas hay en el harén?

—Ya entiendo. Pero nadie se explica por qué no dejaste que le cortaran la cabeza.

—Tiene una cabeza muy bonita.

—Eso es muy cierto.

—¿No crees que hubiera sido un desperdicio?

—Depende. ¿Qué tal es en la cama? —Kemal se tensó—. Porque te la llevaste a la cama, ¿no?

—No.

—¿No? ¡Por las barbas del Profeta! ¿A qué esperas?

—La invité a cenar.

—Cada vez te entiendo menos. A ti Inglaterra te está pervirtiendo.

—No lo creo. Ese asunto se arreglará esta misma noche.

18

La distrajo la imponente presencia de Umut. El eunuco tenía los brazos extendidos y le entregaba una tela de color marfil primorosamente bordada con hilos de plata.

Christin dejó a un lado el libro con el que se familiarizaba con el idioma, se incorporó y aceptó la prenda. Al desdoblarla, su exclamación se unió a la de sus compañeras, que de inmediato la rodearon.

—¡Qué cosa más bonita!

—Es preciosa.

—¡Cómo me gustaría tener algo así!

Christin, tan sorprendida como el resto, no dijo nada. Lo examinó con detenimiento. Un pantalón bombacho cuya cinturilla estaba confeccionada con una tira bordada en hilo de plata y un corpiño del mismo género, donde se engarzaban dos diamantes. Era realmente primoroso y pasó repetidamente las yemas de los dedos sobre el tejido. Pero, salvo el triángulo que se ajustaba a la entrepierna y dos medias lunas en el corpiño, era totalmente transparente.

—Muy bonito —dijo, devolviéndolo a Umut.

—Es para ti.

—No he hecho nada para merecerlo. —Y alojó la prenda en el ancho hombro del eunuco.

Todas las jóvenes protestaron a un tiempo.

—No puedes despreciar un regalo como éste.

—¡Qué tontería!

—¡Pero si es divino!

—No seas boba, Aásifa.

Christin levantó las manos pidiendo orden y cuando consiguió el silencio preguntó a Umut:

—¿Qué he de hacer para ser merecedora del regalo? ¿Acostarme con tu condenado y putañero amo?

Un coro de exclamaciones se impuso a la respuesta del eunuco, que movió la cabeza, admirado a su pesar por su rebeldía. Christin le agradaba más cada hora que pasaba. Tenía tanto coraje como un pura sangre. Hasta conocerla a ella, las mujeres le resultaron anodinas. Pero aquella inglesa tenía tantos bríos como su amo.

—Solamente cenar con el príncipe —repuso.

—¿Cenar? —se superó—. ¡Qué caro paga tu amo la compañía de una mujer! ¿En Inglaterra era tan generoso con sus putas? Me extraña que aún le quede fortuna, si la dilapida de este modo.

Era una provocadora y eso le estimulaba.

—Mi señor siempre ha sido espléndido en sus regalos a las damas. Puedo aseguraros que este pequeño obsequio no vaciará sus arcas.

Christin pensó con celeridad. O sea: que él no deseaba más que compañía para la cena. ¿Y eso la hacía merecedora de un fabuloso regalo? Parecía que la suerte la acompañaba. De seguir así, en un par de semanas podría reunir dinero suficiente para comprar a media guardia y escapar.

—¿A qué hora será?

—A las ocho... si es de vuestro agrado. —Umut se inclinó en una estudiada reverencia—. ¿Puedo decirle que acudiréis?

Christin sacó a relucir el sarcasmo.

—¿Puedo negarme?

Umut negó.

—En ese caso, vendría yo mismo a buscarla y la cargaría sobre mi hombro.

—¿Por qué imaginaba algo así? De acuerdo, entonces. Dile que iré.

El eunuco repitió el saludo, dejó el presente y se alejó. Las jóvenes no sabían si admirar su osadía o lamentar su estancia allí. Lo cierto es que rodearon de nuevo a Christin, acariciando la hermosa tela y sujetándola sobre el pecho para ver el efecto. Ella buscó a su criada Laila y le pidió que preparara su baño. De pronto, se sentía un poco traviesa. Kemal quería jugar a seducirla con bonitos regalos. Bien. Jugarían. Pero sólo habría un ganador aquella noche: ella. Sabía que no podría salir intacta de aquel encuentro. Kemal era un hombre ardiente, como demostró aquella noche, allá, en el bosque, y tarde o temprano acabaría venciendo su resistencia. Si había de pasar, cuanto antes mejor. Pero le iba a costar caro. Todo cuanto pudiera porque eso significaría estar más cerca de la libertad y quizás un salvoconducto para escapar de Baristán. Y cuando se librara de sus garras, juró que no la encontraría ni con la ayuda de un ejército.

Laila la bañó sin dejar de parlotear sobre la suerte que había tenido al ser elegida.

Sólo hubo un momento tenso cuando la criada se refirió al vello rizado y suave entre sus muslos.

—¡De eso, ni hablar! —cortó Christin.

—Pero mi señora, es impúdico no depilarse.

—No es más que una cena, Laila.

—Pero nuestras costumbres...

—Vuestras costumbres no son las mías —zanjó.

Laila guardó silencio. Masajeó todo su cuerpo con áloe, cepilló su cabello y la ayudó a vestirse. El color marfil de la tela resaltaba más aún el tono tostado de la piel de Christin haciendo aguas con cada movimiento de los hilos de plata.

—Estáis bellísima, mi señora —dijo—. Si el príncipe no os convierte esta noche en su *ikbal*, es que ha perdido el juicio allá en Inglaterra.

Christin sintió un nudo en el estómago. Su *ikbal*. Su favorita. Para serlo, tenía necesariamente que pasar por su lecho. Era víctima de dos sentimientos absolutamente opuestos. Por un lado, no aceptaba doblegarse a Kemal. Por otro, la imagen de él acariciándola desnudo, avivaba su deseo.

—Ya nació sin juicio seguramente —respondió para acallar sus propios temores.

A medida que se acercaba la hora, Christin iba haciendo propósito de pasar el trago con valentía. Umut vino a recogerla y el recorrido de sus ojos le confirmó que lucía bien. El atuendo rayaba en lo indecente, pero era fastuoso, casi pagano y, a menos que el pudor no se lo permitiera, ninguna mujer lo rechazaría. Antes de salir pidió a Laila:

—Una capa. —La joven dudaba—. Una capa, mujer. ¡Ahora!

También Umut tuvo sus dudas, pero se mordió el carrillo cuando ella se cubrió de pies a cabeza con una prenda oscura y con capucha. Si lo que pretendía era dejar mudo a Kemal, iba a conseguirlo.

Caminó detrás del eunuco a buen paso. Hasta la galería que accedía a los aposentos privados. Entonces, sus piernas flaquearon y sus pasos se tornaron lentos. Umut se dio cuenta de que se retrasaba. Casi sintió lástima por ella. Desde su infancia había convivido con mujeres y sabía mucho de ellas, de sus secretos, sus ilusiones y sus temores. Kemal no había dejado de repetir que la muchacha no era más que una buscona que vendía su cuerpo al mejor postor. Pero, si su instinto no fallaba —y nunca lo había hecho hasta entonces—, Kemal iba a llevarse una sorpresa cuando tuviera a aquella muchacha en su cama. Él sabía reconocer a una virgen, aun cuando la virgen se escondiera detrás de una lengua afilada, como era el caso. Acopló al de ella su paso y le dijo:

—Él no es un ogro, mi señora. Es que nadie le ha negado hasta ahora nada de cuanto deseara.

¿Por qué le daba explicaciones? ¿Estaba disculpando a Kemal por intentar seducirla?

—¡Válgame el cielo! —replicó, ahuyentando sus miedos—. No hace falta que disculpes a tu amo. Es un pollino presuntuoso, tanto si se presenta como príncipe de Baristán o lo hace como conde de Desmond.

Umut se mordió el labio para no replicar. Atravesaron una galería más y un patio en cuyo centro, una pila octogonal soportaba un surtidor en cuya superficie rivalizaban peces de colores y plantas acuáticas, procurando un murmullo agradable y relajante.

Llegaron hasta un arco de celosía. Umut cedió el paso a la joven.

La estancia era aún más magnífica que como Christin la recordaba. Una decoración escasa y elegante: un aparador, una amplia chimenea dorada, lámparas de pie de cristal veneciano y mullidas alfombras. Al fondo, dos escalones accedían a un altillo sobre el que descansaba una amplia cama con dosel. Se le secó la garganta. Ya no había marcha atrás.

Kemal se encontraba apoyado en el marco ojival que daba a su jardín privado. Dos fornidos guardias negros montaban guardia como efigies de ébano. Le admiró a su pesar. Era una estatua de pantalones burdeos y chaleco. Un suave viento mecía su oscuro cabello. Christin suspiró y se dio cuenta de cuánto tiempo había permanecido mirándole...

El leve jadeo fue suficiente para llamar la atención de Kemal, que se volvió de inmediato. Una sonrisa hermoseó su rostro... hasta que vio, no la belleza que esperaba, sino una figura cubierta hasta las cejas por una oscura capa. Su ceño se contrajo, pero se cruzó de brazos y no dijo palabra, despidiendo a Umut con un gesto que sólo él captó.

Christin se quedó allí parada, junto a la entrada, sujetando con fuerza la capa que la cubría, como si se aferrara al valor que se le estaba evaporando.

Primero él la observó con atención. Luego, se aproximó. Emanaba un suave perfume que se diluía en los lagos esmeraldas que eran sus ojos. ¡Dios, pensó, aquel rostro le anulaba!

—¿No te gustó mi regalo?

—Sí. Me gustó.

—¿Entonces?

Christin disimuló una sonrisa complacida. Primer punto para ella: le había descolocado.

Las lámparas derramaban un baño dorado en cuya luz veía palpitar su pecho varonil. Subía y bajaba acompasadamente y fantaseó con entretejer sus dedos en la madeja de su vello. La pequeña venganza le pareció de repente estúpida. Se despojó de la capa, respiró hondo, se mojó los labios y se aproximó a él.

—Estoy muerta de hambre, mi señor —murmuró.

A Kemal se le desprendió una sonrisa que velaba sus ojos y alentó el embrujo... sólo un segundo. La nuez de Adán le delató y Christin lo percibió: una carga de deseo que también en ella comenzaba a despertar.

—Si te toco... ¿desaparecerás como los duendes del bosque?

Se quedó muda. Kemal acarició su rostro, la forma perfecta del mentón, el labio inferior. Un dedo se internó en su boca para tantear los dientes. Pellizcó ligeramente el labio superior y bordeó su nariz, el entrecejo, los párpados, las cejas. No podía creer que aquella mujer le fuera a pertenecer. Era un hada. Una aparición. Su cabello negro y rizado flotaba alrededor de sus hombros, etéreo como toda ella, con la rebeldía pintada en sus ojos. Su cuerpo... porcelana delicada y bellísima apenas oculta bajo la transparencia de la tela. Nunca había gastado mejor su dinero. El conjunto parecía haber sido creado especialmente para ella, para agasajar su piel. El corpiño se ceñía a su busto, realzaba su forma, bordeando apenas el suave contorno y el pantalón glorificaba sus piernas, largas y torneadas. Estaba preciosa. Y deseable. Y él, condenado fuese, la deseaba más que al aire que le mantenía vivo.

La avidez con que se regodeaba en ella enalteció a Christin. A fin de cuentas era mujer y, como tal, le halagaba sentirse admirada.

Ciñó su talle y la pegó a su cuerpo. Atrapó su boca en un beso hambriento que ambos buscaban. Los ojos de ella estaban velados y él supo que esa noche sería suya. Y quiso entrever un acto de entrega y no la cesión de un comercio pagado. Despacio, alargando el momento, sus largos dedos acariciaron los hombros desnudos, bajaron a lo largo del brazo, se detuvieron en los codos, antes de llegar hasta sus delgadas muñecas, rodearlas y acabar entrelazándolos con los de Christin.

Ella apenas respiraba, trémula y avergonzada. Su mente le ordenaba escapar, pero su cuerpo era débil y ansiaba sus caricias.

Él adivinó su sed, su agonía. Su mano, abierta y caliente, se posó en el vientre desnudo de Christin y ella ahogó un gemido.

Volvió a besarla, sin abrazarla, requebrándola sólo con la boca, agobiado de anhelo, devorado por la agonía de tenerla. Su lengua se enganchó a la de ella, la succionó, la empujó. Ella no se atrevía a tocarlo aunque clamaba por ello, pero respondió al beso intensamente, haciéndole perder la cordura.

—Quiero verte —susurró él con voz ronca.

Enrojeció, repentinamente atrapada.

El corpiño se abrochaba por delante con dos únicos botones de diamante y Kemal no se demoró en accionarlos. La pieza cayó hacia un lado y sus ojos se oscurecieron. Gimió como si algo le lastimara y sus manos, codiciosas, abarcaron dos lunas perfectas que acarició y sopesó. Los pulgares frotaron las aureolas rosadas hasta convertirlas en puntas erectas.

—¡Dios, qué hermosa eres, Aásifa! —escuchó como en un rezo.

Podría haberla llamado de cualquier forma, porque Christin ya no pensaba. El placer que le proporcionaba el contacto de aquellas manos eliminó sus defensas. Se atrevió a alzar la mano y ponerla en su pecho y él se desprendió del chaleco. Con la palma abierta, disfrutó acariciando su piel ardiente, maravillándose de la deliciosa sensación que le provocaba el roce del vello entre los dedos. Era terciopelo.

Kemal le arrebató el corpiño y Christin sucumbió a la llama que ardía en su interior. No supo cómo, él la despojó de los pantalones. Sus ojos la devoraban, la adoraban en silencio, la hacían sentirse única.

Atrevida, paseó un dedo por la cinturilla del pantalón de Kemal y aquel simple roce le arrastró al abismo. La tomó en brazos y con premura se acercó al lecho. Antes de depositarla en él volvió a saborear su boca y ella se arqueó, ávida de su contacto.

Kemal respiraba aceleradamente. Se recreó en su desnudez, conteniéndose para no abalanzarse sobre ella, escuchando la llamada de su miembro clamando por hacerse oír. Pero aunque deseaba entrar en ella, ansiaba un poco más de aquel suplicio, de aquella pequeña muerte, antes de hacerla suya.

Ella se estiró sobre las sábanas, impúdica, atrevida, ardiendo por sentirlo. Le incitó. Pero él apenas se acomodó en el borde del lecho y sus manos comenzaron a masajear con delicadeza los delgados tobillos de Christin. Ascendieron poco a poco, como con pereza, por entre las largas y torneadas piernas, haciéndola boquear. Christin temía, pero necesitaba, que aquellas manos coronasen el triángulo entre sus piernas. Quería que llegasen allí, saber cómo iba a apagar el fuego que la consumía. Sin embargo él continuó acariciándola, retardándose hasta el infinito, cosquilleándole en las rodillas y ascendiendo muy, muy lento por la parte exterior de sus muslos.

Abrasada de deseo insatisfecho, Christin no demandaba más caricias, casi suplicaba que la tomara de una maldita vez. Le habían dicho que la primera vez podría ser molesta, pero ningún dolor se resistía a aquella tortura. Era una brasa, se consumía de necesidad. Arqueó el cuerpo hacia él, apelando en silencio. Cuando sus manos acariciaron la parte interna de sus muslos, los abrió, rindiéndose, mirándole a los ojos. Kemal sonreía con arrogancia. Sabía perfectamente lo que estaba provocando, cómo avivar la llama. La torturaba delicadamente, pero la torturaba. Como si se estuviera vengando.

Contuvo la respiración cuando la mano que le hacía boquear se quedó quieta sobre su pubis anhelante, apremiado. Kemal se retiró y ella protestó abiertamente. Él tan sólo cambió de postura y alargó un poco más el suplicio porque la boca masculina volvió a tomar la suya. La lengua jugueteó con sus dientes, se adueñó de ella, mostrándole quién decidía. Al mismo tiempo, sus manos lisonjearon sus henchidos pechos, llevándola al paroxismo.

La cabeza de Christin giraba de un lado a otro, la

melena abarcando los almohadones. Se estaba quemando en su afán de tenerle. Kemal deseaba, más que nada en el mundo, alojarse en ella, consumirse en su humedad. Pero se dominó. Quería que ella le pidiera a viva voz que la hiciera suya. Se lo debía desde allá, en Inglaterra. Debía pagar y lo haría, pagaría. Sobre todo, porque estaba volviéndole loco.

Una dulce agonía velaba los ojos de Christin y él se felicitó por aquella respuesta de su duende.

—¿Es que merezco este castigo? —preguntó ella de pronto, apoyada en los codos, como una niña pequeña.

Kemal se extasió ante aquel rostro arrebatado, los ojos brillantes, los labios magullados por sus besos.

—Mereces mucho más, gitana —dijo boca contra boca—, pero ¡sabe Dios que no puedo alargarme más!

Se deshizo de los pantalones y apareció entre sus piernas el diablo que llevaba preso, turgente y poderoso. La ahuecó con una rodilla, la elevó tomándola de las nalgas y se fundió en ella.

Creía estar preparada, pero una punzada de dolor remató un quejido que retumbó en la oreja de Kemal y sus uñas se clavaron en su espalda.

El firmamento en pleno se le cayó encima y se quedó muy quieto, atónito y expectante. Dos incipientes lágrimas surcaban las mejillas de Christin. Ni se movió. ¡Por el siempre justo Alá, nunca lo hubiera sospechado!

Bebió de sus párpados con los labios, susurrándole muy despacio. Una mezcla de incredulidad y euforia le invadió.

—Quieta, duende. Quieta.

—Es que me duele un poco —dijo ella.

—El dolor desaparecerá en un instante, pequeña. Relájate y yo haré de este dolor un placer que no olvidarás jamás.

Aguardó, atrapado en su excitación que pugnaba por desbordarse, besándola suavemente, acariciándole el rostro, los hombros y las caderas. Luego se retiró de ella, pero Christin le sujetó de los brazos y a él se le iluminó el mundo.

—Shhhh, cariño. No me voy a ningún lado —la tranquilizó—. Si lo dejamos ahora jamás volveré a ser hombre.

Lentamente, con el mayor cuidado, regresó a su interior permitiéndose entrar hasta el fondo, hasta donde ni el fuego del infierno podría alcanzarlo. A ella se le avivó la calentura y ahora sólo necesitaba apretarse contra él. El roce del vello masculino contra sus pechos la excitó sobremanera. Las poderosas piernas enroscadas a las suyas, la mantenían prisionera. Kemal la cubría totalmente. Se sintió pequeña y grande, humilde y orgullosa, esclava y dueña.

Elevó las caderas y él inició una carrera que siempre acababa en su pubis. Con embestidas cada vez más rápidas y potentes la llevó hasta la cumbre, hizo que gritara su nombre cien veces, que se amarrara a sus nalgas, que se apropiara de sus entrañas.

Él se abandonó a su propio placer y en la humedad de Christin se vertió en orgasmo que puso la gloria a su alcance.

Desfallecido física y mentalmente, se dejó caer a un lado, enlazando su delgado talle y pegándola a su costado, dando tiempo a que sus respiraciones se acompasaran y sus corazones dejaran de latir desbocados. A sus cuerpos desnudos les arrullaba el sonido del viento en el jardín y les amodorraba la mortecina luz de las lámparas. Ella apoyó su cabeza en el hueco de su hombro y se quedó dormido junto a su pequeño duende.

19

A caballo entre el sopor y la conciencia, se desperezó estirando brazos y piernas.

Un beso en el ombligo la despertó definitivamente y parpadeó confusa. Debía estar aún soñando, pensó. Ningún hombre podía ser tan soberbio, así que aún debía permanecer dormida.

—Buenos días, gitana.

Se sentó de golpe. Desconcertada, echó un vistazo alrededor. Estaba bien despierta y desnuda en el lecho de Kemal.

—Imagino que desearás desayunar algo y bañarte. Puedes utilizar mi cuarto.

Hechizaba, sonriendo de aquel modo, mezcla de ángel y demonio. Asintió en silencio y él debió dar alguna orden. De inmediato, dos guardianes se pusieron en movimiento.

Dos torres de ébano se cruzaron frente a Christin que, de un zarpazo, se cubrió con las sábanas. De pronto recordó que ellos dos estaban allí la noche anterior, o sea que... Soltó algo muy feo a voz en grito y Kemal le respondió con calma.

—Vamos, mi amor, su presencia no tiene importancia.

La sacó de sus casillas. Saltó de la cama, con aires de antigua romana, ardiendo de vergüenza.

—¡¿Qué no tiene importancia?! —le gritó.

—No. No la tiene.

Christin se explayó en una sarta de improperios, se le acercó y lanzó el puño derecho que se topó con el mentón de Kemal, pero acabó en sus brazos. Forcejeando por librarse, reparó en que volvía a estar excitado. ¡Por todos los santos! Habían hecho el amor delante de los guardias y le importaba un ardite que siguieran por allí.

—¡Cerdo! —le insultó—. ¡Suéltame ahora mismo!

Lejos de escucharla la apretó más contra su virilidad. Ella se revolvió, pataleó, pretendió alcanzarlo de nuevo con los puños y volvió a insultarlo, pero no pudo escapar y se rindió.

—Vamos, duende, cálmate. Ellos están acostumbrados.

—¡Pero yo no! Tú podrás revolcarte con tus concubinas en su presencia, ¡hasta puede que eso te excite, condenado puerco! Pero yo conservo cierto pudor.

—Anoche no lo demostrabas.

Ella dijo algo que él interpretó como «bastardo» y, recordando a Mané, alzó la rodilla que impactó en la entrepierna de Kemal. La soltó, junto con un juramento y ella puso distancia entre ambos.

Cuando él se recuperó del ataque, ya no parecía tan amable.

—¡Condenada seas! ¡Ésta sí que vas a pagármela, Christin!

Ella retrocedió. Parecía enfadado de verdad. Miró hacia la puerta.

—No llegarás a ella.

No esperó a confirmarlo. Agarrando la sábana como pudo echó a correr, pero la seda se enredó en sus tobillos y en un instante tuvo a Kemal atrapándola por la cintura. Christin chilló, pateó en el aire, intentó arañarle los ojos, pero sólo consiguió quedar tumbada sobre la alfombra, desnuda y con Kemal encima.

—¡Sucio piojoso! —jadeó—. ¡Asno libidinoso! ¡Perro! Eres despreciable, maldito conde de Desmond. ¡Te odio!

Se revolvió con vehemencia, humillada por el espectáculo ante los guardianes. A él le costó un triunfo parar los golpes y dominarla. Cuando Christin decidió que ya no podía luchar más, ambos respiraban con dificultad.

—Si no te comportas, duende, voy a hacerte de nuevo el amor, aquí y ahora.

Vencida, se tragó la bilis.

Kemal se incorporó con ella y la envolvió con la sábana. Luego la tomó en brazos y la depositó sobre la cama.

—Quédate quieta hasta que hayamos desayunado. Las peleas se llevan mejor con el estómago lleno.

—¡Así te atragantes!

Aparecieron dos muchachas con zumo de naranja, yogur, huevos duros, pastelillos y té con menta. Christin reparó entonces en que estaba famélica.

Él la contempló a placer. No se cansaba de admirarla. Estaba encantadora. Daba igual que vistiera una simple falda y una blusa mientras danzaba en torno a una hoguera que así, como se encontraba ahora, medio envuelta en una sábana, el cabello alborotado y el rostro sonrojado después de una noche de amor.

El propio Kemal le sirvió zumo, pastelillos y té azucarado y atacó la comida con verdadero apetito.

Después de saciarse, ella perdió un poco de fuelle. Kemal hizo que se retirara el servicio y se sentó a su lado. Le acarició un hombro desnudo y se inclinó para besarlo. Muy a su pesar, el deseo de Christin despertó, pero se hizo a un lado y él aceptó la distancia.

—No hice nada que no desearas anoche, gitana.

—¿De veras? Yo no deseaba estar en esta habitación. Ni deseo estar en este palacio. Sólo quiero regresar a mi hogar.

—Éste es tu hogar ahora.

—¡Nunca! ¡Mi casa está en Inglaterra!

—¿En una caravana andrajosa, hollando los caminos?

—¡Allá donde estén los míos, sí!

—Vivirás mejor entre nosotros.

—¡Pero sin libertad! —replicó—. ¡No quiero estar aquí! Y por descontado, señor mío, ¡tampoco deseaba ser violada!

Kemal se encrespó.

—¿Violarte? ¡Por la misericordia de Alá, mujer, no tienes idea de lo que dices! —Acercó su nariz a la de ella, que bizqueó frente a su cara—. Si alguna vez me enfureces lo suficiente, es posible que pruebes esa medicina.

Ella perdió el color y le dio la espalda. Había conseguido enmudecerla.

Así, atemorizada, la irritación de Kemal se esfumó.

Le acarició una rodilla y ella se encogió al contacto de su mano.

Una de las criadas anunció que el baño estaba preparado. La despidió y, tomando a Christin de una mano, tiró de ella. Ella se resistió, pendiente de la guardia y él les hizo señas para que abandonaran los aposentos.

La sala de baño era un espacio amplio y luminoso totalmente recubierto en mármol blanco, desde el suelo al techo. Un falso techo acristalado filtraba la luz que se derramaba a raudales. La bañera, con grifería de oro, era una ostentación, pero Christin no reparó en ello. Sólo tomó conciencia de su cuerpo dolorido y deseó más que nada abandonarse en el agua espumosa y caliente. Dejó caer la sábana y se metió en la bañera con un murmullo de placer. De inmediato se relajó y dejó reposar la cabeza sobre el borde, abstrayéndose del mundo.

Él, apoyado en la pared, los brazos cruzados, se deleitó en su belleza. Era una criatura preciosa. La espuma le cubría, excepto en un punto en el que pompas rebeldes dejaban un pecho al descubierto y luchó contra un deseo punzante de lamerlo y reanudar los juegos amorosos. Se acercó, no obstante, tomó una esponja y se agachó junto al borde de la bañera. Ella respingó levemente cuando le pasó la esponja por el pecho. Quiso rechazarlo pero lo miró y no pudo. Kemal, de rodillas, acariciaba sus muslos con la esponja. ¡Todo un príncipe en aquella postura, atendiendo las necesidades de su esclava! Se contuvo de decírselo. Parecían haber firmado un acuerdo de paz y no deseaba romperlo, sino disfrutar del baño... y de sus servicios.

—¿Por qué no me dijiste que eras virgen?

—No me lo preguntaste.

—Deberías...

—Estabas tan convencido de que yo era una vulgar prostituta que ni te interesaste por ello —le reprochó.

Kemal seguía con el juego de la esponja y ella se relajó.

—Lo lamento.

—¿Qué cosa? ¿Haberme tomado por fin?

—Por descontado que no, gitana. Nunca lo lamentaré. He tardado meses, pero... —Encogió un hombro—. Imagino que la abusiva cantidad que pediste por tus favores es un pago adecuado por una virgen.

Christin se hundió en el agua, enfurruñada. A él parecía importarle muy poco haberle privado de la virtud, imbuido como estaba en el estúpido orgullo de haber sido el primero. ¡Todos los hombres eran idiotas!

Dejó que Kemal la ayudara a salir del baño y la envolviera en una suave toalla. La abrazó por la espalda, hundiendo su cara en la húmeda y larga cabellera. Se sintió muy bien. Estar a su lado no era tan malo, pensó. El lujo, el aroma de las azaleas que llegaba del jardín, los haces de luz que les inundaba, el espectro de colores que les envolvía, convirtiendo la sala en un lugar mágico. Y el recuerdo de sus caricias. Todo surgía como una fantasía. Temió que se disipara aquel instante.

Un mordisquito en el cuello la devolvió al presente. Se separó levemente de él, como si quisiera secarse, y le observó de reojo.

Hubiera sido mejor no hacerlo.

Los ojos grises estaban arrasados por el deseo. Y lo

vio tan atractivo que el corazón comenzó a latirle muy deprisa.

Kemal no desperdició el momento de recrearse en ella. Sus hombros relucían y el arco de los senos, apenas cubiertos, le llamaban. Ni pudo ni quiso remediarlo. Se acercó a ella y la abrazó de nuevo, lamiendo las gotitas que resbalaban por su piel. Christin siseó y se estrechó contra él.

La besó con vehemencia, como si deseara castigarla por excitarle continuamente y ella respondió con el mismo ímpetu, arrastrados por la pasión.

Kemal le arrebató la toalla y se embelesó en su desnudez. La deseaba de nuevo. La había deseado mil veces desde aquella noche en el bosque. Y ahora. La noche anterior le pareció muy lejana. Había tratado de comportarse como un caballero, tal como le educara su tío y la dejó descansar tras la batalla amorosa. Acaso ella estuviera aún algo dolorida por el efecto de su primera vez. Pero ahora, ¡maldito fuera!, su cuerpo clamaba de nuevo por ella.

La agarró de los hombros, la volteó y la apoyó en el borde de la bañera.

—¿Qué me estás haciendo, duende? —gimió él, acariciando sus redondeadas nalgas y rozando, como al descuido, aquel rincón femenino que le electrizaba. Ella jadeó, con el deseo atravesándola como una espada—. ¡Maldita seas, mujer! ¿Qué me estás haciendo?

Le abrió las piernas, aprisionó sus caderas y la penetró.

Christin sufrió una convulsión. Una lava interior la abrasaba, fluía por sus pechos y se encrespaba en sus pezones que chocaban con los embates de Kemal.

Gimió y le oyó gemir y alcanzó y experimentó el éxtasis.

Embargada de dicha y tribulación a la vez, Kemal volvió a bañarla, la secó con mimo, como a una criatura, y no le permitió que se marchara hasta pasado el mediodía.

20

Apenas comió nada y estuvo la mayor parte del día sentada a la sombra de la mimosa.

Se sentía extraña, distinta, como si su cuerpo ya no le perteneciera. Él se le hacía presente. Tenía los pechos tan sensibles que hasta el suave tacto de la seda le llevaba constantemente a sus caricias y sus besos. Una extraña sensación de plenitud y vacío la aturdía.

Shalla se le acercó con una bandejita de pastelillos y un vaso de zumo y se hizo a un lado, dejándole sitio. La bandeja quedó entre ambas.

—Debes comer algo, Aásifa.

—Odio ese nombre.

—Entonces come algo, Christin. Estamos solas y tampoco me importa que me llames Isabella.

Christin asintió y probó uno de los pastelillos.

—Están deliciosos, pero si continúo cebándome con estos manjares acabaré gorda como una vaca. Tal vez entonces me dejarán salir de aquí, no creo que le gustara así al conde.

Isabella se entretuvo un momento en alisar su falda.

—¿Es tan magnífico como cuenta Leyma? —preguntó, un tanto azorada.

El vaso de zumo se quedó a medio camino, sin llegar a los labios. Se encogió de hombros. ¿Cómo negarlo?

—Lo es, condenado sea —le respondió, mortificada.

—Es tan atractivo... ¿Por qué le llamas conde?

—Porque lo es, Isabella. No es sólo el príncipe Kemal Ashan, heredero de Baristán, sino un maldito conde inglés, ya que heredó la fortuna y el título de su tío, hermano de su madre.

—La amada ausente del bey.

—Sí.

—La amó con locura, según dicen. Aunque también se rumorea que era una fiera cuando se enfadaba con Jabir. Las peleas traspasaban los muros de palacio y más de una pieza valiosa, destinada a su cabeza, se hizo trizas en estas paredes. En el harén se acaba sabiendo todo.

—Algo he oído sobre eso, sí.

—Sin embargo, todo el mundo dice que Jabir bebía los vientos por aquella inglesa, que fue la única mujer en su vida... y que sigue siéndolo en su pensamiento, tantos años después de su muerte.

—Una bonita historia —admitió Christin.

Por un instante, guardaron silencio, cada una absorta en sus pensamientos.

—¿Cómo es la primera vez, Chris?

Se ladeó un poco para encararla. Había pasado una única noche con Kemal, no era la más idónea para aconsejar, pero intuyó que necesitaba una pequeña ayuda.

—¿Qué te han contado?

—Que el hombre te abre de piernas y... —se acaloró, abanicándose con la mano y luego estrujó entre los dedos la tela de su vestido— y que... mete «eso» que tiene en nuestro cuerpo.

Casualmente lo mismo que ella creía antes de ser seducida. Isabella tampoco había recibido instrucción sobre el acto sexual. Palmeó su mano, tranquilizándola.

—Si el hombre es en verdad un hombre, primero prepara a la mujer.

—¿Prepara?

—Con besos y caricias. Suavemente. Haciéndole desear que la posea, pertenecerle.

—¿Kemal lo hizo contigo?

—Sí. —Se estremeció al recordar—. ¡Malditos sean sus ojos! Porque no me queda ni el júbilo de poder decir que se comportó como una bestia.

—Es un alivio saberlo —suspiró Isabella.

—¿Temes que te llame?

Asintió en silencio. Le temblaban los labios. A Christin le dio lástima y unos celos cáusticos que ciñeron su corazón imaginando a Isabella y a Kemal revolcándose en el lecho.

—No te hará daño —murmuró—. Duele un poquito al principio, pero apenas es nada.

—¡Pero yo no lo quiero! —estalló en llanto Isabella—. ¡Oh, Dios!, no podré soportar que me toque, Christin. ¡No podré soportarlo!

Era otra versión de su propio destino. Deshecha en un mar de lágrimas, no demostraba ser más que una criatura aterrada. Posiblemente vivió rodeada de seres queridos, mimada y protegida, y ahora se encontraba prisionera entre aquellos muros y temerosa de lo que le aguardaba, sin posibilidad de escapar. Sólo que ella pensaba hacerlo, costara lo que costase, pero no podía arriesgarse a llevarla consigo. La abrazó por los hombros, chistándola. Isabella musitó muy bajito, temerosa de que alguien escuchara:

—Si fuera Okam...

—¿Estás enamorada del primo del príncipe?

—Sí. Desde el día en que le vi. Ya sé que soy una estúpida, que no tengo derecho siquiera a mirarlo, que nunca le perteneceré, pero no puedo remediarlo. Cada vez que le veo de lejos se me para el corazón. ¡Es horrible! —Lloraba desconsoladamente.

—Somos solamente esclavas, Isabella.

—¡Si el príncipe me llama me mataré!

—¡No digas tonterías! —le recriminó, recordando su propia estupidez—. Siempre es más hermoso seguir viviendo, aunque sea sometiéndonos a sus deseos.

—No. ¡Me mataré, Christin, lo juro!

Isabella escapó hacia las habitaciones y ella sintió un tironcito en el pecho. Deseó fervientemente que Kemal no la llamara, al menos hasta que se calmara. Si la joven cometía una locura, ella misma le arrancaría los ojos a Kemal.

Sin embargo, Isabella fue convocada esa misma noche.

Umut apareció en los aposentos de las mujeres cuando estaban escuchando a Corinne, que les anticipaba la noticia de que, en unos días, saldrían al exterior en una corta excursión hasta la costa. La buena nueva fue acogida con júbilo por lo que significaba de evasión en la monotonía de palacio. Christin pensó de inmediato que podría ser un momento inmejorable para escapar.

—Mi hermano, el bey —decía Corinne—, quiere

celebrar su cumpleaños y el príncipe dio su beneplácito para que vosotras, sus mujeres, podáis disfrutarlo también. ¡Ah, Umut, estás aquí! —dijo al eunuco, en posición de firme en la puerta.

Las jóvenes le miraron esperanzadas, sobre todo Leyma. Salvo Isabella, todas deseaban hacerse un hueco en el corazón del heredero. Christin ignoró su presencia. Ella ya se había fijado un objetivo: huir a Inglaterra.

El eunuco se acercó a Christin mientras se hacía el silencio. Se tensó. Si Kemal volvía a reclamarla esa noche, iba a darle un ataque. Recordaba de forma tan vívida sus cuerpos entrelazados que se le pusieron duros los pezones. Pero Umut sólo le entregó una cajita alargada de terciopelo rojo.

—Un presente de mi amo, señora. Y su agradecimiento.

Las muchachas se reunieron en torno a ella. Presentían un regalo, provenía del príncipe y siempre ilusionaban las novedades, normalmente joyas.

Apretó los labios. Abrió la caja y el brillo de las esmeraldas la cegó. Se extendió un murmullo asombrado e incluso Corinne contuvo el aliento: la gargantilla era exquisita y delicada, un sueño.

—Debiste de satisfacerle mucho, Aásifa —afirmó Corinne—. Es un obsequio muy hermoso. Ni siquiera el bey ha regalado nada semejante a Adnina, aun habiéndole dado su segundo hijo varón.

—¿Me lo prestarás alguna vez? —preguntó Leyma.

Christin no respondió. Tan sólo levantó la cabeza. Umut sonreía de oreja a oreja, como si el regalo fuera obra suya, aguardando su respuesta.

Y ella se la dio.

—Milord paga muy bien a sus putas. —La frase cortó el aire y las respiraciones quedaron en suspenso.

Corinne achicó los ojos y su mirada se volvió tumultuosa. Aquella perra inglesa interesaba demasiado a su sobrino. La estaba dando muchas alas. Pero ya se le pasaría la fiebre por la cristiana díscola y entonces ella la pondría en su lugar.

Umut se irguió, molesto, adivinando que ella no pensaba decir nada más, viendo que trataba el costoso presente como si de una servilleta usada se tratara. La admiró a su pesar. No cabía duda de que su amo estaba prendado de ella, aunque fuera alborotadora y de lengua afilada como una gumía.

Kemal, sin embargo, se había ilusionado como un chiquillo eligiendo aquella «bisutería» de entre todas las que le ofrecieron. Y cuando se la entregó, para que él se la ofreciera a Christin, estaba eufórico. Pero quedaba claro que la muchacha iba a darle muchos quebraderos de cabeza. O regresaban pronto a Inglaterra o se olvidaba de ella. Lo mejor sería aconsejarle que la vendiera o la regalase. Inventaría una frase de agradecimiento para no desairar a su amo. Olvidando a Christin, se aprestó con el segundo encargo del príncipe.

—Shalla —dijo, llamando la atención de nuevo—, mi señor os ruega que acudáis a sus aposentos.

Isabella perdió el color. Sus piernas se negaron a sostenerla y acabó dejándose caer sobre cojines. De poco le sirvieron las felicitaciones por ser la elegida. Se echó a llorar y escapó de allí.

—Pobrecita —dijo Corinne—, debe de ser la emoción. ¿A qué hora desea el príncipe que comparezca, Umut?

—Ahora mismo, mi señora.

—¡Pero eso no es posible! Hay que bañarla, perfumarla... Prepararla, en suma.

Christin se tragó una imprecación. Se comportaba como una vulgar celestina.

—Dijo «ahora mismo», mi señora.

—Se ha vuelto loco. Está poniendo el palacio patas arriba desde su llegada. Por la gloria de Mahoma, Umut, Inglaterra lo ha cambiado.

—Sí, mi señora. Pero dijo «ahora mismo» —insistió Umut.

Con evidente disgusto, Corinne le dio la espalda.

—Dame diez minutos.

—El príncipe...

—¡Diez minutos, condenada sea tu alma negra! —barruntó la hermana del bey—. También yo tengo que velar por la buena marcha del harén y no me ayudan tus prisas ni las de mi sobrino. Diez minutos y yo misma la llevaré. Y ni uno menos, Umut.

De inmediato, un ajetreo frenético invadió los aposentos. Shalla se había bañado apenas una hora antes, de modo que podían saltarse el baño. Perfumarla no tardó más de unos minutos. La desnudaron y frotaron su cuerpo con aceite de esencia de rosas. Le vistieron luego una túnica crema que iba muy bien con el color de su cabello y algunas joyas. Leyma incluso le prestó una pulsera de ámbar y unas sortijas.

Christin fue la única que permaneció apartada del ruidoso grupo. Rehusó preparar otro cordero para el matadero. Isabella había dejado de llorar atenazada por las órdenes y amenazas de Corinne, pero era un alma ida, pálida y afectada.

—No será una buena compañía —no pudo por menos que decir Christin—. ¿Es que no veis que está aterrada?

—Más le valdrá complacer al príncipe —zanjó Corinne, acabando de dar los últimos toques al cabello de la italiana—, o tendré que azotarla.

Christin decidió que ya estaba bien y se aproximó.

—¡Es usted una bruja malintencionada! —le gritó, levantando la alarma en las chicas, que miraban boquiabiertas—. Isabella es virgen y está atemorizada. ¿Cree que amenazándola con azotarla si no se comporta como la acémila que su sobrino desea, la va a tranquilizar?

El sonrojo ascendió por el cuello de Corinne.

—¿No será que estás celosa, Aásifa? —atacó—. ¿Qué pasó anoche? ¿Kemal te montó tan bien que ahora bulles como una olla al fuego porque llama a otra a su cama?

Christin armó su brazo. Por fortuna para ella, Leyma la retuvo a tiempo. Corinne hubiera preferido que culminara su acción. Eso le hubiera dado la oportunidad de castigarla como se merecía. Felicitó mentalmente a su sobrino por poner a aquella arpía donde le correspondía. Se desentendió de ella y empujó a Shalla hacia la salida.

—Arreglaremos esto en algún momento, Aásifa. Te lo prometo.

Apenas desaparecieron, las jóvenes se congregaron alrededor de Christin.

—¿Te has vuelto loca? —La zarandeó Leyma—. Insultar al príncipe como lo has hecho, de palabra y de obra, y enfrentarte a la hermana del bey, es un suicidio.

—¡Es una lechuza! ¿No habéis visto lo asustada que iba Isabella?

—Todas las mujeres acuden su primera vez un poco acobardadas. También yo era virgen. A Shalla se le pasará el susto.

—¿Cómo es posible que puedan azotarla por eso, por el amor de Dios? ¿Acaso él ha hecho eso alguna vez?

Leyma hablaba como si fuera la portavoz.

—¿Es eso lo que te preocupa?

—No le veo en ese papel.

—Que yo sepa, nunca ha maltratado a ninguna mujer, aunque tampoco podría jurar que no lo haga si alguien le irrita más de lo prudente... De todos modos, me parece que tu mayor preocupación no es la suerte que pueda correr Shalla.

Christin se envaró.

—¿Qué estás insinuando?

—¿No será que, como dice Corinne, estás rabiosa porque él ha decidido probar con otra? A mí me alegra, ¿sabes? Significa que tal vez me llame una noche de éstas. Y lo estoy deseando.

No podía decir que no fuera verdad. Lo rumió en silencio y escapó de allí. Se dejó caer en un banco y lloró hasta hartarse. ¡Maldito Kemal! ¿Cómo era posible que después de haberle hecho el amor con tanta dedicación pudiera elegir a otra para calentarle la cama? ¡Le odiaba! No, no era eso, reconoció al segundo con lástima por ella misma. No podía odiarle porque, para su desgracia, estaba enamorada de él desde que le viera. En Inglaterra trató de convencerse a sí misma de que únicamente acudió a la cita para darle una lección por su fanfarronería, pero sabía que eso no era cierto. Desde el primer momento deseó sentir sus brazos rodeándola, su boca sobre la suya, sucumbiendo a su fuerza de atracción. Corinne y Leyma tenían razón, aunque ella no iba a reconocerlo ante nadie: estaba celosa. Y ahora mismo le arrancaría los ojos a Leyma y correría hasta los aposentos de Kemal para arrastrar del cabello a la pobre Isabella. ¡Si sería idiota!

—Condenado seas, conde de Desmond —murmuró entre sollozos—. Condenado seas por hacerme esto.

21

Okam atendía con sumo interés las explicaciones de su primo acerca de la ampliación y mejora del puerto de Baristán. Jabir también había aprobado sin reservas el plan.

—De este modo podrían atracar al menos veinte navíos más e incrementaríamos notablemente el comercio —decía Kemal—. Además, deberíamos encargar la construcción de algunas naves para el transporte de especies. Tenemos buenas relaciones con Francia e Inglaterra y son nuestros principales clientes.

El carraspeo en la puerta les hizo levantar la cabeza de los planos. Kemal dedicó una sonrisa a su tía, que llevaba de la mano a una muchacha deliciosa. Umut seguía tras ellas y tomó posición junto a su señor.

—Apenas has dado tiempo para preparar a la muchacha, sobrino. ¿Tanto te urge tenerla en tu cama?

Okam perdió el color y ya sólo tuvo ojos para Isabella, al tiempo que le invadía una sensación de rechazo absoluto por el papel de su madre y un ataque de celos hacia su primo.

Kemal no contestó y se acercó despacio a la joven. Como ella permaneciera con la cabeza baja, puso un dedo bajo su barbilla y se la levantó. Unos ojos grandes y acuosos le miraron con temor. Era bellísima, reconoció. Y en otro momento y lugar habría estado tentado de seducirla.

—Gracias, tía —musitó.

Corinne supo que por ahora, eso era todo. Diplomáticamente, deseó buenas noches y se marchó. Isabella, sola frente a su pesadilla, sucumbió al terror. Comenzó a temblar como una hoja y por sus mejillas se deslizaron las lágrimas. Kemal se las enjuagó con los pulgares.

Okam hubiera corrido a abrazarla. En ese momento todo el amor que sentía por su primo se tornó en odio, pero nada podía hacer por salvar a Shalla. Kemal era el príncipe y aquella perla le pertenecía. Sintiose morir teniéndola tan cerca y tan lejos a la vez. Se adelantó dispuesto a marcharse de allí, antes que soportar ver que Kemal la acariciara.

—Umut —dijo el príncipe—, ¿me hiciste el encargo?

—Sí, mi señor.

Esperanzado, se volvió hacia su criado perdiendo todo interés por la muchacha.

—¿Y bien? ¿Qué dijo?

—Os da sus más efusivas gracias, mi señor —acertó a contestar.

—¿Qué dijo... realmente, Umut?

—Creo que no os va a gustar su respuesta, mi señor.

—Dámela de todas formas.

—Repito, mi señor, que no os agradará.

—¡Por todos los demonios del infierno! —se exaltó—. ¡Quiero saber qué maldita cosa dijo!

Isabella se retrajo aún más y su mirada asustadiza se cruzó por un instante con la de Okam. La cubrió el sonrojo y hundió de nuevo la mirada en la alfombra, estrujándose las manos.

—Dijo, mi señor —musitó Umut suavemente, como si temiera que la fuera a tomar con él—, que pagas muy bien a tus putas.

Okam se atragantó.

Kemal se quedó petrificado.

Abrió la boca, pero no dijo nada. Se alejó unos pasos y se sentó. Cruzó una pierna sobre la otra y reposó un brazo sobre ella. Por un momento el silencio hacía daño. Cualquier reacción ante tamaño insulto por parte de una simple esclava podría entenderse.

Isabella se mordió los labios para evitar sollozar y que se la oyera, pero no lo consiguió. Como un resorte, Okam estuvo a su lado aunque no se atrevió a tocarla.

—No llores —le rogó.

Y los sollozos de ella arreciaron, tapándose el rostro con las manos. El joven, sin saber qué hacer, esperaba una orden de su primo que los observaba sin verlos.

—Deja que vuelva a sus aposentos —rogó Okam a quien el llanto de Isabella le escocía como si fueran lágrimas propias.

—No.

Con los puños apretados se le acercó, plantándose a un paso de él con las piernas abiertas.

—Te lo pido como un favor. —Su voz era ronca, plagada de rabia mal contenida—. Deja que vuelva a sus aposentos. Llámala en otra ocasión, ahora está aterrada.

Kemal ni le respondió. El desdén de Christin le roía las entrañas. ¿De modo que aquella perra inglesa había sido capaz de escupirle aquella frase? ¡Le retorcería el cuello en cuanto le echara la vista encima! ¡La colgaría de...! De repente reparó en los ojos vidriosos de Okam. En su rostro, una máscara de cólera contenida y comprendió.

Pero ¿cómo había podido ser tan insensible? Suspiró, se incorporó y se acercó hasta la muchacha. Quiso colocar una mano en su hombro para calmarla pero retrocedió y se dejó caer a sus pies.

—Os pido perdón, mi señor —dijo entre lágrimas—. No mandéis que me azoten, no lo soportaría.

Kemal se quedó de una pieza. Pero ¿qué coño pasaba con las mujeres allí? ¿Estaban locas? Christin le insultaba deliberadamente y ésta no veía en él otra cosa que a un ser salvaje. El mundo se volvía cabeza abajo, no le cupo duda, y él era tan idiota que aún no se había dado cuenta.

—¿Por qué iba a hacer tal cosa? —le preguntó.

Isabella alzó un rostro compungido.

—Por no portarme como vos deseáis, mi príncipe.

—Si tuviera que aplicarte el látigo sólo por temer tu primera noche con un hombre, ¿qué supones que debo hacer a una insolente inglesa que me llama proxeneta? ¿Tendría que colgarla de los muros del palacio, joder? —estalló.

Isabella retrocedió, como si reptara por el suelo. Kemal le dio la espalda y lanzó su puño a una celosía diciendo:

—Llévatela, Okam, y ojalá consigas que deje de lamentarse.

Okam no sabía a qué atenerse y Umut ni pestañeaba. Ninguno de los dos pareció entender nada. Sólo Isabella vio el cielo abierto, dejó de llorar y miró esperanzada a Okam.

—¿Qué has dicho?

—He dicho que te la lleves. Es la joven de quien me hablaste, ¿no?

—Ella es, sí, pero...

—Entonces vete con ella y mi bendición. Espero que esta belleza te dé pronto tu primer hijo.

De la garganta de Isabella brotó como un estertor de alegría al que acompañó otro torrente de lágrimas. No podía creer su buena suerte y miró a Okam con tanto amor, que a Kemal un puñal de envidia se le clavó en el pecho.

Si Christin le mirase a él alguna vez de ese modo, podría entregar el mundo por ella. Vana esperanza, que abandonó de inmediato.

Okam, sin embargo, flotaba entre nubes. Ni siquiera fue consciente de que no había dado las gracias a su primo por un regalo tan maravilloso. No un regalo, un don de Alá que Kemal había puesto a su alcance. Se arrodilló junto a la muchacha y le besó ligeramente los labios.

—¿Quieres venir conmigo, dulce Shalla?

—Sí. ¡Oh, sí, mi señor!

Mucho después de que Okam y la joven se hubieran ido, Kemal seguía manteniendo una batalla interior. Umut aguardaba tieso, sin decir una palabra. Conocía demasiado a su príncipe y sabía de su lucha. La inglesa le había desairado. Pero, por otro lado, le consumía las ganas de estar con ella. Se preguntó qué sensación de ambas se impondría.

Y lo supo poco después. Kemal se fue hacia la puerta con determinación.

—¡Por Dios que va a pagarme el insulto! —rugió, antes de salir.

Umut decidió perderse en su propia habitación. La noche iba a ser caldeada y él desearía no estar cerca. Ya lo estuvo una vez, hacía años, cuando Jabir y su hermosa inglesa, la madre de Kemal, se enzarzaban en una de sus numerosas peleas: ella le lanzaba objetos y él los esquivaba. Excepto uno, mal dirigido, que desgraciadamente impactó en su cabeza, justo detrás de una oreja.

Christin apenas cenó.

Tenía un nudo en el estómago. Trataba de no pensar pero las habitaciones de Kemal y lo que allí pudiera suceder le llegaban en oleadas.

El golpeo de las puertas chocando con las paredes cortó toda divagación. Kemal entró avasallando.

Cuando Christin miró el rostro de Kemal se le encogieron hasta los dedos de los pies. Venía furioso. ¿Habría sido Isabella o venía a pasarle factura? Avanzaba con paso firme, como un dios vengador.

Se plantó ante ella con las piernas abiertas y los puños apoyados en la cintura y el resto de las jóvenes retrocedieron hasta un rincón. Christin contuvo la respiración. Sin duda Umut había repetido sus palabras al príncipe. Así que no había sido el llanto de Isabella lo que le había convertido en una fiera.

Sus ojos grises despedían fuego. Pero, como siempre, se mostraba espléndido en sus pantalones negros y chaleco del mismo color, apenas cubriendo el vello de su pecho musculoso. Sí, era endemoniadamente guapísimo. Sin querer se le escapó un suspiro traicionero.

—¿Cuál es tu precio, gitana? —preguntó con voz insolente.

—Si no te explicas mejor...

—Pago bien a mis putas. ¿No dijiste eso?

Se le cortó el aliento. Ésa era la cuestión. Le había ofendido. El sentido común aconsejaba callar pero se levantó y se le enfrentó ante el asombro de las chicas y del propio Kemal.

—Lo dije, sí. ¿Acaso no es cierto? ¿No es lo que hiciste enviándome esas esmeraldas, pagarme por una noche de sexo?

La mano derecha de Kemal voló hacia su cuello y sus largos y poderosos dedos encerraron su fragilidad en una tenaza. Hubo algún grito asustado y luego se impuso un espanto mudo: el príncipe quebraría el delgado cuello de la inglesa sin el menor esfuerzo.

El cuchillo del miedo se alojó en el vientre de Christin, pero le devolvió una mirada de desprecio. Sobreponiéndose para que la voz no la delatara, se atrevió a preguntar:

—¿Vas a matarme, milord?

Kemal se controló. No podía remediar que sus ojos bebieran en el fulgor de los de ella, ni que se prendaran de aquel óvalo perfecto, de sus hombros apenas cubiertos, de sus pechos altivos que ahora palpitaban al ritmo de su respiración acelerada. Recordó sus besos apasionados, la entrega de la noche anterior, la devoción con que se rendía al influjo del placer y le vino a la memoria que ella gritó su nombre en la cumbre de la pasión. La punzada de una inmediata erección hizo que apretara un poco más su cuello.

—Podría hacerlo, duende —susurró—. Tú sabes que podría hacerlo.

—¿A qué esperas, entonces?

La boca de Christin le llamaba. Su cuerpo clamaba por sentirse atrapado entre aquellos muslos de seda que le quitaban la voluntad.

Frustrado, abandonó la presa ejercida sobre la garganta y la convirtió en una caricia en la nuca. Poco a poco, acercó el rostro de Christin hacia él y la envolvió en una mirada cálida que ahuyentó toda sombra de ira.

—Debería hacerlo, bruja. Pero Dios sabe que no puedo. ¡Maldita seas, mujer, no puedo sino besarte!

Sin darle tiempo a la reacción, Kemal atrapó su boca. Sus brazos se cebaron en su cuerpo delgado que oprimió contra el suyo. Se le había despertado la sed y sólo había una manera de saciarla.

La tomó en volandas y se alejó con ella.

22

El rumor de que el príncipe la había elegido como favorita corrió como pólvora por palacio. Y mientras desayunaba junto a su sobrino y Abdullah, que se había personado muy temprano para despachar asuntos de Estado, Jabir recibió la noticia con sumo agrado.

—Trae *sarap* —dijo a un criado.

—¡Pero mi señor! —protestó el visir—. ¡Vos nunca...!

—Hay que celebrarlo. Estaba deseando que ese muchacho sentara la cabeza, buscara una *kadine* y me llenara el palacio de chiquillos. ¿Quién es ella?

—La inglesa, mi señor.

—¿La inglesa? —Se irguió—. ¡Por las barbas de Alá, pero si intentó matarlo! Pensé que tendría a esa arpía a buen recaudo. Pero ¿qué le pasa a mi hijo? ¿Qué sabes de eso, Okam?

El joven se encogió de hombros y afirmó:

—Debió de surgir algo entre ellos en Inglaterra, tío, porque está obsesionado con la muchacha. Hay que reconocer que ella es de una belleza hechicera.

—Es cierto, mi señor —intervino el visir—. Es realmente bella.

A Jabir no parecía convencerle del todo.

—Admito que la inglesa es digna de una segunda mirada. No me importa que la tenga como concubina; eso se veía venir desde que me pidió que se la entregara. Pero me pareció que la compraba para darle un escarmiento. Desde luego no pensé que iba a encapricharse de ella hasta el punto de convertirla en su *ikbal*. Porque, no pensará hacerla su *kadine*, ¿verdad? —Dejó la pregunta en el aire.

Okam tomó un dátil y se lo llevó a la boca, pero no contestó. ¿Quién podía saber lo que pasaba por la cabeza de Kemal? Si su primo sentía por la cristiana el mismo deseo que él por Shalla, las cosas podían volverse imprevisibles.

—Calmaos, señor —rogó el visir—. Kemal es un joven vigoroso y es natural que quiera disfrutar de la belleza, pero estoy seguro de que las habladurías exageran, ya sabéis. Algunos sirvientes deberían tener la lengua cortada.

—Vete —le dijo Jabir al sirviente de turno con un gesto despectivo—, y que se olviden de mi pedido. Se me han pasado las ganas de brindar.

Abdullah respiró aliviado. Sólo había visto beber una vez a su bey, cuando la madre de Kemal murió. Estuvo ebrio durante una semana y en algún momento se temió que acabara por arrojarse desde las murallas, loco por el dolor.

—¿Firmarás ahora los documentos, mi señor?

—Eso puede esperar. Yo necesito ver con mis propios ojos lo que me han contado.

—¡Pero tío...!

No esperó más. Okam y Abdullah le vieron bajar las escalinatas de su palacete y atravesar el jardín hacia las dependencias de su hijo.

—Puede que nuestro bey aún mande vender a la nueva esclava de tu primo —aventuró Abdullah, recostándose sobre los almohadones.

—No lo creo. Kemal presentará pelea y será digna de verse. —Se levantó y corrió hacia la salida—. ¡No seré yo quien me la pierda!

Los eunucos, que montaban guardia fuera de las habitaciones del príncipe, se cuadraron ante Jabir. El bey frunció el ceño al verles en el exterior y empujó por sí mismo las pesadas hojas de la puerta que accedía al aposento de su hijo. La luz de las lamparillas hacía horas que se había consumido y las cortinas cubrían el arco de entrada al jardín, por lo que todo aparecía en penumbra. Sin dilación, abrió las cortinas. La luz de la mañana y la brisa inundaron el recinto. Se dio la vuelta y se topó con los restos de una batalla. No había ningún orden. Todo estaba revuelto: ropa de cama y de vestidos por doquier, almohadones esparcidos por el suelo, alguna lámpara volcada y pedazos de vasija entre las baldosas y las alfombras. Recordó sus propias confrontaciones, muchos años atrás.

Un brazo de Kemal abarcaba el cuerpo de la muchacha y una de sus piernas se cruzaba entre las de ella. Sobre su espalda, algunos surcos con líneas de sangre. Ella dormía como una niña, su hermosa cabellera azabache desparramada sobre el blanco inmaculado de las sábanas, acoplada al costado de Kemal. Era de una belleza singular. Dos cuerpos desnudos que simbolizaban la vida en sí misma. Era una estampa preciosa, aún a su pesar.

Zarandeó a su hijo.

El príncipe abrió unos ojos perezosos. Al ver a su padre se despabiló por completo. Tomó conciencia de Christin desnuda, tal y como la había tenido durante la noche. La cubrió un poco, ronroneó y quedó dormida boca abajo y él se levantó. Atravesó la habitación y se caló unos pantalones, mientras cavilaba qué diablos hacía allí su padre a aquellas horas. Siempre había respetado su privacidad, de modo que imaginó que debía de suceder algo grave y le hizo señas para que le siguiera al jardín.

Ya en el exterior, Kemal tomó asiento e indicó otro a su padre. No preguntó ni Jabir se explicó mientras que Umut, presto a las necesidades del amo, servía frutas frescas y zumos. Kemal se sirvió uno de naranja y ofreció a su padre, pero el bey denegó.

—¿Qué ocurre, padre?

—A mí nada, pero ¿qué pasa con ella?

Tal vez por la conversación, quizá porque había dormido bastante, Christin despertó. Entrevió a Kemal y al bey sentados en el jardín, se tapó hasta la barbilla y se tiró de la cama lista para marcharse. Pero no pudo evitar oír:

—¿Te importa si me acuesto con ella? La compré para eso, ¿recuerdas?

—Me importa poco si la montas seis veces al día —respondió Jabir al gallito que se le encrespaban las plumas—. Lo que quiero es saber si vas a convertirla en tu *ikbal*.

Christin, inmóvil, retuvo el aire en los pulmones. La

noche había sido increíble. Comenzaron discutiendo, se pelearon y ella le lanzó objetos hasta que Kemal consiguió reducirla. Luego se comportó como un hombre enamorado, prodigándole toda clase de atenciones y caricias. Rieron juntos, se amaron como dos locos y ella acabó admitiendo que estaba perdidamente enamorada. Incluso se evaporó su fijación por escapar, aunque se mantenía latente esa brasa en un lugar recóndito de su corazón. Y ahora se planteaba hacerla su favorita. Cosquilleó su espalda un escalofrío de placer. Ella se encargaría de mantenerlo ocupado y ninguna otra mujer pisaría aquellas habitaciones. Y tal vez, ¿por qué no?, quizá sería su esposa. Y le obligaría a deshacerse de todas las mujeres. Absolutamente posesiva: suyo y de nadie más.

—Ya lo es —escuchó decir a Kemal.

—¿Y piensas tomarla después como esposa?

A Christin el corazón se le paró esperando. Hasta ella llegó su respuesta con la fuerza de un impacto.

—¿Eso es lo que te preocupa realmente, padre? ¿Crees que me he vuelto loco? No, mi señor, no pienso casarme con ella.

—Yo quiero que busques una *kadine*, no que regales tu semilla a tontas y a locas. Tienes obligaciones. Y no me gustaría que te casaras con esa inglesa.

Christin no quiso escuchar más. Se cubrió la boca con el puño y tal como estaba, envuelta en la sábana, escapó de allí. Al doblar la esquina chocó con el corpachón de Umut y el servicio de té que se aprestaba a servir a su amo.

—¡Quita de en medio, eunuco del demonio!

Él vio alejarse aquel huracán. ¿Qué pasaba ahora?

Ya en el jardín, al hilo de la conversación del bey y su hijo, tuvo la respuesta.

Kemal se incorporó, alterado. La última vez que visitó Baristán, su padre y él habían acabado discutiendo por el mismo asunto. Jabir parecía tener la fijación de verle atado definitivamente y eso le agriaba el humor.

—¿Qué tienen de malo las inglesas? —atacó—. Mi madre lo era.

—Se meten bajo la piel de un hombre, hijo. No quiero que cometas mi mismo error.

—Cuando encuentre a la mujer adecuada, te lo haré saber.

—¿Cuándo será eso?

—¡Cuando la encuentre, maldición! —Se pasó los dedos entre el revuelto cabello—. Deja de atosigarme, ¿quieres? De momento no tengo intenciones de atarme a ninguna.

Jabir imitó a su hijo y también se levantó.

—Búscala pronto, Kemal —dijo antes de irse, y el apremió sonó a ultimátum.

Kemal seguía divagando cuando entró su primo. Christin no estaba y se preguntó si habría escuchado la discusión con su padre, pero no le dio demasiada importancia. Ella era una esclava, la mujer que compartiría sus momentos de solaz mientras estuviera en Baristán, y no tenía que esperar más que sus caricias —cuando él deseara dárselas— y sus regalos. Al regresar a Inglaterra ella saldría de su vida y él volvería a sus quehaceres. Fin de la historia.

—Las voces se escuchaban desde fuera —dijo Okam, sirviéndose un poco de zumo—. No me atreví a entrar.

—¡Maldita sea! Cada vez que vengo me agobia con las mismas exigencias.

—Está cansado, Kemal, debes entenderlo. Desea que te hagas cargo de Baristán y retirarse.

—Aún es joven.

—Pero no es el mismo desde que tu madre nos abandonó.

Kemal se dejó caer de espaldas sobre el lecho revuelto. El perfume de Christin impregnaba cada pliegue de aquellas ropas. Cerró los ojos. Al principio había peleado como una verdadera pantera, mordiendo y arañando, pateando. Le costó cansarla y sentirla rendida bajo el peso de su cuerpo pero después, cuando comenzó a acariciarla, ella respondió con una pasión que le dejó sin aliento. Habían hecho el amor varias veces y estaba agotado. Nunca una mujer, ni siquiera Evelin, le había proporcionado tanto placer.

—¿Qué tal tu perla? —le preguntó a Okam.

Mejor hubiera sido no preguntar, porque, de inmediato, Okam comenzó a atontarle con las excelencias de la joven, el modo sublime en que se le entregó, sus caricias inseguras y sin experiencia, el brillo de sus ojos... Apenas le escuchó. Christin ocupaba cada segundo de sus pensamientos.

23

El día de la excursión el harén bullía. Ninguna quería perderse el día de solaz a orillas del mar y desde los albores ellas se dedicaron a acicalarse y eunucos y servicio, a proveer avituallamiento. Las bromas y los cuchicheos inundaban cada habitación y la expectación aumentaba.

Christin no quería ir. No deseaba aquella algarabía cuando ella era tan desgraciada. Desde que le oyera hablar con su padre, él no había vuelto a llamarla a sus habitaciones, pero el muy mezquino sí había hecho acudir a Leyma la noche anterior y la joven regresó de madrugada. No quiso contar nada, algo poco habitual en ella. Christin deseó fervientemente que Kemal no la hubiera saciado en la cama, aunque luego, en un atisbo de enojo, pensó que le importaba un pimiento si el muy libertino hacía llamar a todas sus mujeres a la vez y reventaba en una orgía desenfrenada. El bey no deseaba que su hijo la tomara como esposa y Kemal, al parecer, tampoco había tenido intenciones de hacerlo nunca. Ella era solamente una distracción, una novedad con la que disfrutar mientras durara su estancia en Baristán. Le maldijo por eso, pero no se le fue de la cabeza durante aquellos dos largos días.

Los dos primeros carruajes, tirados cada uno por dos bueyes blancos y engalanados con campanillas y cintas de colores rojos, fueron ocupados por las tres esposas de Jabir y sus pequeños. Eran los más lujosos y se distinguían del resto, que no llevaban adornos.

Como hacía buen tiempo, Christin eligió un pantalón bombacho y un corpiño, piezas a las que había terminado por acostumbrarse, si bien durante el día casi todas las mujeres se paseaban desnudas por la piscina y las salas de masaje. Leyma se acercó a ella con una pose de suficiencia. La rusa iba completamente cubierta con un vestido largo y un velo que le tapaba el cabello y el rostro, dejando sólo los ojos al descubierto.

—¿Adónde crees que vas así? ¿Es que tu instructora no te lo advirtió? Cámbiate de vestido o Corinne hará que te empalen, cariño. No podemos salir del harén si no es cubiertas hasta las cejas.

—¿Por qué?

—Una mujer descubierta incita al pecado a los hombres.

—No es que estemos muy tapadas aquí dentro.

—Aquí estamos en el harén. Pero ningún otro hombre puede vernos el rostro. Ni siquiera se permite entrar a los médicos. No me mires así, es cierto lo que te digo. Ya sé que el doctor acudió a los aposentos del príncipe cuando le rajaste con la daga y que te vio sin el velo, pero eso le costó ser despedido.

—Yo más bien creo que perdió el puesto por su incompetencia.

—Si prefieres creerlo así... —Se encogió de hombros—. Yo no me arriesgaría a enojar a Kemal. Estoy segura de que acabarías por conocer su verdadera personalidad. Cuando se enfada puede llegar a ser un demonio.

No quiso contestarle. Estaba claro que la enemistad había suplido a los primeros momentos de camaradería entre ambas. Leyma pensaba que ahora era la favorita, pero cuando Kemal la prefirió a ella, la rusa se tornó fría y buscaba cualquier excusa para zaherirla.

No polemizó. Laila le buscaría otra ropa y aunque el calor ya sofocaba, casi agradeció el velo cuando los carruajes atravesaban la plaza del mercado y cientos de rostros se volvían a observar la comitiva.

Delante y detrás de los carromatos iba una numerosa escolta armada y junto a los mismos, los eunucos, protegiendo los flancos.

Christin no había visto nada desde que llegó prisionera en el barco del capitán Roland; luego, retenida en el interior del harén, había pasado sus días entre la piscina, la sala de masajes y los largos paseos por los jardines, admirando la belleza de los pavos reales o el caminar patoso de los ánades. Baristán era una maravilla. Sus casas, blancas y azules, bañadas por el sol, estaban limpias y cuidadas. Los numerosos puestos del mercado —un laberinto de callejuelas entrecruzadas— ofrecían artículos de lo más variopinto. Muebles, alfombras, cueros, pañuelos de seda, piezas de las más finas telas, vasijas de barro y cerámica, collares, gorros, sandalias. Numerosos vendedores exponían sus especias y la mezcla de olores era indescriptible. Canela, comino y azafrán, menta y tomillo, hierbabuena o pimentón. Dulces, pistachos.

Objetos de cobre y joyas de la más fina manufactura. Hubiera dado cualquier cosa por pasear libremente entre los innumerables tenderetes, regatear o sentarse a degustar un té helado.

—¡Mirad!

Una de las jóvenes llamaba su atención para apreciar los bellísimos pececillos rojos que un comerciante anunciaba a voz en grito.

El mercado quedó atrás y tras una larga hora de camino la caravana llegó a orillas del mar, donde los criados habían levantado tiendas desde las primeras luces del día. La más llamativa y grande era la del bey, pero había otras dos más que destacaban: la de Kemal y la que ocuparía Okam. Algunas más para otros acompañantes de Jabir y, separadas del resto, las de las mujeres.

Christin tenía la idea de que, dado el control que ejercían sobre ellas aquellas gentes, ni siquiera podrían disfrutar del mar sino desde lejos, pero se confundió. Apenas poner los pies en el suelo, las mujeres tomaron a los chiquillos y corrieron hacia la orilla. De inmediato, todos comenzaron a chapotear en el agua y la playa se cubrió de su jolgorio.

—¿No vas a bajar del carro?

Allí estaba Shalla. Saltó a tierra para fundirse en un abrazo con ella. La había echado de menos.

—¿Qué pasó? Desapareciste y nadie supo decirnos dónde estabas. Todas temíamos por ti.

—¿Todas? —Isabella sonrió con ironía.

La italiana tomó su mano y se alejaron caminando en busca de privacidad. Se sentaron en una duna, siempre dentro del círculo que la guardia del bey había montado.

—Cuéntame —pidió Chris.

—El príncipe me regaló.

—¿Tan mal te portaste?

Shalla estallaba de contento. Cuando se calmó se secó los lacrimales con el borde del velo y le habló con cariño.

—Ni siquiera me tocó. Yo estaba muerta de miedo, lo sabes. Pero aunque me asustó al irritarse, se comportó de un modo absolutamente gentil y me cedió a su primo. Ahora pertenezco a Okam.

Christin se alegró en el alma de la buena fortuna de su amiga porque sabía que estaba enamorada del primo de Kemal. El hecho de que fuera éste tan considerado como para ceder una de sus mujeres a otro retrataba una personalidad noble. En este caso. No quiso ni pensar si ella se viera en la situación de ser cedida...

Pasaron largo rato charlando de sus cosas, rememorando los tiempos en los que fueron libres. Isabella le habló de Italia y Christin hizo lo propio relatando cómo disfrutaba de la campiña inglesa.

—Solía bañarme desnuda en el río —le reveló, sus ojos chispeantes de picardía.

—¿De veras? —se escandalizó Shalla. Pero de inmediato se echó a reír, acompañándola.

En la soledad de otra duna, tras ellas y a cierta distancia, recostado sobre un codo, Kemal no perdía detalle. Desde que Christin saltara del carromato sus ojos se iban tras ella. Se preguntaba qué habría hecho de haber tenido aquella playa para ella sola y la imaginó desnuda, nadando entre las olas que rompían con monotonía en la arena. Se excitó tan sólo con eso. Nunca le había ocurrido nada parecido; y es que perdía el control cuando se trataba de ella. La deseaba cada vez más y no concebía no tenerla cerca. Se cernía sobre él y no era capaz de alejar a aquella pécora de su cabeza. La noche anterior había llamado a Leyma a sus habitaciones tratando de que otro cuerpo sustituyera a Christin, pero lo único que consiguió fue comparar a ambas. Leyma salió perdiendo y él, después de algunos arrumacos y algún beso sin consistencia, se dedicó a consumir *sarap* como un poseso. Ya de madrugada, más bien ebrio, la había despedido con muy poca clase. Aún ahora, le duraba una resaca de mil diablos.

Cuando vio a Christin y a Shalla levantarse y correr hacia la playa, se sentó, abrazándose las rodillas, para seguir el juego de las muchachas en la orilla.

Tenía que poseer a Christin de nuevo.

Estaba obsesionado.

Sólo mirarla y le palpitaba la entrepierna.

Saltaban sobre las olas. Pero una, más grande, las atrapó. Intentaron salir corriendo hacia atrás y sólo consiguieron acabar sentadas sobre su trasero y empapadas de pies a cabeza. La amó así, revolcándose en la arena, en un juego de camaradería, a cuyas risas se unió desde la distancia.

Normalmente las excursiones solían comenzar por la mañana y finalizaban a media tarde. Su padre, en esta ocasión, había decidido que pernoctaran allí, lo que fue acogido con algarabía general. Por tanto, había tiempo.

—Esta noche, pequeño duende —se dijo—. Esta noche volverás a ser mía. ¡Y todas las noches!

Pero Christin no pensaba lo mismo. A pesar de su relajo junto a Shalla y de su aparente pasividad, en su cabeza seguía bullendo que la ocasión le era de lo más propicia para escapar: estaban lejos de palacio, pasarían la noche en las tiendas y se divisaba un pueblecito costero a lo lejos. No parecía una distancia insalvable. Si lograba burlar a los guardias podría esconderse entre las rocas y luego llegar a la aldea. Seguro que allí habría barcas. La gargantilla regalo de Kemal le quemaba la piel, porque le recordaba el pago de su virginidad, pero iba a servirle para huir. Con aquella joya se podía comprar la mitad de la aldea y alcanzar el lado turco.

—Esta noche —musitó para sí—. Esta noche o nunca.

24

Christin se había retirado cavilando sobre su huida, aunque le hubiera gustado que la jornada se alargara un poco más. Las canciones y los bailes interpretados por odaliscas para Jabir después de la cena resultaron de gran originalidad. Algunas habían sido entrenadas para tocar varios instrumentos y el *cümbü* —una especie de mandolina de sonido intenso y vivo— acompañó cada una de las danzas. Otras se exhibieron en la *darbuka* —semejante a un tambor— e incluso con el *keman* —que le recordó el viejo violín de Mané.

Christin entendió buena parte de la letra de las canciones, que relataban el sentir del alma de los campesinos, seres llenos de nostalgia y amor, apegados a su tierra.

Con disimulo, se guardó algunas frutas y pan sin fermentar en una bolsa que disimuló bajo la ropa. No sabía el tiempo que podría tardar en conseguir alimento y debía ser previsora.

El campamento se fue quedando a oscuras. Sólo parpadeaban algunas lamparillas de aceite alrededor de las tiendas. Christin guardó bajo la alfombra en la que descansarían sus parcas pertenencias y se dispuso a esperar.

Puesto que aquella noche se encontraban todas alojadas en el interior de una misma y espaciosa tienda, Kemal no tendría posibilidad de yacer con ninguna de sus mujeres y eso evitaría, además, que él estuviese despierto hasta altas horas. Así pues esperaría a que el campamento se sumiera en el sueño.

Los susurros de los condenados eunucos montando guardia alrededor de las tiendas la mantuvieron en tensión un buen rato hasta que comenzó a adormilarse.

Se desperezó porque algo se movió a su lado. Instintivamente lo asoció con algún tipo de alimaña. Pero no. Descubrió unas finas botas de cuero blando que la hicieron parpadear y maldijo mentalmente. Cerró los ojos con fuerza, manteniendo acompasada la respiración, simulando que dormía.

El aliento cálido junto a su oreja, la tensó.

—Sé que estás despierta, duende —murmuró Kemal muy bajito, para no despertar a las demás.

Christin, atrapada, se volvió hacia él. ¿A qué disimular ya? Él era una mancha borrosa en la oscuridad, pero podía imaginar su sonrisa burlona.

—No puedo dormir, si no me dejas —susurró.

Kemal la tomó de las manos y la levantó. Acto seguido la retuvo entre sus brazos.

—Ven, mujer.

Ella, a su pesar, hubo de seguirle al exterior. La luna, aquella fastuosa y mágica luna de Oriente, derramaba sus haces de luz plateada por todo el campamento.

Kemal se alejó de las tiendas, siempre tirando de

ella, y caminaron un trecho por la orilla del mar. No hablaron. Él, sólo la miraba de cuando en cuando y la hacía seguirle cuando ella frenaba el paso. Con el campamento a sus espaldas, dejaron la playa, giró a la derecha y se internó entre las dunas. Christin trató de hacerse la remolona. Sabía de sus intenciones y lo que era peor: se había ido al garete su proyecto de fuga. Aquel disco de luz serena en el cielo se burlaba de ella.

Kemal se dejó caer de rodillas sobre la fina arena y la arrastró con él. Christin estaba renuente pero reconoció que nunca le había visto tan atractivo. Los ojos grises parecían plateados con el reflejo lunar y su rostro, medio sumido en la oscuridad, esculpido en granito.

—¿Por qué no me dejas dormir? ¿Qué es lo que quieres?

Se preguntó si alguna vez tendría paz con aquella mujer, siempre luchando contra él, siempre enfrentándosele.

—Ya lo sabes. Te quiero a ti, gitana.

Aunque lo disimuló, ella sufrió una sacudida. Aquella confesión abrasaba más que ascuas encendidas en el pecho. Cuando quería, podía resultar un seductor incorregible.

—Tienes a otras que estarían bien dispuestas.

—No deseo a otra, Christin, te deseo a ti.

—¿Por qué? —Rehuyó los brazos masculinos justo cuando iban a atraparla—. ¡No puedo entenderlo! Ayer con una y hoy con otra...

—¿Qué es lo que no entiendes? —preguntó mortificado con el vacío de sus brazos.

—No entiendo cómo puedes comportarte como un condenado turco.

—Soy un condenado turco —reafirmó él.

—Yo te conocí como aristócrata inglés y no consigo hacerme a la idea de que tenga que acceder a tus caprichos, simplemente porque me has comprado.

—Casualmente por eso. Te he comprado y tengo derechos.

—Un conde inglés no tiene esclavos.

—Pero un príncipe otomano, sí. Y yo soy ambas cosas.

Christin se ciñó a la realidad. Estaba dando al traste con su plan de escapar y si desaprovechaba aquella ocasión, sólo Dios sabía cuándo volvería a tener otra oportunidad. Decidió cambiar de táctica. Todo, con tal de quitárselo de encima lo antes posible. Como si jugara, deslizó una mano hasta el torso medio desnudo de él.

—Si me someto a ti, ¿me dejarás luego dormir?

Kemal oyó lo que más deseaba. Quedaba muy claro que aquella arpía estaba dispuesta a abrirse de piernas con tal de que la dejara tranquila. La hubiera ahogado allí mismo. Pero estaba allí. Y su presencia le producía casi un dolor físico. «Está bien —se dijo—. Cederé esta vez. La tendré aunque sea sin pelear.»

—¿Dejarás que te haga el amor sin morderme?

Ella se agachó y depositó un beso breve en su boca.

—Puedo ser una gatita muy dulce si me lo propongo, milord.

—¡Qué sorpresa perder de vista a la bruja, aunque sea sólo por un breve período! —gruñó Kemal—. De acuerdo, gitana, empieza a demostrarme tu otro yo. —Y se tumbó boca arriba con las manos cruzadas tras la cabeza.

—¿Pretendes que sea yo la que...?

—Exactamente. Eso es lo que quiero.

En realidad, él no estaba pidiendo nada que ella no deseara hacer. Sus manos ardían por acariciar aquella piel tostada y aterciopelada, pero se sonrojó porque lo que él proponía retaba su pudor.

Nunca, ni aunque pasaran mil años, conseguiría comprender a aquella embaucadora que cambiaba de humor como las veletas, tan pronto luchaba como una posesa como se mostraba encantadora y seductora. La realidad era que estaba completamente embrujado por ella.

Christin se inclinó con deliberada lentitud hasta que su boca estuvo tan cerca de la de él que le escuchó respirar aceleradamente. Le besó ligeramente, como si una pluma bailara sobre los labios masculinos. Con las palmas abiertas le acarició el pecho y sus anchos hombros, jugando con la suave mata de vello.

Las manos de Christin estaban encendiendo fuego en su vientre, pero se obligó a permanecer quieto. Ahora sólo quería saber hasta dónde iba a llegar ella.

La mano derecha de Christin pasó de la cinturilla de su pantalón y se cerró con suavidad pero con firmeza sobre la inflamada virilidad de Kemal, a quien el aire se le escapó de los pulmones. Ella también se excitó con el abultamiento, glotona como un gato a punto de zamparse un ratón.

El problema de Chris era su lucha interior. Su mente no cesaba de enviarle mensajes de fuga, pero su carne los abortaba con avalanchas de deseo en las que caía fundiendo el cuerpo desnudo de Kemal sobre su propia desnudez.

Ganó el deseo y perdió su vergüenza. Echó abajo los pantalones y quedó a la vista su miembro palpitante y dispuesto. Lo acarició y acarició sus muslos y su vello crespo. Se sintió pérfida y atrevida. Se inclinó y le lamió el vientre, metiendo la punta de su lengua en el ombligo, saboreando el salitre de su piel.

Él gimió y se incorporó. Al instante siguiente se encontraba tumbada sobre la fría arena de las dunas y el cuerpo desnudo y poderoso de Kemal la cubría por entero y ella le regalaba una mirada traviesa y placentera.

Tal vez él la hubiera desnudado poco a poco, como había hecho ella, pero su cuerpo exigía una compensación a su tortura. Arrancó el vestido de Christin arrebatándole el alma en el intento, marcando a fuego como había sido marcado él mismo, Chris respondió abrazando su espalda como si pudiera atraerle hacia ella aún más.

Kemal hizo un esfuerzo sobrehumano para no perecer en ese momento y poseerla como un lobo hambriento. Le sujetó las manos a los costados, sin dejar de besarla, saboreando la suavidad de su boca, mordisqueando el labio inferior, pasando la punta de la lengua por las comisuras, hasta conseguir enloquecerla. Dedicó toda su atención a los pechos, henchidos y anhelantes. Los succionó, jugó con ellos, rodeó los pezones con la punta de su lengua, se los metió en la boca.

—Por favor... —la escuchó suplicar.

—¿Qué? —preguntó, ronco, sobre su boca—. Por favor ¿qué?, mi duende.

Ella no quería humillarse. Orgullosa, oscilaba la cabeza a un lado y otro clavándose la arena en su espalda y sus nalgas. Le deseaba como una loca, pero no quería decírselo, no debía decírselo o él sabría que había ganado, que ya no era más que una marioneta entre sus manos, que se volvía arcilla cuando la tocaba y... Pero imploró:

—Tómame.

—¡Dios...!

Le abrió los muslos con una rodilla y metió su mano entre ambos cuerpos. Estaba tan húmeda que se hubiera derramado en ese mismo instante, pero aún tuvo fuerzas para acariciar los pliegues ardientes y pulsar el botón de su placer.

Christin gemía y esperaba y recibió la posesión como una liberación deliciosa. Enarcó las caderas para engullirlo más adentro y se unió como una loca a los embates de Kemal, asiéndose a su espalda con las uñas y pronunciando su nombre cuando ambos llegaron al orgasmo.

Poco a poco fueron descendiendo del cielo, sudorosos y saciados. Christin dejó escapar un entrecortado suspiro y él se dejó caer a su lado, boca arriba. La abrazó y se pegó a ella.

Una miríada de estrellas rutilantes adornaba el firmamento en una espiral lechosa. La luna sonreía a los amantes.

Cuando despertó el sol aparecía por el horizonte. Se había quedado dormida como una estúpida, en los brazos de Kemal, perdiendo la ocasión de escaparse. Medio blasfemó en voz alta, se desembarazó de él y se levantó. Kemal abrió los ojos y medio adormilado vio cómo se enfundaba de nuevo en el vestido.

—¡He estado aquí toda la noche! —le gritó ella a modo de saludo.

Él se rio de muy buen humor, se incorporó con ligereza mostrando a plena luz su desnudez, recogió su pantalón, lo sacudió de arena y se inclinó para dejar un beso ligero en la punta de su nariz.

—Buenos días, cariño. Yo también he descansado como un bebé.

—¡Oooooh! —Ella pateó la arena lanzando un surtidor hacia él y, recogiéndose el ruedo del vestido se alejó a paso vivo hacia el campamento. Su proyecto se había ido al garete, pero no tenía que soportar encima de todo el orgullo varonil de aquel pretencioso.

25

Para tranquilidad de Christin, aquella tarde Jabir mandó llamar a su hijo a sus dependencias. Circuló el rumor de que Abdullah se había presentado con muchas prisas y pidió entrevista con el bey. La reunión duró hasta altas horas de la madrugada y al amanecer el príncipe, Okam y una pequeña escolta de cuatro hombres armados hasta los dientes salía de palacio.

Christin recibió la visita de Shalla con alegría. Practicaba con ella el italiano y era la única persona a la que lamentaría dejar cuando se escapara. Ella fue quien le puso al corriente de las noticias.

—Estarán varios días fuera. Algunas mujeres murmuran que se trata de los rebeldes.

—¿Y piensan darles caza con tan sólo cuatro guardias? —preguntó Christin.

—No es eso. —Bostezó y se recostó en los almohadones, al lado de su amiga. Metió la mano en el agua templada de la piscina y se humedeció el rostro, sonriendo, un poco sonrojada—. Lo siento, pero Okam me mantuvo despierta casi hasta que se vistió para irse.

Christin se rio con ella y la abrazó.

—Eres feliz, Isabella, no hay más que verte.

—Lo soy, sí. Okam sólo tiene ojos para mí y a cada hora que pasa me siento más enamorada. ¿Y tú, amiga mía?

—Voy soportando el cautiverio.

—Seguro que podrás soportarlo mejor en el lecho de Kemal.

—¡Ese desgraciado, mulo desorejado, bastardo del demonio, cerdo indecente! —estalló Chris—. ¡Si pudiera le patearía, te lo juro!

—¿Qué ha pasado? Y baja la voz, por favor. Corinne te tiene ojeriza y seguro que alguna chica deseosa de ganar un lugar en la cama del príncipe podría irle con el cuento. Él no está ahora y su tía encontraría un buen motivo en ello para castigarte. Nadie podría evitarlo.

—¡Tanto da que me despellejen o me corten en pedacitos! Estoy cansada de ser paciente, de tener que tragarme la píldora de la humildad y el sometimiento. —Se echó a llorar porque la libertad no tiene precio y ella estaba presa. Necesitaba contarle a alguien sus pesares y en Isabella confiaba—. Anteanoche, mientras estábamos en las tiendas, al lado del mar, tenía pensado escapar.

Isabella ahogó una exclamación. Echó un rápido vistazo alrededor, pero no había nadie. Las chicas se entretenían al otro lado de la piscina. Dos de ellas enfrascadas en una partida de ajedrez y el resto las rodeaba formando un corro bullicioso.

—¿Estás loca? ¿Adónde ibas a escapar? No hay salida más que por mar y nadie te daría pasaje en un barco. Además, ¿con qué lo pagarías?

—Tengo las esmeraldas que me regaló Kemal y un collar de perlas que me dio Leyma por contarle cómo le conocí en Inglaterra. ¿Sabes?, de repente Leyma ha cambiado sus sentimientos hacia mí, al principio era agradable y hasta llegué a considerarla mi amiga.

—Seguramente porque estaba convencida de que sería la favorita del príncipe.

—Yo no le quité el puesto. ¡De hecho, no lo quiero!

—Pero sí se lo arrebataste. Leyma pensó que no tenía rival. Mucho más después de que trataste de matarlo en la cena de bienvenida.

—No traté de matarlo, sólo me defendí. No puedes imaginar cómo me miró al verme. Creí que me estrangularía y cuando le exigió al bey que me entregara, supuse que su único propósito era torturarme y vengarse.

—Por amor de Dios, ¿por qué iba a hacer eso?

Le contó su historia en Inglaterra con Kemal. Sin omitir detalle.

Isabella trató de mostrarse serena, pero acabó llorando de risa.

—No me extraña que reaccionase así al reconocerte. Heriste su orgullo masculino, amiga.

—Debería haberle herido en otra parte... y ahora estaría libre de su constante acoso.

La italiana desgranó otra carcajada sincera.

—Cuéntame más sobre tu fracasada huida. Pero quítate esa idea de la cabeza por tu propio bien. No hagas locuras. Y menos ahora, que el príncipe está fuera de palacio. Estás desprotegida y nadie te va a defender.

—¿Por qué estará fuera tanto tiempo?

—Han ido a entrevistarse con el sultán y a refrendar acuerdos de paz y cooperación entre Turquía y Baristán. ¿Te importa que se haya ido?

—Cuanto más tarde en regresar, más oportunidades tendré de escapar.

—Por favor, Chris, no lo intentes. Podrías acabar muerta. No tienes idea de lo que le pueden hacer a un esclavo fugitivo.

—Nada peor que mantenerlo esclavo —zanjó.

Isabella se apiadó de ella. Si su amiga reconociese los dictados de su corazón no sería tan infeliz. Deseó fervientemente que Christin se diera cuenta de que Kemal no era mala solución para su futuro. Algún día regentaría Baristán y ella podría estar a su lado. Si jugaba bien sus cartas, acaso acabaría como *kadine* del futuro bey.

—Prométeme algo —rogó—. No hagas nada que no sepas que vas a poder llevar a buen fin. Dale tiempo al tiempo.

—Es lo único que no tengo. Quiero regresar a Inglaterra y quiero hacerlo cuanto antes. ¡Maldita sea, Isabella, no puedo vivir aquí, sometida a él, soportando que pueda llamar cada noche a una mujer distinta! —Se echó a llorar de nuevo.

—De modo que es eso. ¿Lo amas?

Christin hipó y se secó las lágrimas de un manotazo.

—Tengo que marcharme.

—No me has contestado. ¿Lo amas?

—Creo que sí. Por eso tengo que escapar. Sólo así podré borrarlo de mi mente.

—Pero ¿cómo vas a hacerlo? El palacio es un fortín y aunque consiguieses salir de él, eres una mujer. Y muy hermosa, lo que añade más dificultades. Podrías ser capturada y, lo que es peor, vendida fuera del país. La esclavitud aquí es moneda corriente, no estamos en Europa.

—Tengo un plan. —Dudó de si debía contarle lo que estaba maquinando desde su intento frustrado, pero en la italiana vio su paño de lágrimas y se arriesgó—. Voy a conseguir ropas de hombre. Sé que los aldeanos traen provisiones a las cocinas dos veces por semana. Con un par de perlas conseguiré que alguno me las facilite.

—Pero ¿cómo vas a contactar con ellos sin levantar sospechas? ¿Y luego? Oh, me estás poniendo los pelos de punta. Creo que estás loca. Estás arriesgando tu vida.

—Es peligroso, sí, pero la vida es un riesgo continuo. No me he criado como tú, entre sábanas de seda. Conozco el lado oscuro, la mezquindad humana, y estoy dispuesta a comprar a quien sea con tal de intentarlo.

—Decididamente, has perdido el juicio.

—Escaparé por las cocinas, en uno de los carros de aprovisionamiento. Una vez fuera de estos muros y vestida de hombre, iré a ver al representante inglés. Soy inglesa y me dará protección.

Shalla seguía moviendo la cabeza en señal de desaprobación.

—Espero que no lo intentes. Pero si lo haces, te deseo la mejor de las suertes, *cara*. Aunque te echaré de menos. Eres la única amiga de verdad que tengo aquí.

—Tienes a Okam.

—Sí. Le tengo a él. Pero también te quiero a ti.

—Si consigo escapar, ¿quieres que me ponga en contacto con tu familia?

—No —repuso con tristeza—. Mis padres murieron

hace años. Viajaban a Florencia en carruaje. Perdió una rueda y cayó por un precipicio. El único pariente que me queda es mi tutor, un hombre despreciable que no me echará de menos. Gracias, amiga mía, pero estoy muerta para nuestro mundo... y quiero seguir así.

Christin se levantó. Ya había llorado demasiado por un día. Tomó a Isabella de la mano.

—No pensemos en cosas tristes ahora. Hace un día precioso y parecemos dos viejas recordando tiempos mejores. Te enseñaré a bailar como lo hacemos las gitanas. ¿Te gustaría?

—Soy muy patosa para el baile.

—Vamos, levanta, sólo hace falta un poco de movimiento de cadera.

Riendo, Shalla se dejó llevar por aquella tempestad que era Christin. Ciertamente, Corinne había acertado llamándola Aásifa.

A Leyma, sin embargo, le interesaba poco la partida de ajedrez y no había dejado de observarlas. Por fortuna, Kemal había regalado la italiana a su primo, pero la inglesa seguía siendo su enemiga, la única que podía hacerle sombra ante el príncipe. Estaba segura de que entre aquellas dos se fraguaba algún secreto: las cabezas muy juntas y los cuchicheos así lo decían. Si pudiera poner a Corinne al tanto de alguna irregularidad, tendría mucho conseguido. La hermana del bey no había olvidado la osadía de la joven ni el ataque a su sobrino, al que todos sabían que amaba como a su propio hijo. Debía enterarse de qué tramaba aquella zorra y entonces la tendría en un puño. Si era traición, ni el propio Kemal podría librarla de un castigo ejemplar. Y cuando los guardianes acabasen con Christin, su cuerpo no sería objeto de deseo y nunca más volvería a llamarla a su lecho. Entonces ella ocuparía el lugar que le pertenecía y se convertiría en la *kadine* del heredero. La maldad distorsionó su bello rostro y en su divagación llegó a imaginar el poder que tendría si lograba darle un hijo a Kemal.

26

—¡Por las barbas del Profeta, Kem! Deberíamos dormir un poco.

—Tenemos que llegar a Adana —respondió, perdidos sus ojos grises en la oscuridad de las aguas.

—¡Pero no muertos, condenado seas! El sultán no va a desaparecer porque eches una cabezada. No has descansado desde que salimos de Baristán. Y nuestra visita no es una cuestión de guerra, hombre, es sólo una entrevista diplomática.

Su primo llevaba razón, pero le había sido imposible descansar. Ansiaba regresar cuanto antes, pero no podía explicar las causas o creería que había enloquecido.

—Duérmete tú. Los vientos nos son favorables y quiero aprovecharlos.

—¡Por el rabo de un chivo! —protestó el otro—. ¿A qué tanta prisa? No has dado descanso a los hombres y están agotados. Y tú, mírate, pareces un fantasma.

—Cuanto antes volvamos, mejor. —Abandonó la balaustrada y caminó hacia su camarote—. Tengo una víbora a la que domar.

—¿Quieres decir que todo es para volver junto a esa infiel?

Kemal no contestó. Bajó unas escalerillas y se coló en su compartimento. Se tumbó en la litera y cruzó los brazos bajo la cabeza. Realmente, él mismo no se reconocía, pero no podía remediarlo. Cuando su padre le pidió que fuera él quien acudiera a la reunión con el sultán, que se encontraba de visita en Adana, había llegado a molestarle. Sin embargo, tenía obligaciones con su padre y con su país natal. Si había arriesgado la vida en varias ocasiones durante la guerra con Napoleón por Inglaterra, su país de adopción, no podía hacer menos por Baristán. Por eso se propuso una visita relámpago. Y si para regresar al lado de Christin debía reventar el barco, lo haría. No quería alejarse ni un minuto de su gata inglesa.

En cuanto el navio salió del puerto, Kemal se apartó de sus camaradas de misión y se fue a proa. Allí, con las piernas abiertas para equilibrarse, asido a un mamparo, comparó el verde del mar con los ojos de su duende. El Mediterráneo salía perdiendo.

Tendría que aceptar que se estaba enamorando como un chivo de aquella arpía de cabello azabache y ojos verdes. Y ello conllevaba tomar decisiones. Tenía que reflexionar.

Para Christin, mientras, los días transcurrían desesperadamente vacíos. Asumiendo un enorme riesgo y a través de una sirvienta de cocina, a la que sonsacó hábilmente, contactó con un proveedor a quien compró su ayuda y su silencio: un par de perlas era una fortuna para muchas gentes. Por desgracia, aquella semana no apareció porque había caído enfermo. No podía arriesgarse más. Tenía que esperar. Cualquier desliz, cualquier rumor ocasional desencadenaría consecuencias funestas no sólo para ella sino para los que, de una manera u otra, podían haber sido vistos junto a ella.

Esperó a la semana siguiente para volver a hablar a su interesado colaborador, quien se comprometió a hacerle llegar ropa de varón y un hueco en el carruaje convenientemente dispuesto. Pero el pago acordado no le pareció suficiente. Tenía una familia que mantener, pero prefería seguir dándoles avena y leche aguada antes que obligarles a pagar su entierro... si es que quedaba algo de su cuerpo torturado. Christin jugó fuerte y dos esmeraldas le decidieron. Sería cuatro días después.

Fueron los más largos en la vida de Christin.

Por las noches repasaba una y otra vez los detalles de su fuga. Apenas descansaba porque además dudaba: se interponía el efecto de Kemal sobre su cuerpo que la hacía temblar como una hoja. Conseguía echarlo de su cabeza y reemplazarlo por Mané y sus gentes. Pero volvía. ¿Qué haría ahora el anciano?, se preguntó controlando las lágrimas. ¿Hasta dónde la habrían buscado? Sabía que sí, que el viejo gitano habría revuelto Cardiff de arriba abajo para dar con ella. ¿Pensarían que se había ahogado, como sus perseguidores? Seguramente la recordarían en las noches frías de invierno, cuando la caravana se reunía alrededor de las fogatas y la música del violín y la guitarra les acompañaba.

¡Les echaba tanto de menos...!

Muy a su pesar, Kemal tuvo que aceptar la hospitalidad del sultán durante cuatro largos días, si bien el acuerdo de no interferencia en la política de Baristán y los planes de comercio con el pequeño país independiente se cerraron durante la primera entrevista. Pero un pariente iba a casarse con una joven de Adana y el sultán invitó a los emisarios del país amigo a que tomaran parte en las celebraciones.

Kemal no podía negarse. Hizo acopio de diplomacia y aceptó. Como dignatarios que eran fueron alojados en una de las alas del palacio reservada a personalidades.

La boda no se celebraba en el palacio, sino en una aldea cercana. Normalmente el joven que iba a contraer matrimonio no sabía demasiado de la que iba a ser su esposa, pero aquél no era el caso de Beris, el sobrino del sultán. La había conocido en una feria y nadie pudo quitársela de la cabeza aunque pertenecía a gentes humildes. Mahmut le apreciaba y ayudó a que el acuerdo entre las dos familias quedase zanjado. El propio sultán envió a su visir como representante a la ceremonia de petición de la muchacha. Así las cosas, días después se ofició otro rito, *Nianlilk*, formalizando la unión.

Las bodas tenían un cierto carácter mercantil y aquélla no podía ser menos. El novio hizo entrega de seis caballos a su suegro y el sultán le regaló dos yuntas de bueyes y bandejas de oro repujado.

Kemal se hizo acompañar de Okam hasta el bazar y pagó una exagerada cantidad por un par de candelabros de oro y cristal de Murano —que sólo Alá sabía cómo habían llegado hasta allí—, y se los envió a los novios con sus deseos de prosperidad por medio de uno de sus hombres. Aprovechó y adquirió un precioso brazalete de oro y esmeraldas para Christin. Okam, por su parte, se llevó una gargantilla de diamantes engarzada en oro.

Después, Kemal y su primo acudieron al banquete. La tradición disponía que las bebidas y la comida fueran deliciosas y abundantes, pero Kemal apenas probó de los manjares que le pusieron delante, aunque sí consumió una buena cantidad de *sarap*. No así Okam, que sólo bebió zumos de frutas. En un momento determinado, le dio un codazo a su primo.

—Parece que estés asistiendo a un funeral —regañó—. ¿Quieres sonreír de vez en cuando, aunque sea sólo por compromiso? ¿No ves que las damas no te quitan el ojo de encima? ¿Qué van a pensar de las gentes de Baristán si sus representantes se muestran como ogros, con ese ceño que no se desfrunce?

Kemal no estaba allí. Luchaba con sus propios demonios que tenían forma de Christin.

—¿Qué voy a hacer con ella? —le espetó de pronto.

—¿Con quién?

—Con mi inglesa.

De modo que era eso lo que le mantenía taciturno a su primo.

—Cásate con ella y acabemos —zanjó.

—¡Vete al infierno, hombre! No tengo intenciones de atarme a ninguna mujer.

Pero cuando observó a la novia, cubierta por el velo, se preguntó cómo se vería su duende en la misma situación.

Había llegado el momento.

Estaban en luna nueva y la oscuridad era casi total si uno se alejaba de los farolillos encendidos aquí y allá a lo largo de los jardines.

Christin aguardó a que Laila cepillara su cabello y hasta dejó que le diera un masaje antes de ir a la cama. Una vez la criada se retiró, esperó una hora, con el alma en un hilo, acelerado su corazón y prestos sus sentidos.

Era media noche. Christin se deslizó con sigilo del lecho, se vistió, se cubrió con una capa y salió. Atravesó con cautela la galería exterior y vigiló el movimiento de los guardianes que, a aquellas horas, charlaban amigablemente. Como una sombra, se agachaba, se erguía para echar a correr, descalza, hacia el laberinto que conducía a las cocinas.

Empujó la puerta con los latidos en la garganta. Dentro, todo era oscuridad. Las criadas dormían en una pieza, al fondo.

No se percató de que la seguían.

A prudente distancia, Leyma no la perdía de vista. ¿Qué se traía entre manos Christin? Deseaba descubrirla, denunciarla y quitarse de en medio a tan peligrosa rival.

La ropa que necesitaba la esperaba tras una pila de sacos. La recuperó procurando no hacer el más mínimo ruido. Si la descubrían, Corinne o el mismísimo bey mandarían ejecutarla. O lo que era peor, dejarían que fuera el propio Kemal quien, a su regreso, aplicara el castigo.

Recordó. Fogonazos de la última noche con él y se planteó por un momento el futuro sin ver aquellos ojos plateados que le quitaban el aliento y la voluntad. Pero debía escapar y lo haría. Él había dejado claro a su padre que no la quería más que para su placer y ella no podía soportar amarlo sin tener un rayo de esperanza. Le dolía abandonarlo, sí, pero le olvidaría con el tiempo. Trataba de convencerse de que eso era lo mejor para los dos.

Vestida ya con las ropas de muchacho, se hizo con un largo cuchillo de cocina que metió entre su cuerpo y la cinturilla del pantalón; cubrió su cabellera con un turbante y se acuclilló tras la pila de sacos. Debía aguardar hasta la madrugada, cuando llegasen las provisiones y se llevasen la basura. Saldría del palacio entre sacos de deshechos. Una vez en el exterior, ella se marcharía y el hombre al que comprara nada querría volver a saber.

Leyma acechaba también. No sabía, pero sospechaba. Y si estaba en lo cierto, quizá la inglesa pretendía huir. En ese caso, no sería ella quien diera la voz de alarma. Es más, ayudaría a que escapara.

Christin dormitó un poco en su incómodo refugio, pero la zozobra y el dolor que sentía en el pecho por abandonar a Kemal la mantuvieron despierta hasta que llegó a ella el chirrido de la puerta exterior.

Meterse en el carro y esconderse entre los sacos de basura resultó tan fácil como robarle un caramelo a un niño, aprovechando la discusión que provocó la joven Leyma en las cocinas por una supuesta suciedad en un vaso de leche que pidió al rayar el alba.

El tufo a desperdicios resultaba nauseabundo, pero cubriéndose la nariz con el turbante soportó el hedor, agradeciendo en silencio a Leyma su oportuno berrinche.

El carromato se ponía en marcha y ella dejó escapar una profunda espiración.

Estaba a punto de ser otra vez libre.

A un paso de escapar y de enterrar el maldito nombre de Aásifa para siempre.

A un suspiro de perder a Kemal.

El lamento de las ruedas en su andar y las voces madrugadoras de los mercaderes en sus puestos junto al palacio ponían sordina al galope de sus latidos.

27

Terciaba la tarde y la montura gobernada por Kemal entraba casi a galope en el patio principal, seguido por Okam y el resto de la guardia.

Se regocijaba pensando en la cara que pondría Christin ante el regalo que le llevaba. Dejó las riendas del animal en manos de uno de los criados y corrió hacia el harén, en su busca.

Se topó con su tía que le saludó.

—Bienvenido, sobrino. Tu padre te espera.

—Dile que aguarde un momento, por favor, tía —respondió, y depositó un rápido beso en su frente—. Tengo algo muy importante que hacer.

—¿Más importante que presentarle tus respetos a tu padre y bey? ¿Más que informarle sobre la entrevista con el sultán?

Era una regañina sin paliativos y no tuvo más remedio que dar marcha atrás. Pospondría el encuentro con Christin. Durante su viaje de vuelta había reflexionado sobre los comentarios de Okam. Christin le tenía hechizado y difícilmente podría estar sin ella. No le agradaba en absoluto abandonarla en Baristán cuando él regresara a Inglaterra. Y ella, por descontado, apelaría a su maldito orgullo y no querría ni oír hablar de convertirse en su concubina allí o su amante en Londres. Solamente existía una solución y estaba decidido a tomarla. La convertiría en su esposa, en su condesa, en su princesa.

Optimista, sonreía cuando entró en la sala de audiencias donde Jabir despachaba con Abdullah.

—Por vuestro gesto, mi príncipe, deduzco que el viaje fue provechoso —dijo el visir, inclinándose ligeramente ante él.

—¿Cómo lo sabes, viejo buitre? —bromeó, de excelente humor, abrazando acto seguido a su padre.

—Sonríes como si hubiéramos ganado otra vez nuestra independencia.

Kemal soltó una carcajada.

—Nada de eso Abdullah. El encuentro con Muhmat fue todo lo pesado que puedas imaginarte. Fuimos, incluso, sus invitados a una boda.

Tomó asiento en los cojines y se llevó un dátil a la boca.

—Has tardado muy poco en ir y volver de Adana. ¿Acaso le crecieron alas al barco?

Mezcló la ironía con dosis de su propio buen humor.

—Preguntad a mi primo. Me hubiera despedazado —dijo—. Tenía prisa por volver, simplemente.

Su padre creía saber de qué hablaba.

—¿La inglesa?

—Sí. La inglesa, padre.

—Habrá que ponerla como cebo cuando vuelvas a salir en misión de Estado —rezongó Jabir—. ¿Pero no habíamos quedado en que era un pasatiempo? Bien. Vamos a lo que importa. ¿Cómo planteó el sultán el tratado de pesca?

—Conseguimos ampliar el acuerdo.

—¡Maravilloso! —exclamó el visir—. No esperábamos menos de ti.

—En realidad fue Okam quien enfocó el asunto del modo más eficaz. Trató a Muhmat casi de tú a tú y a él le agradó su arrojo. Os digo que mi primo tiene madera de líder.

—La tiene, ciertamente. Es una lástima que no esté en la línea de sucesión... en el caso de que tú tuvieras algún percance en esas malditas misiones que cubres, de vez en cuando, para el cochino rey inglés.

—Puede estarlo y lo sabes bien, padre.

—Tengo otros hijos varones.

—Pero demasiado pequeños para gobernar. Abdullah bien podría manejar el timón en nombre del pequeño Tarik, pero... sin aguar la fiesta —puso una mano en el brazo del visir—, tienes una edad avanzada. Si yo muriera y a ti te pasara algo gobernando en nombre de ese niño... Baristán se abocaría a una guerra civil.

Jabir hizo un gesto de impaciencia con la mano.

—Dejemos de hablar de cosas estúpidas. Tú serás mi sucesor. Así está escrito.

Kemal se incorporó y saludó a ambos.

—Si no me necesitáis más... Tengo cosas que hacer. —Y tocó la bolsa que llevaba colgada al cinto, colocada junto a su puñal.

—¿Un presente?

—Que espero ablande el corazón de una mujer. —Sonrió.

—Si el corazón que esperas ablandar es el de esa arpía infiel, puedes guardarte el regalo, Kemal —oyó la voz de su tía a sus espaldas.

Se volvió y no le agradó el gesto de Corinne. Había una mezcla de irritación y complacencia que le confundió.

—No creo que sea de tu incumbencia si hago regalos o no a mi favorita, tía —repuso, cortante.

—Por supuesto que no, amado sobrino. Pero no vas a poder entregarle nada.

—¿Por qué?

—Porque no está en el harén. Tu preciosa perla inglesa ha escapado.

Kemal puso el palacio en pie de guerra.

Se registró cada habitación, cada rincón, los jardines, los efectos de las mujeres, en busca de algo, cualquier cosa, por si alguna, celosa de su preferencia sobre la muchacha, la hubiera envenenado o pagado por asesinarla. No era la primera vez que sucedía algo semejante en el harén. Aún se recordaba un caso similar entre dos odaliscas de su padre, cuando él aún era un niño. Una de las mujeres murió y la otra fue ejecutada en el patio central.

También fueron registradas las cocinas, las dependencias de las criadas, incluso los patios privados y las habitaciones de su tía, quien puso el grito en el cielo. A Kemal le importaba un cuerno quién se molestaba. Se trataba de dar con Christin.

Al caer la noche, comprendió que era cierto, que ella había escapado. Le tranquilizó saber que, al menos, no estaba muerta o herida, pero rabiaba de frustración. Maldijo en todos los idiomas que conocía y trajo de cabeza a todo el mundo. Por donde pasaba, no se movía nadie. Se podía cortar el silencio.

Pidió whisky.

Jabir trataba de calmarlo y a la tarea se unió Okam. Él, a su vez, les retó.

—¡He dicho whisky, sí! Lo necesito.

—Un hombre de verdad no necesita emborracharse por una mujer —le regañó el bey.

—¿Quién dice eso? ¿Tú, que te pasaste ebrio una semana cuando murió mi madre?

—La inglesa no ha muerto —replicó su primo.

—¡Como si estuviera bajo tierra, joder! —estalló—. Se ha marchado. La muy zorra se ha escapado y sólo Dios sabe dónde se encuentra ahora.

—Tranquilo. La encontraremos. No es fácil para una mujer hermosa pasar desapercibida. Además, carece de medios.

—No. Yo se los di regalándole la gargantilla de esmeraldas. Con eso podría comprar la lealtad de cien hombres.

—Que se preguntarán de dónde vienen las joyas y llegarán a la conclusión de que ella pertenece al palacio. No se atreverán a ayudarla.

—Conocéis poco la codicia humana —afirmó Kemal. Umut entraba en la habitación con una botella de escocés que tuvo la previsión de traerse de Inglaterra. A Umut no le gustaba que él bebiese, pero sabía que en ocasiones lo hacía y había acabado por acostumbrarse a lo que él llamaba costumbre de salvajes. Bebió directamente de la botella y sus ojos fueron dos brasas al continuar—. No, ninguno de vosotros conoce la codicia humana. Siempre habéis estado aquí, rodeados de lujos y comodidades. Yo me he movido por los peores arrabales de París y Londres. He visto el hambre y la vileza en su peor versión. —Dio otro largo trago, pero el líquido ambarino no parecía calmarle en absoluto—. Hay hombres y mujeres que venderían a su madre o a sus hijos por unas monedas. En nuestro amado Baristán no es distinto. Una esmeralda puede abrir muchas puertas.

—Lo que no comprendo es la locura de esa muchacha. ¿Adónde piensa ir?

Los ojos de Kemal se convirtieron en hojas de acero. ¿Adónde pensaba ir? ¿Adónde podía ir una inglesa retenida como esclava en un país de origen turco?

—Al consulado —musitó en voz baja.

—No lo creo. El cónsul británico enfermó hace dos semanas y aún no ha llegado quien le sustituya —aseguró Okam.

—Y esa perra no lo sabe. —Kemal sonrió como un lobo—. Okam, que ensillen mi caballo. Voy a salir a buscarla y juro por Alá que la voy a encontrar.

28

La euforia de la libertad se tornó para Christin en el dolor de la frustración.

Una vez fuera del carromato de la basura, se mezcló con las gentes en el mercado. Durante un buen rato estuvo aturdida por el ruido, las voces, los olores y los colores. Todo el mundo parecía tener algo que vender o algo que comprar, y los regateos —algunos a voz en grito—, el ajetreo constante al paso de carros y caballos, acabaron por descolocarla.

Además tenía hambre. Apenas había cenado la noche anterior y su estómago protestaba. No podía comprar comida, a pesar de llevar una fortuna bajo las toscas y malolientes ropas. No podía pagar un pan con una esmeralda o una perla, eso levantaría sospechas. Tampoco se atrevió a robar. Sabía que si la pillaban podían muy bien cortarle una mano en castigo. Si tenía que pasar hambre, la pasaría. Ya comería cuando llegara al consulado.

Pero el consulado resultó ser un callejón sin salida. El soldado que montaba guardia en la puerta, un baristaní aunque con uniforme británico, tocado con un turbante blanco, arrugó la nariz cuando ella se acercó y pidió audiencia con el cónsul. Cuando la informó de que había regresado enfermo a su tierra y que nadie le sustituía de momento, a Christin se le vino el mundo encima.

Vagó sin rumbo durante buena parte de la mañana. Nadie se fijaba en ella pero algunos se retiraban debido al olor que había impregnado sus ropas. A medio día, no sabía qué hacer o adónde ir, de modo que se arriesgó. A las afueras del bazar encontró comercios de compra venta de joyas. Echó un vistazo a varios de ellos, pero las caras de los comerciantes parecían honradas y ella buscaba otra cosa.

Por fin dio con el adecuado.

Siempre se jactó de conocer a la gente por su cara y aquel viejo arrugado de piel renegrida daba la talla de usurero que a ella le venía bien. Esperó a que saliera el cliente con el que trataba y luego penetró en la tienda, bajando la cortina de la entrada.

El hombre la miró de arriba abajo, con la cabeza gacha.

—¿Está dispuesto a hacer negocio, señor? —le preguntó ella, distorsionando la voz para que pareciera la de un rapaz.

—Siempre estoy dispuesto a eso, chico. Pero no parece... ¡ni hueles! como para que yo pierda el tiempo contigo.

Por toda respuesta, Christin sacó una de las esmeraldas que había tenido la previsión de soltar de la gargantilla y se la mostró. La avaricia se apoderó del anciano. De inmediato salió de detrás del mostrador, echó un vistazo a la calle y cerró la puerta con una tranca. Luego, centró toda su atención en ella.

—¿Tienes más de ésas?

—Una más —mintió Christin. No quería, si algo salía mal, que aquel despojo se quedara con toda su fortuna.

El comerciante se abalanzó sobre ella pero Christin, veloz, empuñó el cuchillo de cocina en su mano izquierda.

—También tengo esto, viejo.

Él retrocedió, se encogió de hombros y dibujó una sonrisa sibilina.

—De acuerdo, hablemos. Pasemos dentro, estaremos más cómodos.

Christin le siguió hasta la trastienda, donde un plato de dulces y una jarra de té que el hombre tenía sobre una mesita le hicieron guiños a su estómago.

—Sírvete tú mismo, si te apetece —le ofreció el viejo.

No se hizo de rogar. Se sentó en la alfombra y devoró media docena de pastelillos y dos vasos grandes de té que, aunque frío, la reconfortó. Él aguardaba y observaba. Chris le miró un poco avergonzada, limpiándose los dedos en el pantalón.

—Eres un infiel —le dijo en inglés.

—No le comprendo —repuso ella, aún en la lengua del país.

—Me comprendes perfectamente. Hablas bien mi idioma, chico, pero comes como los cerdos.

¡Claro! Había tomado los alimentos con la mano equivocada. Una blasfemia. Se encogió de hombros.

—¿No hace negocios con infieles? —le preguntó, ya en inglés.

—Yo hago negocios con el demonio, si es menester. Y ahora, déjame ver las esmeraldas.

Se las entregó y él las observó con detenimiento a simple vista y con lupa, las acarició y luego asintió.

—Preciosas, pero no puedo darte demasiado por ellas.

—Un lugar donde bañarme, ropas limpias, una bolsa de comida y un arma mejor que la que llevo. No pido demasiado.

—No, es verdad. No pides demasiado. Puedo hacer el trueque. ¿Seguro que no tienes más?

—Es toda mi fortuna.

—¿A quién le robaste?

—No robé a nadie.

El viejo rompió a reír pero parecía que tosiera. Se incorporó y le hizo señas para que le siguiera. Tras el cuartucho había un patio y en él, un pilón de agua.

—Puedes lavarte ahí. Hay jabón, no repares en gastos. —Arrugó la nariz—. Mientras, encontraré la ropa y la comida. La daga te la puedo proporcionar yo mismo. Volveré enseguida.

Chris esperó hasta que él hubo desaparecido y escuchó la puerta de la tienda cerrarse. De inmediato, se despojó de la pestilente ropa que la cubría y, desnuda por completo, se lavó todo el cuerpo y el cabello. No encontró ninguna toalla con que secarse. Pasó a la trastienda pero tampoco halló nada. Chorreando, llegó a la pieza principal del comercio y tomó un pedazo de lino. De vuelta al patio se secó vigorosamente y se quitó la humedad que pudo del cabello. Luego, envuelta en la tela, rebuscó de nuevo en la tienda y se le puso a mano una daga con incrustaciones de plata en la empuñadura. La sopesó y le agradó su tacto. Se quedó con ella.

El viejo usurero regresó media hora después de marcharse, con un bulto entre sus manos.

—Muchacho, ya estoy de vuelta —avisó, entrando en el patio trasero—. He conseguido algo de ropa y... —Enmudeció y se envaró al sentir el filo de una daga en su garganta.

—No te muevas o te rajo el cuello —amenazó Christin.

—Te traigo lo que pediste. ¿Por qué me amenazas?

—No me fío de ti. No te vuelvas —ordenó, arrancando de sus manos el envoltorio.

Sin perderle de vista, desenvolvió el paquete y vio unos pantalones, chaqueta y turbante limpios aunque muy usados. Aquel avaro no se había entretenido. Habría pagado una miseria por el atillo, pero no importaba, era ropa limpia y eso le bastaba. Había también una bolsa con pan, medio queso, dátiles y una botella de *sarap*. La comida podía durarle al menos un par de días.

Siempre pendiente del hombre, se vistió y se enroscó el turbante para ocultar su cabellera. Por fortuna, la chaqueta, aunque raída, era gruesa y ocultaba sus pechos.

—Y no te molestes. Encontré la daga adecuada —dijo al fin.

—Quédate con ella. ¿Me doy la vuelta o vas a matarme?

—Haz lo que gustes. Y no temas, no voy a acabar contigo, si me respondes como espero... ¿Sabes de algún barco donde conseguir pasaje?

—Desde el último asalto de un grupo rebelde, el

puerto está muy vigilado. Interrogan a cada pasajero.

Ella maldijo mentalmente. Tendría que variar de nuevo los planes.

—¿Y alguna caravana que parta de Baristán hoy mismo?

—La de Refik el-Kabir. Está acampada al norte de la ciudad y se dirige hacia el este.

—Necesito algunas monedas.

—Todo lo que tengo está en mis bolsillos. —Sacó varias monedas sueltas y ella las cogió y se las guardó.

—No es mucho, pero me servirán.

El viejo se volvió lentamente, sin tenerlas todas consigo, pero se le fueron todas la preocupaciones al ver que el muchacho le tendía las dos esmeraldas prometidas.

—Vuelve cuando quieras, chico. Es un placer hacer negocios contigo.

—Espero no volver a ver tu fea cara nunca más. Que Alá sea contigo.

—Que él te guíe y proteja.

No le costó dar con la caravana de Refik el-Kabir. La componían veinte dromedarios y numerosos fardos de mercancía, y Christin contó doce hombres, otros tantos caballos y tres mujeres cubiertas por velos negros que parecían esclavas y que se afanaban con utensilios de cocina en el único carro. Preguntó por el jefe de la caravana y le señalaron a un sujeto de casi dos metros y fuerte como un toro, con la cara marcada por una cicatriz que le cruzaba desde el pómulo derecho a la barbilla. También su ojo del mismo lado parecía haber sufrido los efectos de la horrible herida.

Después de un largo tira y afloja, Christin consiguió que la admitiera en la caravana a cambio de una de las esmeraldas. Si seguía así, pronto se quedaría sin ninguna, pero aún tenía las perlas de Leyma. Se conformaba con que le llegara para pagar el viaje hasta la Europa occidental. Una vez allí se las ingeniaría para ganarse cama y sustento hasta llegar a Inglaterra y encontrar a los suyos.

Alejada del resto del grupo, se recostó contra el carro y comió un poco de pan y queso, reservando los dátiles. Aún faltaba la tarde y la noche para que la caravana se pusiera en marcha y no había otro remedio que esperar pacientemente.

Se preguntó qué estaría pasando ahora en el palacio de Jabir. Porque daba por sentado que sabrían que había huido. Pero también era lógico pensar que no se quedarían con los brazos cruzados.

Y Kemal: ¿cómo reaccionaría?

Rezó para que nunca la encontraran. ¿Quién iba a relacionar a un joven muchacho andrajoso con ella? Buscarían a una mujer, pero nunca se les ocurriría que podía ir disfrazada.

Al anochecer, se acomodó lo mejor que pudo para dormir y dejó a mano la daga; no se fiaba de nadie. Se regodeó de su buena suerte y de su astucia hasta que el sueño la venció. Sin embargo, en el fondo de su corazón una arteria palpitaba en la espera de que Kemal la encontrara y la llevara de regreso.

29

Kemal revolvió la ciudad sin descanso en busca de Christin. Su humor era insoportable. Entraba en las posadas y revisaba todas y cada una de las habitaciones y se puso en evidencia sacando incluso a los clientes de sus camas. Nadie se atrevió a protestar, aunque extrañaron y lamentaron sus modales, impropios de un príncipe.

A las seis de la mañana, agotado mental y físicamente, se sentó en un cafetín que acababa de abrir sus puertas. El dueño del establecimiento se alarmó ante los diez hombres de escolta, pero una vez le tranquilizaron indicándole que nada tenían contra él, les sirvió té caliente con menta.

Kemal tenía un nudo en las tripas. Una ira sorda le consumía. No cesaba de preguntarse cómo era posible que ella se hubiera escapado, cuando él estaba dispuesto a hacerla su esposa. Claro que Christin no lo sabía, pero ¡condenada fuera, tanto daba!

—La voy a matar cuando la encuentre —amenazó en voz alta, ahuyentando al dueño del establecimiento, que se retiró casi de puntillas.

Además de los diez que iban con él había enviado a otros cinco hombres a indagar en los bazares, convencido de que ella habría vendido alguna de las joyas para procurarse alimento y cama.

Si hallaba a Christin, y se juró que lo haría, le demostraría que, si bien había sido benévolo, también latía en él una vena de crueldad. Se había burlado de él no una, sino dos veces, y pagaría por ello. Mandaría cortar su hermosa cabellera y la vestiría con harapos. ¡Se terminarían los días de solaz para ella y trabajaría como lo que era, una esclava!

Sentía cada músculo tenso de fatiga y cólera. ¡Qué cretino! Al regresar a toda prisa hilvanando fantasías sobre un futuro en común. Nunca más, se dijo. Nunca volvería a confiar en Christin, y ella lo pagaría muy caro.

Se deleitaba pensando en el modo en que sometería a la joven cuando estuviera de nuevo en su poder y uno de sus hombres llegó a la carrera.

—Tenemos una pista, mi príncipe.

Kemal se levantó como si le hubieran aplicado un ascua en el trasero. Dio instrucciones para que pagaran al cantinero y corrió hacia su montura prendido del otro.

—¿Dónde? —le interrogó, montando de un salto.

—En la calle Ukkale, mi señor. En el comercio del viejo Yakup, el comerciante de joyas.

Kemal no esperó a su guardia personal y emprendió carrera. Conocía el comercio y conocía al viejo avaro, un ladronzuelo codicioso y despreciable, pero que solía conseguir las mejores joyas que entraban en Baristán. El regalo que se llevó a Londres para su amante en su visita anterior, se lo proporcionó el anciano.

Si Christin había estado allí, él lo sabría, aunque para ello hubiera de arrancar la piel a tiras al viejo joyero.

Apenas clareó, la caravana se puso en marcha. Refik quería aprovechar las horas frescas, antes que el ardiente astro les obligara a hacer un alto. Tenía ganada fama de entregar sus mercancías a tiempo. Pero sobre todo de entregarlas. Por eso llevaba hombres armados, en previsión del ataque de bandidos renegados. Le gustó que el muchacho nuevo no se separara de una daga de buen tamaño que colgaba del cinto. Nunca admitía en su caravana mujeres o niños, pero los ojos verdes de aquel mozalbete tras el oscuro turbante, tan hermosos o más que la esmeralda que pagó por viajar con él, le dijeron que allí había coraje suficiente para no amedrentarse si surgía algún percance. Siempre era bueno tener un arma más en caso de complicaciones.

Refik emparejó a Christin con el más joven de su cuadrilla, un muchacho alto y espigado llamado Celal, hábil manejando los caballos. Y se avino a que, a ratos, cabalgara a la grupa del caballo. Pero debería caminar también, como las esclavas, que se turnaban en el carro con las provisiones y la comida. Christin lamentó su dura existencia, aunque ellas parecían contentas y no paraban de charlar.

Tras varias horas de marcha, Christin comenzaba a notar el trasero molido, el calor pegándole la ropa al cuerpo y la cabeza le picaba bajo el apretado turbante.

Celal, por entablar conversación, le preguntó su procedencia y ella dijo que había llegado desde Aftion, el primer nombre que se le ocurrió, más allá del lago Aksehir. Celal no conocía la zona y admitió de buena gana su respuesta. Más tarde hablaron de la caravana y su destino y él le comentó que primero se acercarían a varios pueblos en el interior para completar su carga y luego regresarían a la costa para embarcar las mercancías.

—Hay estupendas embarcaciones amarradas allí. Algún día, cuando haya conseguido hacer dinero con Refik, me compraré una. Y me buscaré una hermosa mujer para convertirla en mi esposa y tener una docena de hijos —le decía el muchacho.

Christin se animó, contemplando ya la posibilidad de encontrar un barco que la llevara lejos de Baristán. Con tal de ello, soportar el viaje por el desierto unos cuantos días más apenas sí le pareció un mínimo inconveniente.

—El viaje durará al menos un mes —dijo Celal—, hasta que Refik consiga carga suficiente como para regresar y comerciar con ella. ¿Piensas establecerte en la costa turca?

—Me gustaría, pero no puedo.

—Es una buena tierra. Creo que me compraré una casa allí.

—¿Antes o después del barco? —bromeó Christin. El muchacho rio de buena gana y se volvió a mirarla. Pero sus labios se fruncieron ante una nube de polvo a unas dos millas de distancia. Sin más, adelantó el caballo, que iba en la retaguardia, y se colocó a la par de Refik.

—¡Nos siguen!

El-Kabir se aupó en su montura, miró hacia donde señalaba el joven y soltó una blasfemia. Comenzó a dar órdenes a sus hombres, que aprestaron sus largas y curvas gumías, dispuestos a defender sus vidas y las mercancías. Las mujeres, dentro del carromato y ellos a caballo, formando una línea compacta para enfrentar al enemigo.

Christin observó decisión en sus cetrinos rostros y ante la inminente confrontación, rezó para que pudieran rechazar a los ladrones. Ella, por su parte, sacó su daga y la empuñó con resolución.

Por la extensión de la nube de polvo, Refik calculó al menos quince atacantes.

Sin embargo, a unos quinientos metros, los estandartes ondeando al viento en vanguardia le hicieron relajarse. Se miraron unos a otros y fueron envainando sus armas.

—¿Qué pasa? ¿No vamos a pelear? —preguntó Christin, confundida.

Celal, muy tranquilo, dijo:

—No contra nuestro príncipe. Esos estandartes rojos y dorados pertenecen al hijo del bey.

Un súbito mareo la atacó. Christin quiso evaporarse. O convertirse en arena del desierto. Después de todo lo que había pasado, ahora iban a descubrirla. Guardó su daga y agachó la cabeza, cubriéndose el rostro cuanto pudo con el turbante, como si así pudiera pasar más desapercibida.

Un brazo de hierro la arrancó de la grupa y Christin lanzó un gritó, despavorida, echando mano a su arma. Le retorcieron la muñeca hasta que soltó la daga y fue zarandeada de tal modo que el turbante se deshizo y cayó a tierra, descubriendo su identidad.

En los labios de Refik se formó una imprecación y se acercó al príncipe, temeroso. Christin se retorcía entre los brazos de su captor.

—Me engañó, mi señor. Pensé que era un muchacho.

Kemal la dejó caer sin contemplaciones. Lágrimas de frustración arrasaron sus ojos pero no soltó una sola queja. Se abalanzó como una posesa hacia la daga que había caído a unos metros y el restallido de un látigo, a escasos centímetros de su mano, la inmovilizó. Allí estaba otra vez, fiero, poderoso, dominante. Le odiaba con toda su alma por haber frustrado sus planes, pero le encontró espléndido. Sus ojos grises eran dos trozos de hielo y tenía las mandíbulas encajadas. No se movió. Se quedó muy quieta sentada en el suelo, cruzando los brazos sobre el pecho.

A Kemal se le olvidó de súbito el terror que le había embargado por la suerte de Christin y se vio recompensado por el gesto enfurruñado e infantil de ella, derrotada pero orgullosa. De haber estado solos hubiera desmontado y la hubiera besado.

—Mi señor... —rogó Refik.

Los ojos de Kemal le taladraron.

—Guarda cuidado. Sé que ella es astuta como sólo puede serlo una serpiente —le dijo, mirando a Christin con desprecio—. Te engañó, como engañó a otros.

—Os lo juro, mi príncipe, todos creímos que era un joven que deseaba llegar a la costa, de otro modo...

—Si hubiera dudado por un instante de eso, mercader, tu cabeza ya estaría rodando por la arena del desierto. ¿Se te debe algo por alojar a esta mujer?

—No, mi señor. Ella pagó muy bien su pasaje.

—Una esmeralda, ¿verdad?

—Así es, mi príncipe.

—¿Te queda alguna de las que te regalé? —le preguntó a ella, irritado por que hubiera usado su presente justamente para escapar de él.

—¡Las suficientes como para contratar a alguien que clave una daga en tu pecho, Kemal! —le escupió ella, en inglés, poniéndose en pie y enfrentándosele abiertamente.

—No tendrás la oportunidad, mujer. —Se llevó una mano a la sien y saludó a Refik—. Que vuestro viaje sea próspero.

—¿Ella es vuestra, mi señor?

—Es mi esclava, sí —contestó Kemal. Christin escupió en la arena—. De aquí en adelante ella no será más que eso, una esclava sin derechos. Y aprenderá a no quejarse regresando andando a palacio.

—¡Tienes el alma más negra que el culo de Satanás, maldito seas! —aulló de nuevo ella.

Se hizo el silencio. La guardia de Kemal y la caravana al completo se encogieron al escuchar el insulto. Sin duda, el príncipe sacaría su gumía y cortaría la cabeza de aquella mujer. Por el contrario, se echó a reír. Adelantó su caballo un paso y se inclinó, amenazador, pero ella no cedió un palmo de terreno.

—Desde ahora, Christin, soy Satanás en persona para ti. ¡Vámonos! —ordenó—. Que Alá os acompañe, mercader.

—Que él os guíe, mi señor.

30

Tenía los pies magullados y las muñecas en carne viva por la soga que la mantenía sujeta a la silla de Kemal.

El tórrido sol convertía en un suplicio la caminata y el regreso a su prisión le estaba resultando infinitamente largo. Empapada en sudor, el cabello que caía en húmedas guedejas, pegado al rostro, le impedía ver dónde pisaba y tropezaba a cada instante. Cuando caía de rodillas, Kemal sofrenaba a su semental dándole tiempo a recuperarse, pero ésa era la única concesión que parecía dispuesto a dar.

Cada vez que se cruzaban las miradas saltaban chispas. Kemal no iba a parar, aunque en su cara se reflejaba el cansancio tanto como en la de ella, después de prácticamente un día en su busca. Y Christin moriría antes que pedirle algo. ¡Lo que habría dado por descansar un poco y beber un trago de agua!

Los labios, agrietados por la sed, le escocían y las piernas le pesaban como si fueran de plomo, pero se obligó a seguir caminando, siempre arrastrada por la soga que la unía a él.

De cuando en cuando recibía miradas de lástima de su guardia, pero ella se las devolvía con un gesto de desprecio.

Se topó con un montículo y cayó de bruces, golpeándose en el pecho. Se le escapó un quejido. De inmediato, Kemal tiró de las riendas y aguardó. Pero estaba tan cansada que, aunque intentó levantarse, sólo consiguió ponerse de rodillas. Las lágrimas corrían con libertad por sus mejillas, sucias de polvo y sudor.

La cólera de Kemal cedió. ¡Por Dios, aun así era deseable! A pesar de sus ropas ajadas, del cabello sucio y enmarañado, de sus lágrimas. Maldiciendo su debilidad cuando ella estaba de por medio desmontó del caballo y desató la cuerda de la silla. La liberó y acarició la piel lacerada.

Christin, sorbiendo las lágrimas, más humillada que vencida, no quiso ni mirarlo.

—¿Te portarás bien? —le preguntó, conciliador.

—¡Te arrancaré los ojos en cuanto tenga oportunidad, maldito bastardo! —le retó ella.

Kemal la tomó en brazos y la levantó del suelo. Ella pataleó y se resistió pero consiguió que montara y la acomodó delante de él. Su brazo asemejó una argolla al sujetarla por la cintura, cortándole el resuello.

Para los hombres de la guardia fue un alivio que su amo se ablandara.

—Christin, el hombre más santo perdería la paciencia contigo. —Ella se removió y la sujetó con más fuerza—. Estate quietecita, ya vale. Te juro que no sé cómo actuaré si vuelves a hacerme daño.

Ella, agotada, decidió dejar de batallar. Todo, con tal de no volver a caminar.

No existía una sola parte de su cuerpo que no le punzara.

Kemal le ofreció agua de su pellejo, a sorbos cortos, aunque ella tragó ansiosa. Taconeó los flancos del semental y volvió a ponerlo al trote.

Christin intentaba mantenerse erguida, que su espalda no rozara el pecho masculino —tarea imposible—, luchando contra el sopor que la embargaba, retirándose cuanto podía, pero el balanceo del caballo la acercaba una y otra vez a él. Al final, se dejó vencer por el dolor y el agotamiento. Tenía conciencia de volver a ser una prisionera, pero una dejadez cálida la embargó, cercada por el calor de su cuerpo. Antes de dormirse, lo único que pensó era que estaba a salvo.

La despertó un leve empujón. Se reclinaba sobre él, su cabeza en su hombro. Y una mano apoyada en su muslo. Se irguió de inmediato, totalmente lúcida.

—Hemos llegado, dulce durmiente.

Christin no dijo nada. Se envaró, aunque él parecía tranquilo. Escuchándole, nadie podría imaginar que hubiera sido capaz de obligarla a caminar por el desierto. Aquel maldito demonio de ojos grises tenía muchas facetas.

Trabándola de la cintura se inclinó sobre el flanco del semental y la dejó resbalar hasta el suelo. Ella, para preservar la dignidad, echó a andar muy erguida. No pudo ni dar dos pasos. Las piernas le fallaron y el lacerante dolor de sus pies cubiertos de ampollas la hizo caer. Al instante, las fuertes manos la volvieron a la verticalidad.

—¿Puedes caminar?

Chris apeló a su orgullo y no respondió, pero él sabía lo que era el desierto.

—Das más dolor de cabeza que doscientos rebeldes en son de guerra, mujer —amonestó él. La tomó en brazos y caminó hacia el harén.

—¡Suéltame!

—No puedo perder más tiempo contigo, tigresa. Tengo otros asuntos que atender además de patear el desierto tras tu pista, así que volveré a ponerte donde te corresponde. ¡Y cállate de una vez!

—Te odio —dijo tan sólo.

Atravesó la puerta principal y se encaminó hacia el interior. A su paso, todo eran miradas de eunucos y mujeres en completo silencio. Era la primera vez que una esclava conseguía escapar y en torno a Christin se levantó algo similar a la admiración.

Al llegar a las dependencias femeninas, Laila salió a su encuentro. Se arrodilló, pegando la frente en el suelo.

—Alá misericordioso ha permitido que nuestro príncipe encuentre de nuevo a su *ikbal* —musitó.

Kemal sorteó a la joven y depositó su carga sobre un diván.

—Me parece que tu señora ha cambiado su posición en el harén. Ella misma ha decidido que desea ser cualquier cosa menos mi favorita —dijo, presto a marcharse.

Christin se lamentó y se desprendió de lo que quedaba de su vieja sandalia. Kemal palideció. La planta de su pie era una mezcla de sangre y líquido supurado por las llagas.

—¡Por todos los infiernos! —Se le aproximó, se agachó y la tomó por el tobillo—. Laila, trae agua caliente, pomadas y paños limpios. Y aceite de áloe.

Laila se apresuró a obedecer. Mientras, Kemal la liberó de la otra sandalia, aguijoneado por la culpa. El tacto suave de sus manos provocó más dolor en el corazón de Christin que los cortes.

Él maldecía y se lamentaba, se levantó y la incorporó. Comenzó a desgarrarle la ropa y ella le golpeó las manos, intentando detenerle.

—Sólo quiero quitarte esa ropa de pordiosero para que tu criada pueda bañarte.

—Puedo hacerlo, muchas gracias.

—No lo dudo, gitana. —Pero continuó despojándola de ropas hasta dejarla desnuda. Christin, demasiado cansada para oponer resistencia, se echó la larga cabellera hacia el pecho que se cubrió parcialmente, pero sus largas piernas y parte de las nalgas quedaban expuestas—. Llena de miseria y con el pelo convertido en un nido de bichos, no estás como para enamorar a nadie. No temas que me ponga romántico ahora.

Christin le hubiera mandado al infierno pero le interrumpió la presencia de Corinne. ¡La que faltaba! ¿Es que no iba a tener privacidad ni ahora, en su lamentable estado? ¿Se presentaría también el bey para regodearse en su desgracia?

—De modo que la has encontrado —comentó—. Esperaba que el desierto o los rebeldes hubieran dado buena cuenta de ella.

—La encontré, sí —fue todo cuanto dijo Kemal.

—Bien, ahora me haré yo cargo.

Laila entró y puso a disposición de Kemal lo que le

había pedido. Y éste tomó el caldero de agua humeante y lo puso a los pies de la cristiana. Corinne palideció.

—¿Qué vas a hacer?

Por toda respuesta, Kemal obligó a Christin a sentarse. Sujetó uno de los pies y lo introdujo en el balde. Christin protestó y quiso sacarlo, pero Kemal lo sostuvo dentro del agua.

Corinne bufó como un gato escaldado.

—¿Acaso el sol del desierto te ha licuado el cerebro, sobrino?

—La hice caminar demasiado.

—¿Por eso ejerces ahora de esclavo, arrodillado y lavándole las heridas? —estalló—. ¿Dónde arrojas tu rango, Kemal? ¡Por el amor del Profeta, eres el príncipe, no un vulgar criado!

Él siguió a lo suyo, echó un vistazo y habló:

—Laila se olvidó del aceite, tía. ¿Puedes traérmelo tú?

—¡Por descontado que no! —se escandalizó—. Puede que tú quieras rebajarte ante esta infiel, ¡pero yo no lo haré!

Salió con tanta prisa que casi se llevó por delante a la pobre Laila. La joven se disculpó de inmediato.

—Lo siento, mi señor. Lo traigo ahora mismo.

Christin, a su pesar, tuvo que reír y luego gimió cuando él comenzó a lavarle los pies.

—Vale la pena todo con tal de ver a esa bruja a punto de apoplejía —le dijo.

Kemal bajó la cabeza, disimulando una sonrisa. Era increíble. Escapaba de palacio, se unía a una caravana que, de haber sabido su condición de mujer, podían haber optado por venderla a algún mercader de esclavos, llegaba con los pies magullados y aún la quedaba ironía suficiente para encontrar divertido el enojo de su tía.

La secó con cuidado con paños de lino y después tomó el aceite que ya le tendía Laila. Puso una buena cantidad en el hueco de la mano derecha y lo extendió con cuidado sobre los cortes, masajeando con delicadeza desde la planta hasta el tobillo. Christin no pudo esconder un suspiro de satisfacción cuando la tortura remitió para dar paso a una molestia soportable.

—¿Te encuentras mejor? —preguntó Kemal al finalizar.

Asintió. No se atrevía a mirarle. En realidad, no le comprendía. La perseguía, la atrapaba como a un conejo, la restituía a una vida de esclavitud y, sin embargo, se avenía a hacer de criado y se ocupaba él mismo de la cura.

—Lo lamento, duende.

Ella se encogió de hombros.

—¿Cómo pudiste encontrarme? —quiso saber.

Kemal la tomó en brazos y la llevó hasta la bañera, en un cuarto cubierto de una densa nube de vapor. La depositó en el agua y Christin suspiró agradecida.

Laila pasaba ya una esponja por sus hombros y él respondió:

—Imaginé que venderías alguna de las fruslerías que te regalé para obtener dinero o víveres. Por desgracia para ti encontramos al viejo con el que hiciste negocio. Y habló bastante.

—¿Lo torturaste?

—No hizo falta, pero lo hubiera hecho. Cuando me

reconoció, le faltó lengua para contarme con todo lujo de detalles vuestra transacción. Hiciste un mal trueque por esas piedras.

—Hubiera cambiado la gargantilla completa por un burro quejoso con tal de poder marcharme lejos. ¿Es que no quieres entenderlo? ¡Quiero regresar a mi país, con los míos! Y tú, ¡Satanás te lleve!, has conseguido que... —La fiel Laila empujó su cabeza dentro de la bañera y la sumergió por completo.

Kemal sonrió. La joven criada demostraba ser más sabia que su señora y había obrado con eficiencia y rapidez.

Se enfadó un poco con Laila, pero Christin dejó que la muchacha le enjabonara el cabello. Y ¿por qué estaba él allí todavía? De modo que volvió a la carga.

—Un minuto fuera de estos muros vale por toda una vida, Kemal. Yo nací libre y libre fui hasta que aquel mal nacido capitán Roland hizo un jugoso negocio regalándome a tu padre.

—Y ahora me perteneces a mí.

—¡Maldita la hora, asno libid...! —El jarro de agua fría que Laila vertió sobre la cabeza interrumpió nuevamente su retahíla. Al recuperarse, escupiendo líquido, ladró—: ¡Condenada seas! ¿Quieres ahogarme?

—No, mi señora. Lo lamento.

Christin renegó, se incorporó y salió del baño por sus propios medios. A punto estuvo de caerse de bruces. Kemal la atrapó a tiempo y de nuevo, en brazos, la llevó directamente a la cama, la dejó allí y se irguió. Mientras la depositaba, anheló libar cada gotita de agua que resbalaba por su cuerpo.

—Sécate antes de que te resfríes. Espero que el agarrotamiento de tus músculos y tus heridas nos den a todos unos días de tranquilidad.

Christin no dejó pasar la ocasión:

—¡Al menos, durante esos días, me libraré de tu cama!

Kemal se frenó. Su cuerpo se puso rígido. No se volvió, sino que se marchó sin decir palabra. Habló por él el portazo con que cerró su salida.

31

El dolor de pies y las agujetas retuvo a Christin en sus habitaciones, como una inválida, tres largos días. Durante su obligado encierro no vio más que a la joven Laila. Nadie se acercó a sus habitaciones. Volvía a ser una paria en el harén. Se recreó en su amargura. Ni siquiera Isabella se acercó a visitarla y supo por Laila que el propio príncipe pidió a su primo que se lo prohibiera. El muy maldito quería humillarla aún más, apartarla de la única amiga que tenía.

No admitía que él siguiera tratándola como una esclava, predilecta o no, después de lo que vivieron ambos. Ella lo amó y creyó que Kemal albergaba hacia ella un sentimiento cálido. La arrulló entre sus brazos y la trató con delicadeza. Pero sólo hasta que ella quiso demostrar que era una persona libre y que deseaba de nuevo su libertad. Era buena para la cama, pero no para salir de allí. ¡Así se le llevara el infierno!

Por su parte, Kemal rumiaba el último dardo de Christin. Habían hecho el amor y habían disfrutado. Ella también. Cierto grado de pasión no puede enmascararse. Entonces, ¿por qué se lo recriminaba? Aquella bruja no había aprendido nada. Su espíritu terco necesitaba algo más para someterse. Pues bien, acabaría por doblegarla, se prometió. Si quería alejarse de su cama también debería permanecer excluida de las comodidades que ahora disfrutaba.

La solución se la puso Corinne en bandeja aquella misma tarde. Jabir había invitado a su hermana a que les acompañara a tomar el té y los tres charlaban animadamente alrededor de una mesa baja. El bey, al tiempo, fumaba una arguila.

—Te veo tensa, hermana. ¿Algún problema en el harén?

—Nada que no pueda resolver. Deja esas preocupaciones para mí, son pequeños inconvenientes. Es sólo que la preñez de dos de nuestras sirvientas me obliga a contratar. Están demasiado hinchadas para agacharse y limpiar suelos.

—Eso se arreglaría si no fueran fértiles —bromeó—. ¿No dijiste eso tiempo atrás?

—Es cierto. Pero aquéllas ya parieron. Y no te aburriré con mis cosas.

—Después de atender asuntos de Estado, esto es casi una liberación. —Le apretó el brazo con cariño.

—En realidad, me arreglaría sólo con una —murmuró, mirando de reojo a Kemal, que parecía absorto en el humo que escapaba de la pipa—. Hay una zorrita inglesa que no hace más que holgazanear en sus habitaciones y que ni siquiera sirve para dar placer a tu hijo.

Kemal no podía pasar por alto la alusión.

—¿He de responder algo? —preguntó el joven, mohíno.

—Lo que te dicte tu conciencia. Sigues hechizado por esa fiera, cuando ella no se cansa de repetir que sería capaz de limpiar los caballos con la lengua con tal de no volver a verte. Deberías tenerla encadenada y mandar que le propinaran una buena azotaina.

La mentira de Corinne hizo mella en la ya aturdida mente de Kemal.

—¿Eso dice?

—Entre otras cosas.

—Entonces no busques más. Ella bien puede cubrir tus necesidades.

—¿Me das carta blanca, entonces?

—Le vendrá bien. Parece estar deseándolo, de modo que bien puede ganarse el sustento y el techo fuera de mi cama.

—Así que... ¿tengo las manos libres?

—Las tienes, tía.

Corinne no quiso tirar demasiado de la cuerda. Se encargaría de que la cristiana supiera lo que era servir. Y si, de cuando en cuando, se escapaba algún golpe... o un guardián quería gozar de ella, no lo impediría. Kemal acababa de sentenciarla al declarar abiertamente que ya no le interesaba.

—Jabir, querido hermano, ¿qué tal una partida de ajedrez? —cambió hábilmente de tema.

Si hasta entonces el harén había sido para Christin una cárcel dorada, a partir de ese momento fue sólo una cárcel. Corinne se encargó en persona de ponerla en su sitio.

—Se acabaron tus días de ocio, Aásifa. Dejarás estas habitaciones. A partir de ahora vivirás en las dependencias de la servidumbre.

—A Kemal no le gustará eso, señora.

—El príncipe en persona ha dado la orden. Has agotado su paciencia. Sólo Alá sabe cómo te ha soportado tanto y ya no te quiere en su cama.

—¡Nunca quise estar en ella!

—Bien, entonces todos contentos. Claro, que esto significa perder tus privilegios.

—¿Llama usted privilegio a ser una pieza de porcelana a la que lavan y masajean con el único propósito de calentarle el lecho?

—No tienes idea de cuántas darían media vida por llegar a ser la favorita del príncipe.

—Yo no, señora.

Corinne se encogió de hombros.

—Laila —informó a la asombrada criada—, a ti ya se te asignará otro puesto.

—¿No puedo ir con ella?

—¡Ya no es tu señora! ¿Acaso no me has oído? Ha perdido su rango y ahora no es más que una vulgar fregona. Muy pronto, ni el más arrastrado de los hombres se dignará mirarte. Tu belleza se marchitará, me encargaré de ello personalmente. Y ahora sígueme: tendré mucho gusto en enseñarte tus nuevas dependencias. —Ordenó algo al eunuco que la acompañaba y éste se puso a su lado.

Aturdida por la repentina venganza de Kemal, Christin se despidió de Laila agradeciendo en voz baja todos sus desvelos y siguió los pasos de Corinne, mientras la joven quedaba sollozando.

Atravesaron las cocinas y luego, las cuadras. Llegaron a una edificación baja y fea. Corinne la hizo entrar. El lugar era sórdido como imaginó: una sala cuadrada dividida en varios apartados donde apenas cabía una colchoneta, sin puertas ni privacidad. Las mujeres que ocupaban ya dos de aquellos estrechos cubículos y que trajinaban por allí las miraron en silencio.

Corinne la empujó hacia uno de los cuartuchos.

—Ésta será tu habitación. —Se regocijó.

No estaba sucio, al menos. El suelo de tierra, apisonado, y las paredes encaladas de blanco, pero espartana, pequeña y fría. Un jergón relleno de paja, una manta raída, una túnica de tejido áspero y unas sandalias de cuero usadas. Y un par de grilletes con cadena sujeta a un aplique en el muro. Se volvió con el corazón en la garganta.

—¿Por qué este cuarto? ¿Y esos grilletes? ¿También por orden suya?

—Mi sobrino dejó todo en mis manos. En cuanto a los grilletes... no pensarás que voy a arriesgarme a que escapes de nuevo, ¿verdad? Permanecerás encadenada durante la noche. Durante el día, mientras cumplas tus nuevas obligaciones, y dado que habrá guardias vigilándote, no serán necesarios.

—Está bien. —Christin le dio la espalda para que no apreciara su desolación—. En Inglaterra me conformaba con poco más. —Se acercó al jergón y lo palmeó. Era duro como una piedra—. Muy cómodo. —Se volvió y murmuró, sarcástica.

La expresión de Corinne la angustió aún más.

—Espero que tu estancia sea, desde ahora, lo que debió ser desde un principio. Desnúdate. —Los ojos de la joven se convirtieron en dos rendijas—. Las prendas que vistes servirán a otra concubina. ¿A qué esperas? ¿No me has oído?

Tragándose la humillación, Christin se despojó de todo.

—Ponle los grilletes —ordenó al eunuco.

A Christin el mundo se le cayó encima cuando los hierros apresaron sus tobillos. Encadenada al muro sintió que se ahogaba, pero no dijo nada. No iba a dar a Corinne el gusto de que viera una sola de sus lágrimas.

A solas ya, se dejó caer al borde del jergón. La desesperación la embargó. Nunca había deseado el lujo y siempre se apañó con poca cosa. Pero ahora le arrebataban la dignidad. Kemal había ordenado que la encadenaran como a un animal. Escondió el rostro entre las manos y sus hombros se agitaron por el llanto.

La manta no era seda, pero estaba limpia aunque remendada. Se tumbó en el jergón, que era casi como hacerlo en el suelo. Bien, comenzaba su nueva vida, se dijo en un atisbo de ironía masoquista. Trataría de dormir porque preveía que al día siguiente el trabajo iba a resultar agotador.

Apenas descansó. Durmió a ratos, despertando sobresaltada por el ruido de la cadena cada vez que se movía. Entre sueños, la boca de Kemal y el cuerpo musculoso sobre ella se hacían un hueco sobre el catre.

Durante aquella larga noche, Christin aprendió a odiarle con toda su alma.

Habían pasado tres días desde que Kemal pusiera en manos de su tía el destino de Christin. Setenta y dos horas. Cuatro mil trescientos veinte minutos. Y cuatro mil trescientas veinte veces deseó volverse atrás.

Se amargaba imaginándola en las labores más serviles.

Apenas comió, bebió en exceso y no llamó a ninguna de sus mujeres, aunque Okam le instó a hacerlo.

A cada instante se preguntaba qué estaría haciendo ella, si estaría bien, si dispondría de lo más elemental. Sabía que los criados directos de palacio vivían decentemente y comían bien, pero también conocía los escalones más bajos de la servidumbre y a lo que se veían obligados a hacer. Echaba terriblemente de menos las palabras ácidas de su inglesa, su mirada esmeralda, irritada unas veces, apasionada otras. Hasta sus puyas añoraba.

Okam le propuso una cabalgada por el desierto y él accedió de buena gana con tal de alejarse de allí. Atravesaron la ciudad y salieron para poner los animales a galope tendido. Exigieron el máximo a los caballos y descabalgaron en el oasis de Di-ir. Allí, les dejaron pastar y se tumbaron bajo la sombra acariciante de una palmera. Kemal sacó una petaca y bebió. A su primo, le preocupaba.

—Beber no soluciona nada —dijo.

—Pero embota los sentidos y difumina los recuerdos.

—Los recuerdos están ahí y volverán cuando se vaya la reseca.

—Déjame en paz, Okam.

—Dejaste de ser tú mismo y ahora te estás torturando. No deberías haber castigado a Christin.

—¿No? ¿Y qué mierda se supone que debí hacer?

¡Por los dientes de Alá! Llegó a decir que sería capaz de limpiar los caballos con la lengua con tal de no verme más.

Okam no daba crédito a lo que oía. Su primo no sólo estaba ciego. Además, era un necio.

—¿Y tú creíste eso?

—¿Por qué no iba a creerlo?

—Sabes que mi madre es dada a exagerar, Kemal. Y si realmente lo dijo probablemente fue producto de la ofuscación. ¿Cuántas veces has dicho tú barbaridades cuando estabas enojado? El orgullo no es buen consejero, primo.

—Eso lo dices porque tú no la sientes aquí dentro. —Se golpeó el pecho.

—Y tú te recreas en ella.

—Esa mujer me ha burlado muchas veces.

—Deja el orgullo a un lado y llámala a tu lado.

—¿Rebajándome como un idiota?

—Como un idiota vives ahora. Tranquiliza tu estúpida conciencia. Y, de paso, tranquilizas a mi *ikbal*. Shalla apenas me habla desde que desterraste a Christin. Es su mejor amiga y yo soy tu primo. Si tú te has comportado como una bestia, yo, por llevar tu sangre, soy tan bestia como tú.

Consiguió que Kemal riera por primera vez en los últimos días. ¡Por la túnica del Profeta, aquello sí que era cómico! ¿De modo que Okam estaba siendo castigado por su culpa?

—Creí que tu pequeña favorita bebía los vientos por ti.

—Llevo tres noches sin acostarme con ella —rezongó Okam.

Kemal asintió.

—¿Cuándo la convertirás en tu *kadine*?

A su primo le chispearon los ojos.

—Espero que se quede embarazada muy pronto. Y seguro que me dará un varón. ¡El primero! Entonces será mi *kadine* ante todos, aunque en mi corazón ya lo es.

Kemal le escuchaba con envidia sana. Aunque lo lamentaba por él, no podía echarse atrás. Shalla acabaría entendiendo y Okam gozaría de nuevo llevándola a su cama. Pero Christin se merecía un castigo y lo tendría. A fin de cuentas, fregar los suelos unos cuantos días no la iba a matar, pero sí rebajaría su testarudez y se olvidaría de escapar de él. ¡Le pertenecía hasta que él quisiera olvidarla y regresar a Inglaterra! Cuanto antes se hiciese a la idea, mucho mejor para ella.

La detonación sonó tan cerca que ambos pusieron cuerpo a tierra como autómatas, tratando de descubrir el origen del disparo.

—¡Qué demonios...! —Kemal reptó hacia su caballo en busca de su gumía.

Aunque el disparo inquietó a los animales, no se espantaron. Consiguió llegar, se incorporó y extrajo el arma. Un nuevo estampido y ésta voló de su mano rebotando en la silla de montar. El caballo se encabritó y emprendió el galope, seguido por el de Okam.

—¡Mierda!

Cuerpo a tierra de nuevo, miró hacia donde se encontraba su primo. Okam permanecía agazapado tras la palmera y había extraído de su cinto una pistola. Asentó el arma sobre su brazo izquierdo, apuntó hacia un extremo del vergel y disparó. Hasta ellos llegó un ¡ay! apagado y de inmediato el retumbar de unos cascos. Maldiciendo a voz en cuello, Kemal corrió hacia allí, pero sólo alcanzó a ver a dos jinetes con turbantes negros, ondeando sus chilabas, que se alejaban a galope. Uno de ellos se balanceaba precariamente sobre la silla y felicitó mentalmente a Okam por su buena puntería.

Regresó al lado de su primo. Se sujetaba el brazo, que sangraba.

—¿Es importante?

—Sólo un rasguño, pero duele como mil diablos.

Lo verificó por sí mismo y Kemal confirmó que no era grave. Se quitó la camisa y la rasgó en tiras con las que le vendó, mientras a su rostro asomaba un rictus de preocupación.

Los caballos regresaron al paso para beber en el oasis. Se llevó dos dedos a la boca y silbó con fuerza. Las monturas trotaron acudiendo a la llamada.

—Siento haberte puesto en peligro —dijo, mientras se acercaban a los caballos.

—¿A qué te refieres?

—No es la primera vez. Ordené a Umut que guardara silencio, pero hubo otros atentados en Inglaterra. Nunca imaginé que me seguirían hasta Baristán.

Okam se quedó a medio camino de su silla.

—¿Quieres decir que también a ti están tratando de matarte?

—¡¿También?!

—Es el tercer percance que sufro —confesó Okam.

—¿Qué estás diciendo?

—El primero fue hace dos años.

—Pero... No entiendo...

—Pues creo que está claro. Si a ti quieren matarte y yo te voy a la zaga... ¡a alguien le sobramos!

Para no preocupar a nadie, entraron bromeando en palacio y fueron directamente a los aposentos de Okam. La pérdida de sangre y la cabalgada le habían agotado y apenas cerrar la puerta se derrumbó. Shalla, que le aguardaba cosiendo, lanzó un grito.

—¡Cierra el pico, mujer! —ordenó Kemal.

—¿Qué ha pasado? ¿Qué...?

—Es sólo un arañazo. Tu querido Okam no va a irse con Alá, pequeña. Trae paños para una cura y llama a mi tía.

Shalla salió disparada, pálida como un muerto. Okam se reconfortaba ante ella.

—Soy afortunado —dijo.

—Como un campo con una plaga de langosta —refunfuñó Kemal, deshaciendo el tosco vendaje y ayudándole con la camisa—. ¿Te duele?

—Tengo el brazo dormido. No comentes nada a mi madre. Digamos que ha sido un accidente, que se me disparó la pistola. Cualquier cosa.

—¿Por qué no decírselo?

—Por el mismo motivo que tú no quisiste contárselo a tu padre. Guarda silencio, por favor.

—Ya es imposible. Alguien trata de quitarnos a ambos de en medio. Soy el heredero de Baristán y casi con seguridad, si algo me pasa, tú asumirías el poder cuando mi padre decida dejarlo. Es algo que está pensado.

—¿Quién se beneficia con nuestra muerte?

A su mente acudió un nombre pero no lo pronunció. Okam no fue tan sutil.

—Adnina.

La primera esposa de Jabir, madre del pequeño Tarik, podría tener un poder absoluto si era su hijo quien se convertía en heredero.

—No me hago a la idea —musitó Kemal—. Adnina siempre ha sido una mujer serena, alejada de las intrigas. Ni siquiera cuando vivía mi madre se le vio un mal gesto. No la creo capaz de una traición semejante.

—¿Quién entonces? Las otras dos esposas de tu padre no tienen posibilidades de que sus vástagos alcancen el trono.

—¡No, Adnina, por Alá! Me cuidó como una madre cuando la mía murió.

—Yo también la quiero, Kemal, pero debemos mirar en esa dirección.

—Si mi padre llega a esa misma conclusión será otro duro golpe para él.

Okam insistió, terco.

—No digamos nada, entonces. Investiguemos por nuestra cuenta.

Kemal acabó por claudicar. En verdad todo apuntaba a la primera esposa, pero ¿qué tenían para acusarla? Por descontado que investigarían. El atentado de aquella tarde demostraba que su enemigo no estaba en Inglaterra, sino en Baristán. Alguien había enviado a los asesinos incluso a Londres para acabar con él, mientras aquí intentaban lo mismo con su primo.

Shalla no sólo volvió con Corinne y los útiles necesarios para la cura, sino que se trajo al propio Jabir. El bey quiso informarse sobre el percance y ellos se ciñeron a lo acordado, achacando el ataque a un par de renegados.

Corinne, más astuta, aguardó en completo silencio hasta que ellos acabaron de explicarse. Después, con absoluta claridad, dijo:

—Yo no creo en percances porque sí y sólo hay una persona a quien puede beneficiar la desaparición de ambos: Tarik.

Era una terrible acusación y así lo entendió Jabir.

—Estás hablando de mi segundo heredero y, por consiguiente, de mi primera esposa, hermana. Adnina no perpetraría una traición de ese calibre.

—Yo sólo he sacado mis conclusiones. ¿Acaso tienes tú otras, Jabir?

El bey no replicó. Si por algo se respetaba a Corinne era por lo acertado de su juicio a lo largo de los años. Sin embargo, le resultaba demasiado doloroso siquiera pensarlo.

—Hablaré con ella —dijo.

—¿Qué crees que va a responderte? Se pondrá a llorar y lo negará todo.

—Pero ella...

—Adnina ha perdido algunas de sus más preciadas joyas. Joyas que tú le has ido regalando todos estos años —razonó Corinne—. ¿Lo sabías? No, claro, ¿cómo ibas a saberlo.?

—Hablas con lengua filosa.

—Madre, no hay pruebas —intervino Okam, a quien atendía Shalla—. No podemos acusarla así, sin más.

—Puede que vosotros estéis ciegos. ¿Qué hombre no lo está cuando se trata de una mujer? —comentó ella mirando hacia su sobrino—. Pero yo tengo dos ojos. Conozco cada entresijo de este palacio. Incluso si hablan las piedras. Es mi cometido y tengo mis informadores. Sí, Jabir, mi red de espías, si quieres llamarlo así. Como tú tienes los tuyos. Y te digo que algunas de las joyas de Adnina ya no están en su cofre.

—¿Quién te ha dado permiso para hocicar en las cosas de mi esposa? —se irritó él.

—Yo misma. Tengo un hijo. Un único hijo, hermano. Y el amor que te profeso. ¡Eso me da licencia! Debo velar por vuestra seguridad. No me quedé parada después del primer atentado contra la vida de Okam. Investigué. —El joven se removió, inquieto, valorando hasta dónde llegaba el poder de su madre—. ¡Y registré las pertenencias de tus mujeres, sí! Y sólo en el caso de Adnina eché algunas en falta: los brazaletes de oro y rubíes que le regalaste al darte un varón, la diadema de brillantes cuando el muchacho cumplió el año, la gargantilla de...

—¡Basta! —frenó Jabir su lengua, pálido—. Basta te digo, Corinne. Si tus sospechas son ciertas, la vida de Adnina y su hijo no valen nada.

—El crío no tiene la culpa, padre.

—Es la pieza principal de la traición —repuso su tía—. Si ella está detrás de esto, es para que su hijo llegue al poder.

Jabir era, en esos momentos, un hombre acabado. Había envejecido de repente. Kemal deseaba reconfortarle, pero su tía no cejaba.

Corinne colocó una mano cariñosa en el brazo del bey, brazo que había dirigido con firmeza los designios de Baristán.

—Jabir, hermano mío, sabes que te quiero. Por nada del mundo desearía causarte dolor, pero los hechos hablan por sí solos.

Él cedió, turbado.

—Haremos averiguaciones y si estás en lo cierto, exiliaré a Adnina y a su hijo.

—Podrían regresar.

—No del lugar adonde voy a enviarles.

Un puñal hurgaba en el pecho de Kemal. Adnina le cuidó, curó sus heridas cuando se lastimaba, jugó con él, le enseñó y hasta le castigó si se portaba como un salvaje. ¿Cuándo la serpiente de la traición y el egoísmo anidaron en ella? Su exilio y el del pequeño Tarik le carcomían el alma, pero nada podía hacer. Al menos su padre había sido magnánimo, negándose a que fueran decapitados.

32

Christin estaba rendida y era tremendamente desdichada.

El arduo trabajo a que la obligaba Corinne minó sus ansias de libertad y solamente habían pasado tres días. No volvió a verla, pero sus órdenes gravitaban sobre ella.

Le asignaron los peores trabajos: limpiaba los suelos arrodillada, aseaba baños y retretes, sacaba brillo a las ollas de la cocina, renegridas ya del uso...

Pero lo más humillante no era el extenuante trabajo. Lo peor eran los grilletes y aquella odiosa cadena que la privaba de movimiento cada noche y le impedía dormir aunque caía exhausta sobre su jergón. Se hundía cada vez que el guardia le colocaba los hierros y luego, con lujuria babosa, acariciaba sus piernas sin que ella pudiera hacer gran cosa por evitar sus repugnantes sobos. El muy hijo de perra esperaba su derrumbe y su petición de clemencia para cobrárselo en su cuerpo. Maldecía cada segundo a Kemal por enviarla allí.

Ya no estaba protegida por nadie, ni pertenecía al harén y cualquier desaprensivo podría violarla sin dar cuenta de ello. Ya se lo advirtió Corinne.

Por fortuna, le dejaban algo de tiempo para bañarse después del trabajo. Más por higiene común que por aseo personal. Aquella noche estuvo todo lo que le concedieron metida en el agua. Sus músculos doloridos se lo pedían a gritos. Cada movimiento era un suplicio, como si la hubieran atado a un potro y estirado los miembros.

Se acostó y cerró los ojos. Hacía mucho calor y ni siquiera se cubrió con la sábana, sino que se puso de lado, en posición fetal, buscando el sueño benefactor. Debía habituarse a aquella vida. A días eternos arrodillada en el suelo y despellejándose las rodillas y las manos. Era el pago por el desprecio a Kemal.

¡Kemal!

Le dolía.

Había intentado, durante aquellos tres largos días, echarlo de su cabeza. Por todos los medios posibles. Se decía una y otra vez que lo odiaba, pero en el fondo de su corazón sabía que se mentía. Se despertaba por las noches y en sus inquietos duermevelas sentía el roce increíble de sus manos, la protección de su cuerpo, su boca. ¡Oh, Dios, cómo odiarle cuando le amaba tan intensamente! Sí, ¿a qué negarlo? Le amaba y ése era su peor castigo. Debería haberle aceptado aunque fuera como concubina. Hubiera sido su entretenimiento, pero también habría disfrutado, al menos durante algún tiempo, de la pasión que él le encendía. Por contra, ahora sólo podía añorar una presencia que se había evaporado.

Dios fue misericordioso con ella y le permitió caer en un sueño profundo.

Filtrándose por el ventanal, la luna derramaba su luz espectral sobre cada rincón de la habitación. Kemal suspiró ruidosamente y se levantó. Desnudo, caminó hacia el jardín y se quedó allí, apoyado en la puerta, atisbando la miríada de estrellas que titilaban en un firmamento de terciopelo azul oscuro. Las lucecitas lejanas le semejaron chispas en los ojos de su gitana cuando se enojaba. Su cuerpo llegó hasta él en una nube esponjosa. Se mesó el cabello. Se movió una sombra, se puso en guardia y el corpachón de su criado barrió la penumbra.

—¿Qué demonios haces a estas horas, Umut?

—Protegeros, mi señor. Tengo el sueño muy ligero y después de que os acostaseis eché un jergón en aquella esquina. Pero no me habéis dejado pegar un ojo.

—Lo siento. No puedo dormir. El calor...

—Ja, ja, ja... —se burló Umut.

—¿Qué es lo gracioso?

Umut se llegó hasta una mesa auxiliar y sirvió una copa de agua de limón a su amo. Se la entregó y dijo:

—No cabe duda de que Inglaterra os ha cambiado, mi príncipe. Antes erais más directo.

—Umut, no estoy de humor para adivinanzas.

—No es el calor lo que os impide dormir, mi señor. Vos lo sabéis y yo también. No soy más que vuestro sirviente, pero no me tildéis de tonto.

Kemal encajó la mandíbula y salió al exterior, donde la ardiente brisa envolvió su cuerpo desnudo. Los dos eunucos que montaban guardia ni siquiera parpadearon. Umut tenía razón. Había crecido en aquel clima y ni siquiera el sol ardiente del desierto le hubiera impedido dormir.

Christin.

¡Siempre Christin, condenación!

El pequeño duende se había metido debajo de su piel y no podía sacársela de allí. Lamentó una vez más haberse dejado llevar por su insensatez y alejarla de su lado. Ella le pertenecía y... No. No era así. ¡Por los huesos de Cristo, no era eso! Christin no era suya. Era exactamente al revés. Él se había convertido en su esclavo sin darse cuenta. Él quería tenerla siempre a su lado, pelear con ella cuando se enojaba, atrapar en sus besos sus gemidos de placer. ¿A quién quería engañar? ¿Cuándo y cómo sucedió? Estaba embrujado por aquella ninfa surgida del bosque en una cálida noche de verano y lo sabía.

—¡Umut!

—Sí, mi príncipe.

—¿Tú crees que ha llegado el momento de buscarme una condesa?

El eunuco, a sus espaldas, sonrió como un lobo. Su amo comenzaba a entrar en razón, se dijo. Carraspeó, escondiendo su regocijo.

—Y una princesa, mi señor.

El rostro ébano de Umut y la oscuridad que les rodeaba no le permitieron ver si se divertía, aunque sospechaba que sí. Chascó la lengua y se encogió de hombros.

—Sí. También sería eso.

—Bien, mi señor —repuso Umut, cuando entró de nuevo en la habitación—, si se me permite decirlo... Aún deberá aprender a comportarse como una dama. Y a no pelear con vos como una fiera, al menos en público, pero no cabe duda de que tiene porte y belleza. En la corte llamaría la atención.

—¿De quién diablos estás hablando, eunuco entrometido?

—¿De quién? —Umut se sinceró—. De la inglesa, mi príncipe. ¿De quién si no? ¿Qué otra mujer ha conseguido que gritarais como un poseso y rierais como un chiquillo? ¿Y qué mujer os ha quitado alguna vez el sueño?

Kemal intentó mostrarse severo. No lo consiguió. Dio una fuerte palmada en la espalda de su criado, se vistió y salió con dirección al ala de los criados. Umut suspiró hondo, recogió su jergón y regresó a su habitación.

—¿Dónde está la inglesa?

El guardia señaló con la barbilla el cuartucho que ocupaba Christin.

Kemal levantó el candil para alumbrar el pequeño receptáculo. Ella yacía desnuda sobre el estrecho colchón y durante un primer momento no vio otra cosa salvo aquel cuerpo de diosa descansando como una niña, las rodillas casi rozando la barbilla, los puños cerrados junto a la boca, su glorioso cabello negro y rizado en guedejas apelmazadas. Se le paralizó el corazón. Acarició con la mirada la espalda curvada, sus firmes nalgas, los muslos torneados, sus tobillos... Y vio los grilletes. Y luego descubrió la cadena que unía éstos a una argolla en la pared y se quedó petrificado. Tuvo que recostarse en la pared para recuperarse. ¡La habían encadenado! ¡Por Dios bendito! ¿Por qué?

El rugido que escapó de su garganta despertó a Christin. Gritó sobresaltada y se ahogó al ver quién era realmente. Un espasmo le recorrió la espalda. Pero el segundo de ensoñación se difuminó tan rápido como llegó. Estaba allí por su culpa.

—¿Has venido a recrearte en tu obra, milord?

No contestó. Tiró una y otra vez de la cadena.

—¿Quién te ha hecho esto?

—El guardia lo hace cada noche.

—¡Voy a matar a ese hijo de...!

—Sólo recibe órdenes —cortó ella—. ¡Tus órdenes, maldito seas mil veces! —acabó gritando, poniéndose en pie—. ¿Le vas a matar por cumplirlas?

Kemal estaba mareado. Una película de sangre pasaba rauda ante sus ojos.

—Yo no mandé que te pusieran grilletes. ¿Por quién coño me tomas, Christin?

—Por un hombre que se venga de una esclava —respondió tan furiosa como él.

La amó con tal intensidad que le quemó el pecho. Le llamaba como un canto de sirenas. Delante de él, desnuda y erguida sin pudor alguno, encadenada al muro, ondeaba aún el estandarte de su orgullo y le retaba.

El guardián, apostado en la entrada, esperaba que la marea no le barriera.

—¡Quítale esos grilletes! —le ordenó Kemal.

Lo hizo con rapidez y se retiró.

Christin se masajeó los tobillos y luego se quedó

allí, mirándole con altanería. Su cuerpo desnudo, bañado por la luz del candil, era del color de la canela.

—Sígueme —pidió él.

—¿Para qué?

—¿Para qué?

—Eso he preguntado. Si es que a una esclava se le permite preguntar a su amo.

—Vienes conmigo.

—¿Y dónde vas a encerrarme ahora? ¿En una mazmorra?

Soportó la puya. Ella le creía un monstruo y no era para menos. Llevaba días encadenada como un perro y estaba furiosa, pero no podía culparla.

—Vendrás a mis aposentos, Christin.

Ella echó la cabeza hacia atrás y se mantuvo firme, los puños apretados contra su estrecha cintura, las piernas abiertas y bien apoyadas en el suelo. A Kemal le pareció una diosa vengativa.

—¡Ni lo sueñes!

—¿Prefieres quedarte aquí?

—¡Toda la vida si es necesario!

—Bien —dijo Kemal—, no es eso lo que yo deseo. Cúbrete y sígueme.

—¿Es que no escuchas? ¡No iré contigo salvo que sea al infierno y para ver que te quedas en él!

El pecho de Kemal se expandió. Dejó la lamparilla en el suelo, con movimientos medidos. Sin previo aviso, se abalanzó hacia ella y la atrapó. Christin gritó y lanzó su puño golpeándole en la sien. Pero hasta ahí llegó la lucha y él la cargó sobre su hombro.

Le llamó algo muy feo.

—Umut tiene razón, gitana. Debes aprender modales.

Christin se quedó quieta. ¿Qué quería decir? ¿Le esperaba un castigo peor? El miedo la dejó desmadejada y las lágrimas llamaron a sus ojos.

Kemal atravesó el palacio con ella a cuestas. Los guardianes con los que se cruzaron escondían su mirada, pero Christin enrojeció de vergüenza porque él la llevaba como un cordero y desnuda. A la mañana siguiente todo el palacio hablaría de ello. Los eunucos parecían estatuas, pero ella sabía que cotilleaban como celestinas.

La dejó caer sobre la cama y ella se revolvió con una patada. La evitaron sus reflejos, tal vez porque se estaba acostumbrando a sus reacciones.

Y eso le dolía. Porque se le oponía. Aunque ahora le sobraban razones. Dudó de estar cuerdo queriendo desposarla.

Posó su mano sobre el estómago de Christin. Ella boqueó. Sus ojos se nublaron un instante.

Kemal, abriendo los dedos, acarició su vientre, ascendió hasta los pechos y atrapó uno, presionando ligeramente. Como su mano resbalara hacia su bajo vientre, apretó los párpados y cerró las piernas.

—Me deseas, duende. No lo niegues.

—Te odio.

—No es cierto. Deja de luchar contra mí. —Siguió acariciando sus muslos, ahora con las dos manos abiertas, enviando oleadas ardientes a las terminaciones nerviosas de Christin—. Deseas que te haga el amor, tenerme dentro de ti, gitana. Dilo.

—Antes me mordería la lengua.

—Dilo, bruja. —Y su mano se perdió entre los muslos.

—Nunca —jadeó, tercamente.

Los ojos de Kemal se convirtieron en dos trozos de plata.

—Claro que sí. Y te juro que acabarás pidiéndome lo que yo quiero escuchar.

No esperó más. Se deshizo de su ropa, caminó hacia el ventanal y cerró las cortinas, regresando luego junto a ella, gloriosamente desnudo.

Christin se sintió más vulnerable que nunca. ¿Para qué pelear? No podía. Pero es que, además, no quería.

Cuando él se colocó entre sus piernas y la miró a los ojos supo que no sólo iba a perder esa batalla, sino su propia guerra.

Kemal metió sus manos bajo ella y la tomó de las nalgas. Lo que hizo después la enredó, la quemó. Y se perdió en el limbo de su pelvis acercándose a la boca masculina.

Kemal aplicó el mentón al botón hinchado y aguijoneó sus defensas con la aspereza de la barba que ya despuntaba. Una ola de calor que se expandió por sus entrañas.

—No... te... atrevas... —desfalleció.

—¿Quién va a impedírmelo, bruja?

Su lengua reemplazó a la barbilla y ella elevó más su pelvis, escapándosele un gemido trémulo. Pero Kemal apenas la tocó. Por el contrario, la soltó. Chris tenía el rostro sonrosado del deseo y su triángulo, impúdicamente húmedo.

—¿Me deseas? Dilo, duende.

—Maldito seas.

—Esto puede durar toda la noche, Chris. Dímelo.

—No.

Kemal se incorporó y se acercó a la mesa de las bebidas, de donde volvió con una jarrita de zumo.

—Déjame ir, Kemal.

—Cuando escuche lo que quiero oír.

—¡No lo diré nunca!

—Como quieras, mi amor.

Vertió un poco sobre un pecho de Christin y lo extendió alrededor del pezón con un dedo. Se inclinó mirándola a los ojos, dejando que ella adivinara. Aplicó su boca al pecho, succionó, la escuchó gimotear. Repitió la operación en el otro, acariciando con los labios, lamiendo con su lengua. Christin vibraba sin vergüenza.

Vertió un poco más de zumo entre las piernas y ella se convulsionó, sudorosa, preñada de urgencia.

—Dime que quieres que te tome, que entre en ti. Dilo o por las barbas de Mahoma que...

—¡Te deseo, sí! —gritó vencida.

—Repítelo, duende, repítelo.

—Te deseo...

—¡Cristo...!

Si ella se hubiera resistido un poco más, Kemal se habría derramado sobre las sábanas. Le dolía el miembro, duro, turgente, exigiendo la culminación. Christin lo recibió y Kemal se aplicó en fuertes y rápidas embestidas. Llegaron a la cumbre y ella susurró su nombre y habló de amor mientras su cuerpo serpenteaba en los espasmos del orgasmo.

Christin regresó al mundo real poco a poco. Él, liberándola de su peso, se tumbó y la abrazó.

—De modo que me amas.

Sonreía, hinchado de orgullo. Ella hizo una mueca

y él la estrechó más fuerte. La besó en los labios, suavemente.

—Eres dura como el pedernal. Duerme, mi princesa.

Y Christin se durmió, la mejilla descansando en su pecho. Ella lo amaba, sí, y eso la hacía vulnerable. Porque para Kemal era sólo un pasatiempo.

33

El sol estaba alto cuando despertó, Christin pegada junto a él. ¡Por los dientes del diablo! ¡Ella lo amaba! Pesara a quien pesase la convertiría en su esposa, y que Dios les ayudara.

Con un estado de ánimo sin igual, salió de la cama sin hacer ruido para no despertarla y abrió la puerta. Umut estaba ya apostado en la galería.

—Buenos días —susurró.

—Buenos días, mi señor —contestó el eunuco en el mismo tono—. ¿Os duele la cabeza?

—¿Por qué lo preguntas?

—Habláis tan bajo que imaginé tal vez la resaca.

Kemal sonrió y se hizo a un lado. Umut asomó la cabeza y sonrió también.

—¿Puedo decir, mi príncipe, que habéis tardado mucho en decidiros?

—Prepara el baño a la futura condesa de Desmond.

Umut se inclinó ante Kemal y éste regresó al lado de Christin. Alá era magnánimo y todopoderoso. No lo dudó un instante al contemplar la joya que dormía en su lecho.

Ella monologó medio en sueños, estiró los brazos por encima de la cabeza, haciendo que sus pechos se irguieran orgullosos y perfectos, se dio media vuelta y se colocó boca abajo.

Kemal apartó su cabello al tiempo que besaba su nuca. Entonces lo vio. La marca. Se quedó lívido. Miró con más atención y fue como una puerta al vacío. Era un trébol. ¡¡¡Un maldito trébol!!! No era posible. ¡La hija de Nell!

Ni siquiera reaccionó cuando ella despertó y se encontró mirándola como si nunca la hubiera visto. Coqueta, ella le rodeó el cuello con los brazos. Le besó, pero Kemal estaba tenso.

—¿Qué te sucede?

Vio que le subía y bajaba la nuez de Adán antes de que se incorporara, alejándose. Recreó la vista en su cuerpo musculoso mientras se ponía los pantalones, una camisa suelta y las altas botas de montar.

—Kemal...

—Umut está preparando tu baño —dijo él un instante antes de salir de allí.

Christin se quedó mirando la puerta, aturdida, preguntándose qué había hecho ahora. Se levantó, se enrolló la sábana al cuerpo y ganó la sala de baños. Umut la saludó con una sonrisa y ella le correspondió de igual modo. A solas ya, se introdujo en la bañera y acogió el agua como un placer liberador que se superponía a los días de penuria y miseria que dejaba atrás.

Fue Laila quien le dio la noticia.

La joven criada estaba exultante de felicidad.

—¡Os vais, señora! ¡Alabado sea Alá en su misericordia, aunque yo os echaré de menos!

—¿Me voy? —Se tensó—. ¿Qué estás diciendo? ¿A dónde?

El filo del miedo hurgó de nuevo. ¿Kemal la mandaba fuera del palacio? ¿Después de confesarle...? Pero claro, ¿qué podía esperar? Le había abierto su corazón, pero él, en realidad, no se comprometió a nada, ni quería comprometer su libertad, ni como príncipe ni como aristócrata. Y ahora que pisoteaba su orgullo, que se rebajaba a ser su amante, o *ikbal*, o como diablos quisiera llamarla, la apartaba de su lado.

Dio la espalda a Laila para que no la viera llorar.

—¿Adónde me mandan? ¿O Kemal ha decidido venderme a un gordo comerciante?

—Pero ¡qué decís, mi señora! ¡Regresáis a Inglaterra, junto al príncipe!

La noticia bloqueó su capacidad de respuesta. ¡¡¡Inglaterra!!! ¡Regresaba a casa! La atacó un repentino mareo. ¿Y él la acompañaría? ¿Así, sin más, la dejaban libre?

Kemal la encontró sollozando en brazos de la criada.

La decisión que había tomado iba a suponer una tortura que desconocía cómo iba a superar, pero no podía volverse atrás. No había otro modo. Debía regresar con ella a Inglaterra y llevarla a Mulberry. Nell Highmore tenía derecho a saber que su llorada hija estaba viva. Porque no le cabía duda ya de que Christin era la heredera de su amigo. ¡Qué ciego estuvo! ¡Si bien mirado era un calco al óleo de la mujer colgado en el despacho de Nell! Salvo los ojos, verdes como los de su padre, era la viva imagen de su madre. ¡Y el condenado trébol era su carta de presentación!

Él la había tomado. En Baristán y de acuerdo a sus costumbres, sí. Pero ella era inglesa y a él, mal que le pesara, le corría por las venas la sangre de su madre. Su moral le obligaba. Desposaría a Christin, pero con el consentimiento paterno. Pero ¿cómo iba a explicarle que la había deshonrado? En Inglaterra las cosas no se hacían así. Nell estaba en su derecho de retarle a duelo y él no podía defenderse. No lucharía contra Highmore, nunca contra él.

Christin deshizo el brazo de Laila y corrió a refugiarse en sus brazos. Kemal la estrechó con fuerza, a sabiendas de que ignoraba cuándo podría volver a hacerlo, que ahora le estaba prohibido saborear su boca y su cuerpo de diosa pagana. Se contendría aunque viviera un suplicio. Porque la necesitaba más que al aire.

Se separó de ella.

—Llévate lo que quieras. Pero no te preocupes por la ropa, tendrás todo lo que necesites en el barco.

—Kemal... ¿por qué...?

—Alégrate de tu buena suerte y no preguntes. Piensa sólo que ninguna mujer salió de aquí sino para ser enterrada —le respondió con sequedad.

Mucho después de que él se fuera, Christin seguía devanándose los sesos. ¿Era un arrebato o había razones ocultas?

No volvió a verlo. Las noticias le llegaban siempre por boca de Laila, que estaba como loca. Preguntaba y preguntaba: sobre el clima, las costumbres, la religión, la gente... Fueron dos días interminables.

Se acercaba la hora de la partida y Christin estaba

cada vez más nerviosa. Le importaba ya muy poco si iban a Inglaterra o al centro del infierno, porque Kemal parecía haberla olvidado.

—Christin.

La suave voz de Isabella la volvió al mundo real y se fue hacia su amiga para abrazarla.

—Ven conmigo, Isabella.

—Me alegro por ti, pero no es posible.

—Si se lo pides a Okam, te dejará ir, él te ama.

—Por eso no voy a abandonarle. Yo también le amo, Chris, y estoy esperando un hijo suyo. Mi vida está a su lado.

Christin la besó en la mejilla.

—Espero que seas feliz.

—Lo soy, de verdad. Vamos, cuéntame, ¿qué sientes sabiendo que regresas a casa?

Christin se encogió de hombros.

—No lo sé. Realmente no lo sé, Isabella. ¿Qué va a pasar cuando lleguemos a Londres? Allí, Kemal es un aristócrata. Temo no volver a verle.

—Aquí has llegado a ser su *ikbal*, Christin. Has conquistado su corazón.

—No. Aquí llegué en calidad de esclava y nada pude hacer para cambiarlo. Aunque lo amo, en Inglaterra será todo distinto.

—A veces una amante tiene más poder sobre un hombre que una esposa, Chris.

—Me educaron de otro modo, lo siento.

—Aquí estabas dispuesta a ser solamente su favorita.

—Baristán ha supuesto una pesadilla. O un extraño sueño. Pero ahora regreso a la realidad.

La italiana movió la cabeza.

—Kemal no querrá perderte. O mucho me equivoco o él también te ama.

—Allí solamente podrá tenerme de una forma, amiga mía, o no me tendrá nunca. Yo no soy la clase de mujer que se somete por un título. No soy adecuada para el conde de Desmond.

34

La nave se hizo a la mar.

Una muchacha ataviada con un vestido de muselina verde se acodaba en la borda, los ojos acuosos observando alejarse la costa. Ninguno de los pasajeros podía siquiera imaginar que aquella elegante dama de cabello oscuro recogido sobre la coronilla y atado con cintas acababa de salir del harén del palacio de Jabir. Se cerraba la página más sangrante de su existencia.

¡Qué distinto era el viaje de regreso! El pasaje nada tenía que ver con el grupo de famélicos filibusteros capitaneados por el capitán Roland ¡que ojalá se pudra en la miseria! Las velas flameaban con la brisa, la cubierta destellaba a madera pulida bajo el sol. Aquél sí sería un viaje de placer. Volvía junto a los suyos.

—¿Feliz?

Christin se volvió con un rostro relajado al que le bailaba una sonrisa y se le agitaba el corazón en un pecho que se expandía en la presencia de su caballero inglés. El traje oscuro se ceñía a su magnífico cuerpo y le hacía parecer aún más alto. La camisa blanca y el corbatín, perfectamente anudado, resaltaban su atezado rostro.

—Sí —respondió—. Aunque también triste. Dejo a una buena amiga aquí. ¿No te entristece dejar a tu familia?

Kemal se acodó en la borda y dejó que su vista se perdiera en la lejanía. Baristán era ya una línea que se difuminaba en la distancia.

—He acabado por acostumbrarme. Voy y vengo. En realidad, creo que no pertenezco a ninguna de las dos partes.

Ella quería agradecerle su libertad, indagar sobre los motivos que le impulsaron a decidir su vuelta. Él parecía rehuirla, como si sus demonios no le dejaran. Guardó silencio hasta que él dijo:

—¿Qué te parece tu camarote?

—No he bajado aún.

—Entonces, deja que te lo muestre. No tendrás la comodidad de Baristán, pero es lo mejor que pude conseguir. Espero que tengamos un viaje agradable. —La tomó del codo y ella se sintió flotar.

Caminó a su lado, tratando de no pisar el ruedo del vestido. Le resultaba complicado moverse con aquellas ropas a las que no estaba acostumbrada. En la caravana siempre utilizó faldas amplias que apenas le llegaban al tobillo, y en Baristán... Bueno, allí casi no iba vestida.

—Ah, otra cosa, Christin —dijo él, como de pasada—. Durante el viaje eres lady Christin Highmore. Recuérdalo.

—¿Lady?

Kemal no dio más explicaciones y ella, simplemente, le siguió hasta los camarotes. El angosto pasillo les obligaba a ir muy juntos, pero él ni siquiera la tocó. Abrió el compartimento número 6 y le cedió el paso. No era muy amplio. Una litera, un armario, una mesa y dos sillas clavadas al suelo y algunos útiles de aseo en un rincón. El baúl con sus cosas, a los pies de la litera. Ella se paseó por la pieza y pegó la nariz al ojo de buey. Brincó como la niña que llevaba dentro al paso de los delfines que escoltaban el barco y él se acercó justo cuando ella se daba la vuelta. Chocaron. Christin se encontró acunada en el pecho masculino, sus manos tomándola de la cintura.

—Me gusta —musitó, hambrienta de proximidad.

Kemal carraspeó y la soltó, retrocediendo.

—Me alegro. En cuanto al hecho de presentarte como una dama... —Se disculpó—. Me pareció más conveniente que mostrarte como mi amante.

—¡Oh!

—Sé que no has recibido una educación esmerada, pero espero que no me dejes en evidencia. Habla poco, sonríe al que te sonría y trata de no tropezar con el ruedo del vestido.

Christin se estiró, ofendida. ¡Desde luego que no le enseñaron cómo mantenerse erguida en interminables metros de tela! !Vaya! De manera que ahora el caballero se avergonzaba de ella. ¡Muy bien! Le dio la espalda y se dedicó a sacar los vestidos del baúl para colgarlos. En realidad eran preciosos y alabó el gusto de quien los escogiera, pero no dijo ni palabra.

—Siento no haber podido conseguirte una chaperona.

—¿Una qué?

—Una mujer de compañía.

—¿Para qué? No soy una niña a quien tengan que proteger.

—No es normal que una dama viaje sin la compañía de una criada.

—Entiendo.

—Umut te traerá las comidas al camarote. Si necesitas algo... el mío es el número 10, al otro extremo del pasillo.

—Perfectamente. —Siguió a lo suyo. ¡Como si se iba al otro extremo del mundo!

—Que descanses.

Cuando se hubo ido, Christin lanzó uno de los vestidos al suelo y lo pisoteó. ¡Nunca se había sentido tan vejada! ¡Y ella creyó que los había comprado porque deseaba verla hermosa! Y era sólo para guardar las apariencias. ¡Lady Christin...! ¿Cómo dijo? ¡Ah! sí, lady Christin Highmore. ¿De dónde diablos se había sacado tal apellido?, pensó, pavoneándose por el camarote, emulando un contoneo pomposo.

Se paró frente al vestido que había tirado en el suelo. Chascó la lengua y lo recogió. Era precioso y lamentó su arranque de mal humor. Lo limpió lo mejor que pudo y lo estiró sobre la cama. Nunca había tenido nada tan hermoso.

Decidió descansar un poco antes de la hora de la cena e intentó quitarse el vestido para no arrugarlo. Le resultó imposible. No llegaba a los botones. Bajó el vestido, quitándoselo por los hombros y el corsé que la ahogaba. La tela se negó a pasar más allá de sus caderas. Desesperada, resolvió dormir con el maldito vestido puesto. Le pediría ayuda a Umut cuando viniera con la cena.

Así estaba cuando se abrió la puerta.

—Se me olvidaba decirte que...

Kemal se quedó mudo. Con la mirada turbia y conteniendo la respiración, entró y cerró. Se acercó, le dio la vuelta y se dispuso a desabotonar el vestido.

—¿Qué demonios crees que estás haciendo, mujer? Cualquiera podría haber entrado. ¡Otra vez, cierra la jodida puerta!

—Quería quitarme el vestido. ¡Odio este trapo! Es imposible que una mujer pueda vestirse y desvestirse sola.

—Para eso están las criadas.

—Nunca me hizo falta ninguna en mi caravana.

—Ahora no estás en la caravana.

Ella se volvió y le golpeó en las manos.

—¿Cómo diablos se supone entonces que voy a cambiarme? ¿O me vas a conseguir la chuperona?

—Chaperona —rectificó él.

—¡Como se diga! No la tengo, ¿verdad? ¿Qué debo hacer entonces, pasarme todo el viaje con el mismo vestido? ¿O andar desnuda por el barco?

Kemal cerró los ojos con fuerza. Le costaba respirar porque tenía delante la tentación: los ojos vidriosos de rebeldía, las manos en las caderas... y sus gloriosos pechos acosándole.

Respiró hondo y la miró a la cara, como si no existiese lo demás.

—Umut o yo te ayudaremos.

—¡Qué amabilidad!

—Vamos, date la vuelta —pidió. «Date la vuelta, por favor —rogó mentalmente—, y deja de balancear esas dos hermosas frutas delante de mis narices.»

Le dio la espalda y Kemal desabotonó la prenda con habilidad. Lo había hecho muchas veces, no era nada nuevo para él, aunque en esa ocasión sus dedos se movían inusitadamente torpes.

—Olvidé decirte que Umut te procurará agua para el aseo. No podremos bañarnos a diario, pero trataré de que tengas una bañera llena. Al menos, una cada tres días.

—¡Muy generoso!

Kemal salió. Se recostó en la madera, controlando la respiración agitada. ¡Maldito fuera! ¿Por qué se hizo la estúpida promesa de no tocarla hasta que el duque se la diera por esposa? Acabaría loco si aquella escena se repetía muchas veces. Ella no era consciente de lo que le hacía.

—¡En qué puñetera hora me convencieron para ir al campamento gitano!

Al tercer día, Christin decidió que no se pondría ningún vestido. No le permitían salir y para estar encerrada entre cuatro paredes que la estaban volviendo histérica, decidió que era más cómoda una simple enagua. Por lo menos el calor sería más llevadero.

Pasaron dos largos días más y Christin se dijo que ya había soportado suficiente. Abrió la puerta. Umut, ¡cómo no!, montaba guardia.

—¿Puedes ayudarme?

Eligió un vestido de organdí blanco de escote redondo y mangas hasta el codo y recogió su largo cabello en una cola de caballo. Sin mediar palabra salió del camarote. El criado fue inmediatamente detrás y quiso detenerla.

—¡Ponme una mano encima, condenado eunuco, y daré tales alaridos que serás arrojado por la borda! —le avisó—. ¡Con un poco de suerte, también podría acompañarte tu amo! ¡Y si hubiera tiburones, mejor!

Umut escondió una media sonrisa y optó por escoltarla.

Cuando la acarició la brisa, Christin olvidó su malhumor. Estaban en mar abierto y el día era soleado y claro. Inhaló aire puro y comenzó a pasear por cubierta. Algunos pasajeros la saludaron al cruzarse. Dos damas se protegían con sombrillas. ¡Maldita la falta que le hacían a ella! Ella adoraba la sensación de libertad que le transmitían las gotitas salitres en su cara. Se acodó en la barandilla de babor y miró a lo lejos.

35

Lo convirtió en algo habitual. Salía a cubierta con Umut y era con él con quien hablaba. No hubo otra forma de sacudirse el tedio.

Al menos, hasta esa mañana.

Aparecieron nubes blancas en el horizonte. Se fueron entretejiendo y el cielo se oscureció.

La tormenta comenzó de modo súbito.

El barco se convirtió en una cáscara de nuez y la lluvia arrasó la cubierta y se coló escaleras abajo, hasta el pasillo de los camarotes. Todo el mundo achicaba agua.

Christin soportó los embates que la lanzaban de un lado al otro de su compartimento. Caía, se levantaba y volvía a caer. A través del ojo de buey las olas parecían monstruos. La tripulación debía estar librando una batalla feroz contra una hidra vengadora. Y ella estaba allí, como una rata encerrada en una jaula. No se sentía a salvo, ni mucho menos, y la rondó un ramalazo de temor.

Un fuerte estruendo la puso en guardia. Era como si la nave se hubiera partido por la mitad. Por entre el batir del oleaje, el ulular tenebroso del viento y los crujidos del maderamen creyó oír imprecaciones o lamentos.

No pudo soportar más y salió del camarote para saber qué sucedía allá arriba. A pesar de todo, prefería estar a cielo abierto por si el barco se iba a pique. En el exterior tendría alguna posibilidad. Nadar, tal vez. Aferrarse a alguna tabla salvadora. Tenía respeto al mar, por supuesto, pero la aterrorizaba más hundirse en la panza del barco.

La cubierta era un caos. El palo de mesana había sido alcanzado por un rayo, se había partido por la mitad y cayó sobre un marinero.

Lívida, con el estómago en la boca, se topó con el desastre.

Entonces le vio.

Unos pantalones, camisa abierta hasta la cintura y botas altas. El oscuro cabello de Kemal le caía sobre la frente, chorreando agua.

—¿Qué demonios haces aquí? —El barco pegó un bandazo—. ¡Por Dios bendito, mujer, ve abajo! —le gritó—. ¡Llévala abajo! —le ordenó a Umut.

Sobre las jarcias se balanceaba angustiosamente otro marino al que el ventarrón vapuleaba sin compasión. Cayó de cabeza y el mar silenció su alarido. Christin no acudía mucho a Dios, pero le rezó con más fe que nunca.

Poco a poco la tempestad fue cediendo y regresó la calma. La nave había sufrido daños, pero no tan severos como para poner en peligro la seguridad del pasaje. Recalarían en el primer puerto, llevarían a cabo las reparaciones y seguirían rumbo a Inglaterra. Habían perdido, desgraciadamente, a dos marineros y había algunos más contusionados. Aquello era irreparable.

Pero no vio a Kemal por ninguna parte y regresó abajo. Al pasar junto a su camarote escuchó hablar y se paró.

—*... öldürmek... kan... öldürmek...*

Asesinar... sangre... asesinar... La voz cambió al inglés, aunque lo que oía carecía también de sentido.

Empujó la puerta. Kemal se debatía en el catre. Se acercó a él y observó que estaba dormido y tiritaba. Buscó alguna bebida fuerte y encontró un botellón de brandy en la alacena. Le incorporó ligeramente y le hizo beber un buen trago directamente de la botella. Le arropó, pero él seguía temblando, presa de la fiebre. Sin dudarlo, se quitó la bata y el camisón, abrió las cobijas y se metió en la litera, abrazándole. Como si Kemal la esperara en su inconsciencia, se relajó al momento. Lo abrazó para traspasarle su calor, susurrándole al oído mientras le acariciaba la nuca y se sumergía en un sueño reparador.

Apoyado en un codo, se embelesó con su perfil de diosa.

El sol entraba a raudales por el ojo de buey y se descomponía en un arco iris que acariciaba el cabello de Christin. Uno de sus brazos descansaba sobre su cadera.

Estaba confundido. ¿Qué había pasado la noche anterior? Sólo recordaba haber bajado al camarote, más muerto que vivo, tiritando de frío y extenuado. Ni siquiera recordaba haberse desnudado. Sin embargo, al despertar, encontraba a Christin abrazada a él y durmiendo plácidamente. ¿Por qué diablos estaba en su cama?

La fiebre aún le atenazaba, pero estaba dichoso de seguir vivo después de aquella noche infernal, en la que temió que todos se irían al fondo del mar.

Christin, medio dormida, se pegó un poco más a él. Kemal dejó de respirar.

De pronto, como impulsada por un resorte, Christin se sentó, sujetando el cobertor a su pecho. Buscó su ropa pero sólo vio a Kemal en la misma postura. No había movido un músculo, apoyado en un codo, mirándola fijamente. El problema era que estaba completamente desnudo. Le lanzó el cobertor y apareció en él el relámpago de su sonrisa.

—Me venció el sueño, lo siento —le dijo ella a modo de disculpa—. ¿Te encuentras mejor?

Con su reacción pudorosa, Christin había vestido a un santo para desnudar a otro y eso regaló a Kemal una amplia visión de su cuerpo. Y una excitación incipiente. Con sólo mirarla, su entrepierna le traicionaba. ¿Cómo diablos iba a soportar el ayuno?

—¿Por qué?

—¿Qué? —respondió, envuelta ya en la bata que se sujetó al cuello con ambas manos.

—¿Por qué estabas en mi cama?

—Porque te encontré en estado deplorable. Tiritabas y delirabas.

—Aún tengo fiebre —ironizó.

—¡Como si te consumes! —le gritó, captando la doble intención. Y se fue dando un portazo.

Pagaron una sobretasa en los astilleros de Cádiz y las reparaciones duraron solamente dos días. Casi todos los pasajeros bajaron a tierra. Christin prefirió quedarse en el barco. Kemal y ella se evitaron definitivamente el resto del viaje.

Por fin, un amanecer, avistaron la costa inglesa. La alegría de llegar sanos y salvos resultó contagiosa. La nave atracó durante un día en Plymouth donde descendió una parte del pasaje y después continuaron rumbo.

Se adentraron por el canal de la Mancha hasta Dover. Al anochecer del día siguiente, echaban ancla en el puerto de Londres. Habían estado casi dos meses en el mar.

36

El corazón de Christin latía como un cabritillo, lista para pisar de nuevo Inglaterra. Deseaba fervientemente volver a ver el arrugado rostro de Mané, a Víctor, a Fátima, abrazar a toda su gente. Tendría que averiguar dónde situarles, aunque eso era un problema menor: seguían unas rutas más o menos prefijadas y por esas fechas debían estar en los alrededores de Gloucester. Y aún conservaba algunas esmeraldas con las que se pagaría manutención y desplazamientos.

Inspiró un aire viciado de olores del puerto, que bullía de actividad: marineros en busca de patrón, muchachuelos dispuestos a ganarse unas monedas a cambio de cualquier trabajo, prostitutas rastreando clientes. ¡Estaba en casa! ¡El entorno que ella conocía!

Umut, subido en el pescante, junto al conductor, se acercaba a la nave.

—Parece que ya nos ha encontrado un coche —informó Kemal.

—Me parece bien. Supongo que es aquí donde nos despedimos entonces, milord —repuso ella.

—Ustedes dos —se dirigió él a los mozos—, carguen estos baúles en ese carruaje.

—¡Este mediano, no! —negó Christin—. Yo no voy contigo.

—No me gustaría montar un escándalo aquí en medio. ¡Claro que vendrás conmigo!

Christin clavó los pies en el suelo.

Él no disputó. Cargó con ella y bajó la pasarela, llegó hasta el coche y la arrojó dentro, montó y cerró la puerta. Tan pronto estuvo en el interior, la mano de Christin le cruzó la cara.

—¡Oh, Señor! —dijo muy ufana—. Deseaba hacer esto desde que te conocí.

Consciente de que no podía hacer otra cosa, se retrepó en el asiento y emprendieron la marcha.

Durante el trayecto, traqueteando sobre el camino, Christin se entretuvo en mirar por la ventanilla. Se acercaban a una zona residencial y el cielo se encapotaba.

Pararon y Kemal salió del coche, dio unas cuantas instrucciones y luego la ayudó a bajar. Christin se apeó con toda dignidad, aceptando su mano.

—Bienvenido, milord —le saludó una mujer robusta de sonrosadas mejillas y mirada vivaz, observándola de reojo.

—Mi ama de llaves —presentó Kemal—, la señora Pitt. Ella es mi invitada, lady Christin.

—Encantada, milady. No ha tardado mucho esta vez, milord. No le esperábamos tan pronto.

—Siento las molestias, Madelaine.

—¡Milord! ¡No es molestia tenerlo de nuevo en

casa! Mandaré preparar de inmediato una habitación para la señorita.

—La verde.

—Desde luego, señor.

La mansión era espléndida. Cuadrada, con dos torreones que la flanqueaban. El interior, elegante pero discreto. Resultaba acogedor. Un espacioso hall iluminado por tres arañas alineadas y una escalera doble que ascendía al primer piso les dieron la bienvenida. Espió de reojo a Kemal. Parecía encontrarse tan cómodo allí como en el palacio de Baristán.

Madelaine Pitt condujo a Christin hasta sus habitaciones, situadas en el primer piso. Su baúl la esperaba a los pies de la cama y el ama de llaves abrió las cortinas mostrándole una vista inmejorable: una alfombra de hierba verde por la que zigzagueaban senderos que se abrían a un pequeño lago escoltado por álamos frondosos.

—Espero que sea de su agrado, milady.

—Es precioso, gracias.

Y no mentía. Kemal lo llamó el cuarto verde. Nada más apropiado. Un edredón verde agua, los cojines diseminados sobre él de un tono más oscuro, como las cortinas y la suntuosa y mullida alfombra Aubusson. Verdes claros a rayas en la tapicería. Los muebles, sobrios y macizos, de madera oscura. Incluso los frascos apilados delicadamente sobre la coqueta eran de cristal verdoso.

—Enseguida le preparo el baño, milady.

La mujer abrió una puerta al fondo de la habitación y ella la siguió, felicitando mentalmente al decorador. El cuarto de baño era amplio, de baldosas verde lima, con una bañera que bien podía acoger a tres personas y grifería ligeramente ostentosa. Minutos después se encontraba sumergida en agua caliente y espumosa.

—Le subiré algo de cena, milady.

—Gracias, señora Pitt, es usted un ángel —agradeció sus atenciones sin abrir los ojos.

Relajada, disfrutando de la agradable sensación de la espuma, se preguntó qué pasaría ahora. Kemal no podía retenerla.

—¿Es todo de tu agrado?

Se le escapó un grito de alarma y abrió los ojos al tiempo que se sumergía en el agua hasta la barbilla.

—¿Qué haces aquí?

—Siento haberte asustado, no era mi intención. Sólo vine a ver si necesitabas algo.

—Se lo haré saber a tu ama de llaves. ¡Qué curioso! No he visto aún una encargada de harén, alguien como Corinne.

Él sonrió de pie como estaba, colgando su chaqueta al hombro sujeta por un dedo y sin corbatín, sólo con sus ajustados pantalones y su camisa blanca. Seguía pensando que era muy atractivo.

—En cada lugar —dijo Kemal— vivo de acuerdo a sus costumbres.

—Claro. Aquí no hay concubinas —confirmó ella, mordaz.

—No. No las hay. Pero los invitados son igualmente bien atendidos.

—¡Yo no soy una invitada! Y quiero reunirme con los míos.

—Irás con los tuyos —afirmó, extrañamente conciliador.

—Mañana mismo —insistió ella.

—Temo que eso no va a ser posible, gitana. Necesitaré, al menos, un par de semanas.

—¿Un par de semanas para qué?

Kemal se acercó a la bañera y ella se hundió un poco más. Se inclinó y la besó en la punta de la nariz.

—Para pulirte un poco.

Se fue. Mucho rato después, Christin aún se preguntaba qué diablos había querido decir.

37

Tenía muy meditado lo que quería hacer cuando usó el «pulir». Lo supo cuando le presentaron a un hombre alto y enjuto, al que debía llamar *monsieur* Briquet. Fue durante el desayuno. Estaba sentado en el comedor, a la derecha de Kemal. Tan pronto entró ella, se incorporó, saludándola con una inmejorable reverencia.

—*Mademoiselle*. Es un placer.

—*Enchanté* —saludó Christin—. *Asseyez-vous, s'il vous plaît*. —Y aceptó que él retirara su silla.

Él la miró satisfecho.

—¿Habla usted mi idioma? —le preguntó, volviendo a su lugar.

—Lo suficiente.

Y a partir de ahí Kemal se sintió un intruso durante todo el tiempo. Ella departió con Briquet y no le dedicó ni una mirada.

—Y es lógico que un caballero como el conde de Desmond —dijo en un momento dado Briquet— desee a su lado la acompañante más adecuada. Para eso estoy yo aquí.

—*Vous êtes trompé* —intervino Kem, dejando su

servilleta y levantándose—. Ella no es mi acompañante, sino mi pupila... por el momento.

Briquet enrojeció brevemente y Christin acudió en su auxilio.

—*Monsieur* Briquet, ¿sería factible impartir también alguna clase a milord? —Al francés se le ahuecaron los ojos de sorpresa—. Creo que sus modales son aún peores que los míos.

Kemal, a largas zancadas, abandonó el comedor.

Christin decidió que el nuevo juego no era tan aburrido. Ciertamente, se desenvolvía en francés, pero era el idioma de la calle, el que aprendiera vagabundeando, nada que ver con el refinado de *monsieur* Briquet. Se dijo que nada perdía en aprovecharlo. El saber no ocupaba lugar y ella aprendía rápido. Por otra parte, tampoco era probable que pudiera escapar de allí. También vio apostados guardias día y noche.

Briquet resultó ser un tipo encantador, pero estirado y puntilloso. Constante y machaconamente corregía su modo de comportarse: su manera de hablar, su caminar, el movimiento de sus manos, cómo debía sujetar los cubiertos, colocar la servilleta. Si caminaba deprisa cuando debía ir despacio o si alzaba la voz cuando debía susurrar.

Estaba soportando una de aquellas pesadas diatribas, mientras tomaban el té, cuando escucharon la llegada de un carruaje.

—Al parecer tenemos visita —se aventuró Briquet—. Una inmejorable ocasión para que muestre lo que ha aprendido, *mademoiselle.* —Y le ofreció su brazo.

El coche lucía un escudo en el costado. Un criado

de librea abrió la puerta y bajó la escalerilla. Descendió un sujeto alto y bastante guapo de cabello leonado al que se acercó de inmediato la señora Pitt.

—Señor, es un placer volver a verle.

—Está usted tan guapa como siempre, Made. Cualquier día de éstos le propondré matrimonio.

—¡Oh, vaya, señor! —gorjeó ella—. Veo que no ha perdido el buen humor.

—¿Dónde está ese engendro de Satanás?

—¿Se refiere a milord, señor?

—¿Hay algún otro demonio por estos contornos?

El recién llegado siguió a la señora Pitt escaleras arriba. Descubrió a Christin y se quedó clavado en el segundo peldaño. Sus ojos acariciaron aquel rostro y descendieron descaradamente por su figura.

—Creo que nos conocemos, ¿verdad?

—Lo dudo, señor —repuso Chris.

—Soy Alexander Warley —dijo, ascendiendo lentamente.

—Es un placer. —Ella hizo gala de sus buenas maneras recién adquiridas ofreciéndole una mano que él tomó, inclinándose.

—¿Le han propuesto ya matrimonio? ¿No? ¡Entonces, cásese conmigo! —bromeó.

—Por ahora es mi pupila y pienso protegerla de indeseables como tú —oyeron a Kemal a sus espaldas—. ¿Cómo estás, Alex?

La cena resultó muy entretenida. Alex se dedicó en cuerpo y alma a Christin y ella no paraba de reír ante su divertido acoso.

—¡Ahora recuerdo! —dijo Alex de pronto, palmeándose la frente—. ¡El campamento gitano! —Miró a Chris con adoración—. ¡Tú eres la chica que bailaba aquella noche!

Christin se envaró. Dejó la servilleta muy despacio.

—Exactamente —contestó.

—¡Oh, vaya sorpresa! —Él se quedó perplejo—. Y ¿puedo saber cómo has llegado aquí? —dijo, buscando respuestas en su amigo.

Kem se levantó y se sirvió una buena ración de brandy. Se apoyó en la chimenea y dejó vagar su mirada en los chisporroteantes troncos... Ahora venían las explicaciones a aquel bocazas...

—Soy algo así como un dolor de muelas para milord, del que no quiere desprenderse —replicó ella.

—Lo has sido, ciertamente —convino Kemal.

—¿Entonces? —siguió Alex—. ¿Qué me he perdido?

Ninguno de los dos le sacó de sus dudas.

Warley se despidió por la mañana. Kemal habló durante unos minutos con él antes de que subiera al coche. Después, el propio conde palmeó el lomo de uno de los caballos para que el carruaje partiera.

Christin les observaba desde la ventana del comedor.

Kemal entró minutos después. Estaba muy serio. Y muy guapo con aquel traje oscuro y el prístino corbatín que acentuaba el atezado de su cara. Se sirvió una taza de café negro y dijo:

—Umut te ha traído unas cuantas cosas. Están en el saloncito azul.

—¿Qué cosas?

—Un ajuar.

—¿Un qué?

—Necesitas ropa.

—¿Y la encargaste a ojo?

—Conozco muy bien tu talla, duende —sonrió él por primera vez desde hacía días.

Le gustó que lo dijera. Sí, él conocía muy bien su talla.

—En la caravana no voy a usar estos vestidos —le dijo—. Estás tirando tu dinero, milord.

—Nadie ha dicho que vayas a usarlos en tu caravana.

—Entonces no...

—No discutas conmigo —zanjó él—. Ve al salón y pruébate todo.

Christin pasó buena parte de la mañana probándose las prendas. No sólo había vestidos, sino enaguas, camisones, batas, zapatillas, zapatos de tacón, echarpes, medias, guantes, sombreros... La cantidad de cajas le levantó dolor de cabeza. Por contra, la señora Pitt estaba encantada.

—¡Ah, milady! —suspiró, mostrándole un vestido de gasa blanco—. Es una maravilla, ¿no es cierto? Milord debe de estar muy enamorado de usted.

¿Enamorado? ¿Kemal? Se debía estar gastando una fortuna en todo aquello, pero seguía sin entender qué se proponía reteniéndola.

En ésas estaban cuando él abrió la puerta del salón y asomó la cabeza.

—¿Puedo pasar?

—Huelga la pregunta puesto que ya estás dentro.

Kem se acomodó en el brazo de un sillón y apreció las prendas.

—¿Es todo de tu agrado? Si algo no te gusta, puedes devolverlo.

—Todo es precioso, pero no lo quiero.

—Lo siento, pero vas a tener que usarlo.

—¡Empiezo a estar harta de que me digas lo que debo hacer! Quiero respuestas y las quiero ahora. En realidad estoy secuestrada en esta casa. ¿Sabes que es un delito que puede suponer la horca?

La señora Pitt se escabulló de inmediato.

Malhumorada, soltó un manotazo a algunas cajas y pateó algunas ropas. Las manos de Kemal la detuvieron.

—Basta ya de tonterías y recoge todo este desastre.

—Recógelo tú si quieres. Es tu ropa y tu dinero.

—Christin... —amenazó Kemal.

Por toda respuesta, ella se cruzó de brazos y le dio la espalda.

—No tengo ni la más mínima intención.

Él no respondió. Simplemente, la dejó. Y ella, pasados unos minutos, empezó a ordenarlo todo. Era una lástima estropear una ropa tan cara.

38

A pesar de unos primeros días inseguros, las clases de baile le entusiasmaron y ya podía acompañar a Briquet en pasos y danzas variadas. Tres músicos desgranaban las melodías a la petición del profesor.

—Sentiré abandonar Desmond House —comentó el francés en uno de los giros.

—¿Os vais?

—A finales de esta semana. Mi trabajo ha concluido, *mademoiselle*.

Christin ejecutó un desplazamiento especialmente complicado y preguntó:

—¿Por qué os contrató el conde, *monsieur*?

—Creí entender que iba a presentaros a alguien. Más largo ese paso. Eso es. Perfecto. Elegancia ante todo.

La pieza acabó y Briquet pidió una nueva pieza. Apenas había enlazado el talle de Christin cuando entró Kemal.

—¿Puedo robarle a su pareja, *monsieur* Briquet?

—Por descontado, milord.

Los compases de la música inundaron el salón y

Christin siguió los pasos de Kemal con soltura. Ella no apartaba los ojos de su cara. Se sentía etérea, flotaba. No necesitaba aplicarse, simplemente bailaba, absorbida por la música.

Finalizó la pieza, permanecieron brevemente enlazados y Christin le hizo un guiño pícaro.

—Le felicito, profesor —dijo él, separándose. Christin se sintió como un huérfano—. Creo que le aumentaré la prima prometida.

—Muy generoso de su parte, milord. —Cuando Kemal se marchó, se acercó a la joven y le besó la mano—. Sois un ángel.

«Y el conde de Desmond un demonio», pensó la joven, del que estaba profundamente enamorada.

—Esta tarde iremos de visita.

La tostada se quedó a medio camino de su boca.

—¿Una visita?

—Te pondrás el vestido blanco. Y esto es para ti —dijo, empujando hacia ella una caja de terciopelo azul.

La abrió. Una gargantilla de diamantes y pendientes a juego la saludó en una salva de destellos.

—Y ahora ¿por qué? —preguntó.

—No seas mordaz, pequeña. Sólo lúcelo esta tarde. Y por favor, no lo vendas.

Christin se sonrojó y agachó la cabeza.

—¿A quién vamos a ver?

—Es una sorpresa.

—No entiendo qué está pasando, Kemal. No comprendo nada, ni por qué estoy aquí, el porqué de tus desvelos. Éste no es mi mundo. El mío está entre los gitanos. ¿Por qué no quieres entenderlo?

—Hay cosas que desconoces.

—¿Qué cosas?

—Esta tarde conocerás las respuestas.

Se puso el vestido y la señora Pitt le abrochó los pendientes y la gargantilla. Ante el espejo de cuerpo entero, Christin no encontró por ningún lado a la gitana; sólo a una mujer exquisitamente elegante y desconocida que la observaba desde el otro lado.

—No la reconozco. ¿Quién es?

Madelaine Pitt festejó la broma y le entregó un bolsito y los guantes.

—Una joven preciosa, milady.

Kemal la esperaba al pie de la doble escalinata. Espléndido era un adjetivo muy pobre para describirlo. Un repentino brote de deseo la impulsó a bajar deprisa.

—Es muy posible que mañana haya algún duelo —musitó él, al tiempo que la cubría con una capa—. Tendré que retar a más de uno en cuanto te vean.

Ella se sonrojó de placer.

Umut acudió presto a entregarle capa y sombrero y les acompañó al carruaje que ya aguardaba.

Christin se sentía como una princesa. Vestía primorosamente, le acompañaba el hombre más apuesto del mundo y acudía a presentarse en sociedad. No estaba de más saborear aquellos momentos deliciosos... mientras duraran.

Atravesaron Londres y continuaron hacia el norte.

Observando de hito en hito los claroscuros que la lamparilla dibujaba en el rostro de Kemal, preguntó:

—¿Adónde vamos?

—A Mulberry.

Dejaron atrás las luces de la ciudad y rodaron por un camino de grava. Christin se asomó por la ventanilla y descubrió el castillo. Se le cortó el aliento. De piedra rojiza, sus cuatro torreones cilíndricos armonizaban perfectamente con la cuadratura de la construcción principal. Un arco de entrada de tres profundidades al que se accedía por un puente de piedra que, probablemente, sustituía al antiguo puente levadizo. Ventanas estrechas y altas, casi eclesiales, donde los rayos del sol descomponían los colores de las cristaleras. Magnífico y suntuoso. Un deleite para los ojos.

Kemal se apeó y ella se arrebujó en su capa. No tenía frío, pero de pronto se sentía fuera de lugar.

—Espera aquí —pidió el conde—. Será sólo un momento.

Obedeció y se acomodó, un poco cohibida. Impresionaba el lugar. Las alargadas ventanas y la solidez de los muros, como si la observasen, le trasmitían cierto desasosiego.

Apenas entrar en el hall, Kemal se encontró con Trevor Highmore y se saludaron.

—¿Dónde está tu tío? Necesito hablar con él urgentemente.

—En su despacho.

Conocía el castillo como su casa, de modo que se dirigió hacia allí. El de Mulberry se alegró de su regreso y empezó a preguntar sobre Baristán. Kem le interrumpió.

—Tengo que hablarte de algo muy importante, Nell.

Nell se acomodó y esperó, intrigado.

Kemal sirvió dos copas de brandy y le entregó una, tomando asiento frente a él. Le temblaban las manos.

—Tengo a una persona en el coche —empezó—. Una muchacha...

—¡Acabemos! —El duque se incorporó—. Me vas a presentar a tu nueva amante. Alex me lo contó.

Kem se levantó también. Le resultaba imposible permanecer inmóvil. Había planeado todo perfectamente, pero ahora, delante de Nell, no acertaba a explicarse. Highmore dejaba de ser su amigo y sólo veía en él al padre de Christin, y estaba aterrado. Tenía que darle tantas explicaciones que no encontraba la manera.

—Quiero que la conozcas. No es mi amante.

—Bien, vamos allá. —Pero Kem le detuvo.

—Debes conocerla aquí. En este cuarto.

Los ojos verde esmeralda del duque se achicaron. Idénticos a los de Christin. Cuanto más miraba a Nell, más gestos comunes encontraba en ella.

Highmore acabó por encogerse de hombros.

—De acuerdo —dijo—. No sé qué coño te traes entre manos, Kem, pero vamos a verlo de una vez.

Abrió la puerta y le cedió el paso.

Era el típico refugio masculino. Paredes cubiertas de estanterías y muebles pesados y oscuros. Varios candelabros lanzaban una luz mortecina que se unía al fuego de la chimenea. Todo estaba en silencio y repentinamente se le erizó el vello de la nuca. Tenía la sensación de haber estado allí antes. La misma extraña zozobra que le rondó ante las ventanas del piso superior. Algo familiar, sí, pero nada tranquilizador.

Una exclamación se le subió a la boca: el óleo que colgaba sobre la repisa de la chimenea absorbió toda su atención. Se acercó un poco más y se agrandó su sospecha. ¡Por todos los santos! Era ella y con un vestido tan similar al que llevaba que el pánico le ciñó el corazón.

—¿Kem, qué...?

Al volverse, el hombre que, a su vez, fijaba en ella sus ojos verdes, que se movían entre el desconcierto y la alarma, parecía levitar. Era moreno, atractivo, con vetas plateadas en las sienes. A su lado, Kemal permanecía varado, como una estatua.

—¿Quién es usted? —Retrocedió ella un paso cuando él se aproximó—. ¿Qué es todo esto?

Nell Highmore no podía creer lo que estaba viendo. A sus labios acudió un nombre.

—Shylla.

—Shylla era mi madre —repuso Christin con un hilo de voz—. ¿Quién es usted? ¡Maldito seas, Kem, explícate! —estalló.

Highmore despertó de su ensoñación. Buscó el apoyo de un sillón y se derrumbó en él. No podía apartar los ojos de la muchacha.

—Ella tenía tu misma edad cuando se marchó —murmuró, con un nudo en la garganta—. Eres su viva imagen.

—¿Conoció usted a mi madre? —preguntó Christin, atónita.

—La conocí, sí. Claro que la conocí. Es ella. —Señaló el cuadro—. ¿No te habló nunca de mí, Christin?

—¿Cómo sabe mi nombre?

—Yo te lo puse. Llevas el nombre de mi madre, tu abuela paterna.

A Christin se le estaba parando el mundo. ¿Su abuela paterna? ¿Su madre? Un agobio repentino la aturdió. Le escocían los ojos. Se volvió hacia la pintura y un escalofrío le recorrió la espalda. Le acechaban pulsiones de llanto o tal vez de risa histérica. ¿Aquella mujer era su madre? Y su padre...

—Christin —intervino Kem—, él es el duque de Mulberry, Nell Highmore, tu padre.

—¿Highmore? —Le miró como una beoda—. Me hiciste usar ese apellido al subir al barco.

—Es tu verdadero apellido.

—El de mi madre era Landless.

—Pero tú llevas el mío, muchacha —sentenció el duque, poniéndose en pie, repuesto de la impresión—. ¡Eres mi hija!

39

Cuando volvió en sí lo primero que vio fue el rostro de Kemal. Y no lo pensó dos veces.

Lanzó el puño derecho y alcanzó la boca del conde con un gancho pugilista.

—Nos diste un buen susto, cariño. —Nell sujetó cariñosamente su mano, sentado en el borde del sofá donde la tendieron tras desmayarse—. Pero ya veo que te encuentras perfectamente. ¿No crees, Kem? —dijo maliciosamente a su amigo que aplicaba un pañuelo a su boca—. ¡Gracias a Dios, Christin! Te creí perdida para siempre. Tu madre me abandonó llevándote con ella. Os busqué por media Inglaterra. Dios sabe que lo hice, pero no pude hallaros.

—Murió. —Le estallaba la cabeza. ¿Aquel hombre era su padre? ¡Y ella de vagabunda a dama de la noche a la mañana?

—Sin decirte nada del lugar al que pertenecías —reprochó Highmore.

—Nunca me habló de este castillo. Ni de usted. Sólo

me dijo que yo fui fruto del amor, pero que conocer mi procedencia entrañaba un gran peligro.

—¿Peligro? ¿Qué peligro podía haber en criarte conforme a tu origen?

—No lo sé.

—Creo que los tres necesitamos una copa —dijo. Sirvió tres generosas raciones de brandy, las repartió y se acomodó de nuevo a su lado—. Bien. Tenemos que hablar largo y tendido, jovencita. Me han robado dieciocho años de tu existencia, pero pienso recuperarlos minuto a minuto.

Horas después, Christin sabía cómo se conocieron sus padres, cómo se enamoraron y cómo transcurrió su vida en común. Supo mucho de aquel hombre que le hablaba: de sus innumerables pesquisas para localizarlas, de su agonía, del modo en que se jugó una vida que nada valía ya para él cuando las perdió a ellas. Era como si aquella puerta que se mantuvo cerrada tantos años se hubiera abierto de golpe, abocándola a un mundo de locura y dicha. La incógnita de su origen, que tantas noches la desveló, se despejaba de improviso.

¡Soñó tantas veces con un padre...! El duque de Mulberry dejaba insignificantes sus fantasías. Aquel ser que le abría su alma rezumaba amor y ella cerró la espita de la distancia, como si hubieran estado siempre juntos.

—Va a ser toda una sorpresa cuando te presente en sociedad. Una sorpresa mayúscula —dijo Highmore, besando la punta de sus dedos—. Y ahora tú, Kemal: ¿me vas a contar dónde y cuándo la encontraste?

El conde carraspeó. Se aflojó un poco el corbatín, que desde hacía rato le ahogaba.

—En el campamento gitano al que te invitamos a las afueras de Londres.

—¿Quieres decir que si aquella noche hubiera ido con vosotros, la habría visto?

—Exactamente.

—Todos estos meses perdidos... ¿Por qué demonios no me la trajiste antes?

—Bueno... —Era la primera vez que Christin veía que Kemal dudaba. No lo estaba pasando bien—. Lo cierto es que le perdí la pista y...

Christin se encontraba en el séptimo cielo. Acababa de encontrar a su padre y, de paso, de convertirse en heredera. Era un momento inmejorable para hacérselas pagar todas juntas.

—Quiere decir, padre, que la caravana se fue de Londres. Claro que luego volvimos a encontrarnos, ¿no es verdad, príncipe Kemal? —Nell frunció el ceño porque aquel título sólo lo ostentaba en su país—. En Baristán. Y allí me compró.

—¡¿Que te qué?! —El duque se irguió como un rayo—. ¿Qué es eso de que compraste a mi hija?

Desmond parecía tener un horrible dolor de estómago. Abrió las manos en son de paz.

—La habían capturado y...

—¿Capturado?

—Un capitán de barco llamado Roland —explicó ella—, al que, por cierto, quiero ver colgado de una soga algún día. Verás, padre, lo cierto es que yo tuve que esconderme en un navío y acabé de ese modo en la costa turca, regalada como esclava a Jabir Ashan, bey de Baristán.

—¡Sé quién demonios es Jabir! —bramó Highmore,

acercándose al joven, que retrocedió—. ¿Qué mierda hacía mi hija en el palacio de tu padre, Kem?

—Estaba allí... cuando llegué.

—¿Y la compraste?

—S-s-sí.

—Supongo que para devolvérmela...

—Me compró como concubina. En Baristán los hombres pueden disponer de varias mujeres y concubinas, ¿sabes?

—Christin, por favor —suplicó Kem.

Highmore, siempre mesurado, estaba perdiendo la compostura.

—¿La mancillaste?

Kem tragó saliva. ¡Por los clavos de la Cruz! ¿Cómo podía uno enfrentarse al padre de Christin y confesarle en la cara que, efectivamente, ése era el problema?

Asintió.

Y aquel gesto le costó un impacto en la mandíbula, tan contundente que acabó en el suelo. Se sacudió la cabeza para encontrarse la imponente figura del duque sobre él, las piernas abiertas, los puños apretados, dispuesto a sacudirle de nuevo.

—¡Eres un cabrón!

—En ese momento no sabía quién era.

—¡Era mi hija, condenado seas!

—¡Pero yo lo desconocía! —gritó también, incorporándose y enfrentándolo—. Por todos los infiernos, ¿vas a dejar que te lo explique? ¡Y tú —le dijo a Christin señalándola con un dedo— cállate la boca!

—No eres quién para...

—¡Cállate, Christin! —bramó su padre—. ¡Déjale que hable!

Demonios de hombres, todos eran iguales. Ninguno de los dos quería escuchar lo que tenía que decir. Se observaban como dos gallos de pelea a punto de agredirse.

—Bien —instó el duque—, explícate antes de que te expulse de mi casa.

Kemal se palpó la mandíbula. Nell pegaba como una mula.

—La verdad es que quise poseerla en cuanto la conocí en el campamento gitano —dijo—. Pero me burló, me robó y se largó. Alex y Bob te dirán cómo y dónde me encontraron a la mañana siguiente.

—¡Desnudo en medio del bosque! —se echó a reír Christin, la única que disfrutaba del momento.

—Luego reapareció en el palacio de mi padre; la reconocí cuando bailaba en...

—¿Bailaba?

—Bailaba para Jabir —apostilló ella—. Es de las cosas que mejor sé hacer.

—¡Cállate ya! —le cortaron a coro.

—Poco faltó para que perdiera la cabeza —continuó Kem—. Quiso clavarme una daga en las tripas. Y la tuve en mi cama, sí. ¡No, deja que me explique! —Le hizo detenerse cuando Nell ya iba hacia él como un toro enfurecido—. Tú ya has gritado lo suficiente y ahora tienes que escucharme a mí.

—De acuerdo. Habrá tiempo para romperte los dientes.

—Podrás romperme todos los huesos, Nell, pero primero me oirás. Nunca hubo nada impuro. Poco a poco me fui prendando de ella y acabó por meterse en mi piel hasta el punto de que ya había decidido convertirla en mi esposa cuando vi la marca.

—¿La marca?

Christin se quedó petrificada. ¿Convertirla en su esposa?

—El trébol de los Highmore. Tú mismo me lo mostraste, ¿lo recuerdas? —Nell achicó los ojos—. ¡Ella me pertenecía según las costumbres de mi pueblo, maldita sea! —Golpeó la repisa—. ¿Quieres que te diga que lo siento? ¿Que lamento lo que ha pasado? ¿Es eso lo que quieres, Nell?

—¡¡¡Es exactamente lo que estoy esperando oír!!!

Kemal tomó aire. De pronto, estaba muy calmado.

—No lamento que tu hija acabara en Baristán, porque eso me dio la oportunidad de conocerla. Pero cuando supe quién era realmente, no volví a tocarla. Quiero casarme con ella, Nell. Deseo que Christin se convierta en la condesa de Desmond y...

—¡Por supuesto que te casarás con ella! Te casarás para lavar su honor y el mío, aunque Dios sabe que tengo dudas. No sé si te la mereces. Pero te partiré el alma una vez le hayas puesto el anillo en el dedo. No voy a perdonarte que me devuelvas a mi hija y me la robes. La misma noche.

Kemal sonrió y estrechó la mano que el duque le tendía, con el aplauso irónico de Christin de fondo.

—Precioso —sentenció ella—. ¡Oh, de veras, caballeros! Gritos, disputas, explicaciones y algún que otro golpe. Luego, los dos varones se dan la mano y llegan a un acuerdo que satisface a ambas partes. Conmovedor. Pero hay un pequeño problema: en esta representación hay tres personajes y el tercero está en discordia.

—¿Qué quieres decir?

—Que no pienso casarme con él, padre.

—Nos casaremos dentro de una semana. Conseguiré un permiso especial —apuntilló Kemal, como si no la hubiera oído.

—¡Ni lo sueñes! ¿Casarme con alguien que quiso poseerme por cincuenta libras? ¿Con un príncipe que me usó sin importarle si yo quería estar o no en su cama? ¿Con un degenerado que tiene ocho mujeres en su harén particular?

Kemal ya sabía de sus diatribas y Highmore esperaba.

—No es verdad. Tú pusiste un precio muy alto, gitana. Doscientas libras y un anillo. Puede que yo quisiera usarte, pero en realidad fui yo la víctima. Y en cuanto al harén, sabes que no toqué a esas mujeres.

—¡Enviaste por Leyma!

—¡Y nos pasamos la noche jugando al ajedrez!

—¡Tanto da! ¡Tú las mantienes!

Kem suspiró. ¡Dios santo! La vida a su lado iba a resultar azarosa, pero desde luego nada aburrida.

—Dijiste que me amabas.

Christin enrojeció.

—Ahora he cambiado de idea.

—Yo no. Quiero que seas mi esposa.

—Soy una gitana.

—¡Como si eres la amante de Satanás! ¿Por qué diablos tienes que ser tan terca?

«Porque tú nunca has dicho que me amas. Y conseguiré que lo hagas, Kemal», pensó ella.

Highmore escuchaba. El ritmo de los acontecimientos estaba roto. Era verdad que tenía una hija, pero no era menos cierto que fue una aparición fugaz porque, a juzgar por la forma en que galleaban, eran ellos los que se habían encontrado.

40

Se paseó como un oso enjaulado.

Hacía ya veinte días que había dejado a Christin en el castillo de Mulberry. Veinte días desde que ella rechazara su oferta de matrimonio. ¡Veinte condenados días sin ella!

Nell, obviamente, se colocó de su lado: si ella no deseaba casarse, no se casaría.

—*Merde!*

—Es bueno usar el francés cuando se sueltan tacos —se burló Warley, repantigado en uno de los cómodos sillones—. Es más... elegante.

Kem reparó entonces en su presencia.

—¿Qué haces aquí?

—Llevo media hora pelándome el culo en el asiento —le contestó—, y por lo que veo, ni te has enterado.

—Voy a volverme loco, Alex —se sinceró.

—Nell se ha tomado muy a pecho su recién estrenado papel de padre. Negarte la entrada a Mulberry hasta que ella consienta es un poco excesivo. Lo que te hace falta es salir y divertirte un poco, no ejercer de ermitaño. Los muchachos te echan de menos. Hay una fiesta en casa de lord Benton mañana por la noche; ya sabes, acudirá gente interesante, como siempre. Evelin estará allí. —Kem le fulminó con la mirada—. Está bien, era sólo una idea.

—Tengo que ver a Christin. Por cierto, ¿no habrás venido a eso?

—He venido a decirte que tu princesa monta todos los días a caballo. Dicen que es una buena amazona y Nell le permite cabalgar sin escolta, aunque su primo la acompaña a veces.

—¿Trevor?

—Se han hecho íntimos. Y a ti no hay quien te soporte. Eso sí. Resulta gracioso verte celoso. Nunca lo esperé de ti.

—¿Celoso? ¿De Trevor?

Una llamada discreta les interrumpió. Madelaine Pitt entró.

—Milord Warley: ¿se quedará a cenar? —preguntó.

—Me quedo, gracias. —Esperó a que saliera—. Por cierto, ¿has tenido noticias de Baristán?

—Hace dos días. Todo tranquilo.

—¿Regresarás allá?

—Cuando lo haga será como simple invitado. Escribí a mi padre cediendo mis derechos y delegando en mi primo.

Alex silbó entre admirado y sorprendido.

—Al fin te decidiste. No debe ser fácil llegar a una solución como ésa. ¿Lo aceptará tu padre de buen grado?

—Esperaba mi renuncia. Ahora, mi vida está aquí. No le gusta, pero lo entiende.

—Yo no sé si hubiera podido hacer algo así. Un harén, Kem. —Suspiró—. Amigo mío, repudias el paraíso.

—Todo ello no tiene el valor de un minuto al lado de Christin.

Alex se apiadó de él. ¡Que Dios y todos los santos le libraran de pasar por semejante trance! El amor era cosa de idiotas, pensó.

El caballo era un pura sangre español. Un pinto de larga cola y crines sedosas, patas delgadas y algo inquieto. Christin se enamoró de su estampa apenas verlo.

Montó con ayuda de Trevor y palmeó el cuello del animal para calmarlo.

—¿No cambiarás de idea? —le preguntó.

—Me gustaría cabalgar hoy contigo, Chris, pero no es posible, debo ir a la ciudad. Tengo un asunto que resolverle a mi madre. Y tal vez, tampoco tú deberías salir porque amenaza tormenta.

—Será sólo un paseo. Regresaré pronto.

—De acuerdo, pero ten cuidado.

A punto de taconear los flancos del caballo, la detuvo una voz. Saludó con la mano a su tía.

—Querida, no te retrases demasiado —pidió Lenora, asomada a una ventana—. Lloverá.

Desde su posición, Lenora Highmore siguió el trote del caballo y su jinete. Su rostro era una máscara de odio.

—Tenías que volver, zorra —dijo entre dientes. Se giró hacia el óleo a sus espaldas que inmortalizaba a la mujer del lienzo—. Tuviste que volver. Te lo advertí, pero no escuchaste. No importa. —Se le escapó una risa perturbada—. Logré echarte una vez y lo haré de nuevo, pero en esta ocasión no me conformaré con verte huir del castillo. ¡De mi castillo! —Alzó el puño, amenazante—. No, Shylla, esta vez tendrás una tumba. Nadie robará a mi hijo la herencia que le corresponde por derecho. —Una mueca déspota afeó sus labios—. ¡Mulberry en manos de una vulgar ramera gitana! No lo consentiré. Aguardé mucho tiempo y no dejaré que te interpongas de nuevo en mi camino. ¡Seré la duquesa de Mulberry!

Christin cabalgó bebiéndose el viento y saboreando la liberación de los espacios abiertos, dejando que el aire frío azotara su cara y su cabello. Nubarrones oscuros cubrían un cielo que ensombreció la comarca. No le importó.

En Mulberry había encontrado un padre y había abierto una puerta a un pasado que le negó su origen y su propia sangre. Ahora estaba en paz con la memoria de su madre sublimando su coraje y su recuerdo.

La nueva realidad actuaba sobre ella como bálsamo reparador, seguramente porque la posicionaba en un entorno de arraigo familiar y personal diametralmente opuesto a los virajes de trotamundos con que se guiaba hasta ahora. Y no podía obviar un giro de ciento ochenta grados que convertía en rica heredera a una buscavidas del sustento diario.

Era cierto que quería encontrarse con Mané y su gente, empresa a la que su padre ya había puesto manos a la obra contratando gente para localizarlos, pero no lo era menos que las circunstancias ya no eran las mismas y los objetivos, tampoco.

Así pues, vivía en un estado de sosiego próximo a la felicidad.

Trotó y trotó con el empuje y las alas que dan los sueños cumplidos.

Sólo un nombre empañaba su completa dicha: Kemal.

Se había preguntado mil veces si alejarse de él era acertado. Le echaba terriblemente de menos. Le amaba. Los días transcurrían rápidos, cargados de novedad, pero en las noches la acechaban el recuerdo del contacto de sus manos y sus besos. Pero no podía echarse atrás. Él era un libertino y ella necesitaba creer que se iba a regenerar. Porque ¿qué pasaba con el amor? ¿Cuándo había mencionado Kemal, siquiera de pasada, que la amaba?

Si la deseaba por esposa tendría que confesarlo. Ella deseaba un matrimonio de amor, no una pasión pasajera. Y ahora, ella era la heredera del duque de Mulberry y nunca, aunque le costara el corazón, se iba a rebajar a ser una más en el suyo. Quería a Kemal para ella sola, por entero. Y lo tendría así... o no lo tendría nunca.

Un ruido de cascos le hizo tirar de las riendas y detenerse. Achicó los ojos y allá, bajo un pequeño bosque de coníferas, distinguió al jinete que se acercaba, ascendiendo la ladera, y el corazón se le contrajo.

Kemal la vio apenas alcanzó la cima. En ese instante, más que nunca, le pareció un duende salido del bosque, una entelequia, una quimera. El vestido de amazona la mostraba más mujer y su cabello negro y rizado, suelto a la espalda, asemejaba una nube. Volver a hablar con Christin bien valía la cabalgada.

Dejó que el animal se aproximara a trote corto.

—Buenos días, gitana.

Christin se aferró a las riendas, disimulando el temblor de sus manos. Kemal estaba, elegante como siempre, vestido totalmente de negro y envuelto en aquella capa oscura que le confería un aspecto soberbio. Su piel respondió de inmediato a los impulsos de su cercanía.

—¿Qué haces aquí? Si no recuerdo mal, tienes vedada la entrada.

Él se inclinó sobre el cuello de su montura.

—Según recuerdo yo, milady, se me prohibió al castillo.

Tenía razón. Estaban junto a un bosque. ¿Quién podía impedírselo? Además, carecía de escolta. Lamentó que Trevor no la hubiera acompañado.

Maniobró las riendas y puso el caballo al trote, aunque deseaba obligarle a galopar.

Kemal la vio alejarse. Dudó entre dar la vuelta y regresar por donde había venido.

El disparo le dejó atónito por un segundo.

Sólo por un segundo.

El caballo de Christin se encabritó y ella estuvo a punto de caer aunque consiguió controlarlo a duras penas. Al instante, un brazo de acero la arrancaba de la silla.

El segundo disparo le rozó el cabello y arrancó briznas de corteza y hojas.

A Kemal no le cupo duda de que alguien trataba de matarla. Espoleó a su semental, internándose en la espesura. Christin también captó el peligro. ¿Querían matarla? ¿O era a Kemal? Una ráfaga de terror se instaló en sus entrañas porque, por un instante, la fragilidad de la vida golpeó su cerebro.

Él la protegió con su capa, evitando que las ramas bajas la lastimaran. Escuchó tras ellos cascos de caballo y hubiera jurado que eran dos. No se preocupó de confirmarlo, sólo de sacar de allí a Christin y ponerla a salvo. Conocía la zona, gracias a Dios. Si llegaban vivos a la pequeña cabaña de pastores, tendrían una oportunidad.

—¿Vas armado?

¡Por todas las suras del Corán, aquella muchacha era única! Cualquier otra estaría aterrada y gritando. Christin, por contra, iba un paso por delante.

La apretó más a su cuerpo mientras el caballo cabalgaba veloz, distanciándose de sus perseguidores.

Hubo dos disparos más, casi simultáneos.

Un golpecito tironeó a Kemal en al costado derecho. Agachó la cabeza protegiendo con su cuerpo el de ella, aún más si cabía.

El viento les golpeó con fuerza al salir a cielo abierto. Y como si los elementos se hubieran confabulado contra ellos, la tormenta estalló de repente.

Se ladeó ligeramente para mirar atrás. La punzada de dolor en el costado confirmó que le habían alcanzado. Se aupó sobre la silla para descubrir a sus dos perseguidores. Soltó un taco, abrazó con fuerza a Christin y espoleó al caballo.

41

La cabaña estaba casi en ruinas, pero se mantenía en pie.

Christin se deslizó de la montura por un costado y corrió hacia el refugio. La puerta estaba cerrada, problema que solucionó Kemal con una patada a la madera. Una vez dentro, arrastró un viejo baúl y lo colocó de parapeto.

—¡Las ventanas! —urgió, sacando una pistola de su bota derecha.

Christin miró el arma, intranquila.

—¿Es todo lo que tienes?

—¡Cierra las ventanas! —repitió.

Entornó los postigos y dio un rápido vistazo al interior. Descubrió un hacha oxidada apoyada junto al hogar y la cogió, sopesándola. Con ella, se acercó hasta Kemal. Su vestido estaba empapado y pesaba como una losa. Las faldas se le enroscaban a las piernas y se lamentó cien veces seguidas de las suntuosas prendas que ahora le impedían moverse con soltura.

A Kem no le pasó por alto el hacha.

—Toda una amazona, ¿eh?

—Al menos es más contundente que ese juguete. —Señaló la pistolita que apenas sobresalía entre los largos dedos.

Desmond advirtió que sus adversarios descabalgaban a prudente distancia, hablaban algo y se separaban: uno hacia la derecha, otro hacia la izquierda.

—Dividen sus fuerzas.

—¿Tratan de rodearnos? —Ella le hizo a un lado para mirar por la rendija y se encontró de inmediato con la cara besando el suelo—. ¿Qué pasa?

—¡Apártate de aquí! Esos dos no quieren jugar, tratan de matarnos.

—Tampoco yo voy a jugar —protestó ella, levantándose de inmediato—. Deja que se acerquen lo suficiente —dijo, enarbolando el hacha.

—¡Por Dios! —se desesperó Kem—. Ve junto al hogar, así tendremos controladas puerta y ventanas.

El conde de Desmond se permitió relajarse un poco. Sus enemigos debían estar haciendo planes para atacarles, pero no sería de inmediato porque la tormenta arreciaba con furia desusada y tenían que acercarse mucho a la cabaña. Supondrían que ellos pudieran estar armados, así que no correrían el riesgo hasta contar con ventaja. Se sentó en el suelo y apoyó la espalda en la pared. Parpadeó repetidas veces para controlar el repentino mareo y se palpó el costado por debajo de su chaqueta. Al retirar la mano, estaba manchada de sangre. La limpió en la pernera del pantalón.

Christin comenzó a tiritar. Él se levantó, metió la pistolita entre la cinturilla de su pantalón, se acercó y la obligó a incorporarse. Luego, procedió a arrancarle el vestido.

—¿Q-q-q-qué estás h-h-haci-haciendo? —tartamudeó ella sin poder controlar un castañeteo de dientes.

—Si no te quitas esta ropa, no hará falta que esos dos acaben contigo, porque morirás de pulmonía.

Ella así lo hizo y se desprendió del costoso y pesado vestido quedándose sólo con las enaguas y las medias. Tembló violentamente y agradeció la manta carcomida que Kemal arrancó del catre y le echó por los hombros. Se envolvió en ella, recogió de nuevo el hacha y trató de recuperar un poco de calor. De nada iba a servirle el arma si se sacudía en espasmos de frío.

—También tú estás empapado —comentó ella.

—Yo aguantaré bien.

—Oh, claro. Los hombres sois inmunes —ironizó.

Él fue a replicar pero se encogió llevándose la mano al costado.

Christin llegó hasta él y le examinó.

—No parece grave. ¿Cuándo te han herido?

—Cuando salíamos del bosque.

Le quitó la chaqueta con cuidado. Él se ladeó para examinarse y recibió un coscorrón.

—Quédate quieto. —Se levantó y ahuecó un poco una contraventana para que entrara algo de luz. Luego le quitó la camisa y limpió con ésta la herida.

—Has perdido un buen trozo de carne.

Rasgó una tira de la camisa, pero la tela se resistía, de manera que se alzó las enaguas y sacó una pequeña navaja de una de sus ligas.

—¡Por todos los demonios! ¿Llevas navaja?

—Cuando salgo sola. Y tú, ¿siempre llevas esa ridícula pistolita?

—Suelo ir convenientemente armado desde que sufrí el último atentado en Baristán, pero hoy no creí que me hiciera falta para encontrarme contigo. Claro que no contaba con esto...

—¿Trataron de matarte en Baristán?

—Al menos lo intentaron.

—¿Quieres decir entonces que esos de ahí afuera vienen a por ti?

Kem se acomodó.

—Esta vez no soy yo el objetivo, sino tú. Las dos primeras balas fueron directas hacia ti, yo sólo me puse en el camino de la tercera.

Christin le vendó con manos hábiles, pero sangraba demasiado, de manera que tiró el vendaje. Rezó para que no perdiera el conocimiento, porque se creía capaz de rajar a un hombre, pero ella sola no podría con los dos.

—¿Cuántas balas tiene tu cacharrito?

—Una.

—Perfecto.

—Tengo otra más en el bolsillo de la chaqueta.

—Espléndidamente equipado para esta guerra —comentó, sarcástica.

Buscó la bala, abrió la parte de atrás con la navaja y vertió la pólvora en la herida. Luego alcanzó un poco de yesca.

—¿Qué vas a hacer?

—Quemarla antes de que te desangres.

Accionó la yesca varias veces. La humedad la había dejado casi inservible pero consiguió que saltara la chispa. La aplicó al costado de Kemal, la accionó de nuevo y prendió. Brotó una llama corta y azulada y un olor a carne quemada inundó el pequeño habitáculo. A él se le escapó un quejido de dolor y ella lo vendó lo mejor que pudo.

Cuando terminó, Kemal estaba pálido, pero seguía conservando la conciencia. Le ayudó a recostarse y limpió la navaja en la camisa, devolviéndola a la liga.

—¿Dónde aprendiste tantas cosas?

—Los gitanos tienen pocos medios pero los saben usar muy bien.

Un estrepitoso trueno hizo temblar hasta las paredes de la cabaña. Christin recogió la manta, se acomodó junto a él sin dejar de vigilar la ventana y cubrió a ambos.

—Si llego a saber esto, les hubiese contratado yo —dijo de repente él, con voz cansada.

—¿A quiénes?

—A esos dos desgraciados. Todo con tal de estar los dos medio desnudos debajo de una manta.

Christin calló, pero no pudo evitar que le aflorara una sonrisa.

—Eres preciosa, gitana.

—Sobre todo ahora, que debo parecer una lechuza.

Kem trató de enderezarse un poco y se le escapó un gemido.

—Estate quieto. ¿Por qué diablos tuviste que ponerte delante de esa bala?

Los ojos plateados la miraron atentamente.

—Siento haber sido un estúpido. Sólo pensé en proteger a la mujer que amo.

El corazón de Chris palpitó erráticamente.

—¿Me amas?

—¿Qué tontería de pregunta es ésa? ¿Por qué demonios iba a querer casarme contigo? —Ella parpadeó y las lágrimas acudieron sin remedio—. Pequeña, ¿acaso lo dudabas?

—Creía que...

—Te amo, Christin. ¿Es que no lo has visto todo este tiempo? ¿Qué más necesitas que haga para que te des cuenta?

Un súbito chirrido les alertó.

—La pistola —pidió Kemal en un susurro.

Ella se la alcanzó y se arrastró a un lado, pegada a la pared. Se puso de pie. Estaba asustada pero sujetó el hacha con fuerza.

Empujaron la puerta ligeramente. Ante el silencio, lo hicieron con más ímpetu y la débil barrera del mueble cedió.

La difusa luz exterior alargó la sombra del intruso y Christin se encogió un poco más. Por fortuna, dentro de la cabaña se veía lo justo y el sujeto tardó varios segundos en ajustar sus ojos a los contornos del interior.

Christin levantó el hacha sobre su cabeza, dispuesta a descargar el fatal golpe sobre su enemigo, al que tenía a menos de un metro. El disparo de Kemal la hizo brincar y su grito se unió al estertor del facineroso, que dejó caer su brazo armado y se derrumbó.

—¿Will? —gritó alguien afuera—. ¿Will? ¿Estás bien?

Kemal gruñó a modo de respuesta y quiso arrastrarse a por el arma del muerto. No tuvo tiempo.

—¡Eh! Sólo queda la damita, ¿verdad?

El otro individuo, convencido de que su compañero había allanado el camino, entró confiado. Tropezó con el cadáver, blasfemó y reaccionó justo a tiempo de impedir que Christin le clavara el hacha, golpeándole el brazo y arrebatándosela para arrojarla a un lado. Kemal se incorporó como un gato pero el cañón que apuntaba a la cabeza de ella le detuvo.

—Ponga las manos donde yo pueda verlas, caballero —pidió el tipo con ademanes nerviosos—. Eso es. Así me gusta. —Echó un rápido vistazo al cuerpo de su compinche—. Abra los postigos para que veamos mejor en este agujero.

Kemal, sin bajar las manos, obedeció. Observó a su enemigo y le catalogó: alto y delgado, de rostro cadavérico plagado de señales de viruela. Vestía mal y olía como un cerdo. No le cupo duda de que era peligroso. Y amenazaba a Christin. Le sería muy fácil pegarle un tiro a él y luego acabar con ella. Se le revolvieron las tripas sólo de pensarlo.

—¿Quién va a pagarle por esto? —preguntó Kemal.

—A la señora no le gustaría que dijera su nombre —le respondió, con suficiencia, mostrando una boca medio desdentada—. Además, no sé cómo se llama, no hago preguntas.

—Puedo doblar la cifra. Triplicarla.

El hombre chascó la lengua. Christin se removió y él le pasó un brazo por el cuello, dejando descansar el arma sobre su sien.

—Mire, amigo. No tengo nada en su contra, aunque deba matarlo. Ni siquiera sé quién diablos es usted. Sólo veníamos a por la chica. Pero le diré una cosa: cuando Joy Johnson hace un trato, lo respeta. Quiero decir que me contrataron... nos contrataron para eliminar a esta joven y eso es lo que voy a hacer. Arruinaría mi prestigio si traicionara a un cliente, ¿usted entiende?

—Entiendo, sí —susurró Kemal, que vio que Christin deslizaba su brazo poco a poco hacia la pierna.

«¡Dios, que no lo intente!», rezó. El tipo podía ser un desgraciado, pero demostró reflejos y ella no tenía posibilidades de alcanzar su navaja.

—De todos modos —continuó para mantener toda la atención en su persona—, piénselo. Podría salir de Inglaterra con una buena suma de dinero. Puedo darle mucho. El suficiente como para que comience una nueva vida en otro país.

—Mire, jefe, yo hablo sólo inglés y mal. ¿Qué coño haría en el extranjero?

—Bien, eso no es...

—¡No baje las manos! Eso es, sobre la cabeza.

Christin estaba a centímetros de tocar la navaja con la punta de los dedos.

—Vamos a hacer una cosa —dijo el filibustero—, ya que el día se ha metido en agua. Le mato, me divierto un poco con ella —Christin paralizó su mano a la altura del muslo—, y luego me la cargo y me marcho. ¿Qué le parece?

—¿Francamente? —preguntó Kemal—. La idea me repugna.

El esquelético cuerpo del malvado se meció al vaivén de las carcajadas y Christin no desaprovechó la ocasión. Alcanzó la navaja, la empuñó con decisión y asestó una puñalada hacia su espalda alcanzándole en el costado derecho. Luego se lanzó al suelo. Todo en tres segundos.

Kemal ya saltaba hacia él, pero Christin no le permitió heroicidades. La navaja surcó el aire, clavándose directamente en el corazón de su enemigo, que cayó como un fardo.

El silencio se adueñó de la cabaña. Kemal estaba fascinado y ella, muy serena. Pero de pronto salió corriendo y vomitó.

Kemal la tranquilizaba cuando escucharon cascos de una montura que se aproximaba. Desmond se puso en guardia pero se relajó de inmediato. Era Trevor. El joven Highmore descabalgó y corrió hacia su prima, conmovido al verla medio desnuda y manchada de sangre.

—¿Qué diablos ha ocurrido?

42

Suspiró y aceptó la ayuda de Christin para recostarse en el sofá.

Nell Highmore entró en el salón.

—¿Cómo te encuentras? —preguntó.

—Molesto. —Quiso levantarse pero ella se lo impidió—. ¿Sabías que tenías una hija con tantos recursos?

—No, pero no sabes cuánto me agrada que sepa defenderse.

—Sentí miedo —confesó ella—, pero el temor a lo que pudiera pasarle a Kem me obligó a superarlo.

—¿Eso quiere decir que has recapacitado sobre su proposición de matrimonio?

—No estoy segura de llegar a ser una buena condesa, pero... ¡Que Dios se apiade de él si retira el ofrecimiento!

Kem la hubiera besado de no estar su padre delante, y Highmore sonrió satisfecho. Le acarició la mejilla.

—Tengo buenas noticias para ti, cariño. Abajo hay alguien que quiere verte.

—No me apetece recibir visitas, padre.

—Entonces, ¿les digo que se vayan? Después de casi un mes de búsqueda, yo creo que sería una descortesía no atenderles.

Christin lanzó un grito de alegría.

—¡Mané!

—Y otro joven bastante apuesto.

Christin corrió hacia la puerta, pero no había llegado a ella cuando ésta se abrió y entró el viejo gitano seguido de Víctor.

—¿Dónde está...? —retumbó su vozarrón, pero al ver a la muchacha abrió los brazos y ella se precipitó en ellos sollozando—. Vamos, niña —la calmó—, no me digas que te has ablandado entre la aristocracia.

Chris se separó un poco para mirarle a placer. Le dio un beso en la mejilla y luego abrazó a Víctor.

—¡Os he echado tanto de menos!

El joven gitano, sin embargo, se encontró incómodo ante la presencia socarrona del duque, pero, sobre todo, violento por el otro desconocido. Por alguna razón, le sugirió proximidad a Christin.

—¡Han pasado tantas cosas desde aquella noche, Mané! Tengo tanto que contaros...

—Podrás hacerlo con calma, cariño —dijo su padre—. Están invitados a quedarse en Mullberry todo el tiempo que quieran.

Mané se atusó el bigote.

—Le agradecemos la deferencia, excelencia, pero no estamos acostumbrados a dormir en colchones de plumas. Sin embargo, no rechazaré acampar en sus terrenos durante unos días, al menos, hasta que hablemos y podamos despedirnos convenientemente.

—¿Despediros? ¿Adónde vais?

—Estábamos en Bath —intervino Víctor que, de hito en hito, no perdía de vista a Kemal—. Volveremos allí lo antes posible ¿Qué le ha pasado, señor? —acabó por preguntar, intrigado al ver que se levantaba con dificultad.

—Una herida de nada —contestó ella—. Mané, voy a casarme con él.

—Al fin encontraste tu media naranja. —Mané echó un prolongado vistazo a Desmond—. Y nada menos que el señorito al que burlaste. Ya te dije que el hombre era peligroso, chiquilla.

—Lo es. Y un ladrón muy avispado porque consiguió robarme el corazón y no lo supe hasta que fue demasiado tarde.

Los gitanos acamparon durante varios días y Christin disfrutó de su compañía, sobre todo cuando Kemal se incorporó al grupo, huyendo de las atenciones de Lenore Highmore y, lo que era peor, de un Umut irritado por haber sido burlado como escolta, una vez más.

La última noche, antes de que partiera la caravana, Christin apareció vestida como una zíngara. Todos acogieron su presencia con entusiasmo y las panderetas y violines desgranaron una música vivaz.

Sentado en la hierba, al calor de las hogueras, Kemal se recostó sobre un codo y disfrutó del cimbreo de su cuerpo, recordando otra noche ya lejana en Baristán.

—¿La ama de verdad?

Kem giró la cabeza para mirar a Víctor.

—Más que a mi propia vida.

—Entonces, todo está bien, milord. Porque si la hace sufrir, lo sabré y volveré para clavarle una navaja en las tripas. No lo dude un instante.

Trevor se comportó de forma bastante extraña aquellos días. Por el contrario, su padre pareció divertido con el colorido grupo de visitantes.

Una vez Trevor regresó al castillo en compañía de Desmond y Christin, Lenore se mostró desolada y alarmada a la vez. Desapareció en sus habitaciones y sufrió un ataque de cólera. Sus maquinaciones quedaron rotas. De nada había servido alejar a su hijo para que Christin cabalgara aquella mañana en solitario y gastar una buena suma de dinero para pagar a aquellos dos desgraciados que fracasaron estrepitosamente. Pero la fijación malsana la consumía. Lenore recompuso sus planes con rapidez.

La presencia de los gitanos le brindaba una nueva oportunidad. Tenía que actuar con tiento y hacer las cosas por ella misma, sin delegar en botarates incompetentes. Sí, eliminaría a la hija de Shylla. Y sería aquella noche.

Trevor vigiló a Lenore apoyado en uno de los carromatos, mientras Christin danzaba.

No había dejado de hacerlo desde que intentaran matarla. Le dolía el alma, pero las evidencias no le dejaron dudas. Su madre parecía afectada la noche del asalto y subió a su cuarto con intención de animarla.

Entonces supo toda la verdad.

Ella hablaba a solas. Con la osada voz de una demente. Y repitiendo un nombre como una letanía: Shylla. Pegado a la puerta, escuchó ruidos de objetos rompiéndose. La curiosidad pudo más que él y se quedó allí, inmóvil, aturdido, golpeando en sus oídos las palabras obsesivas que su madre disparaba: venganza y muerte. Se le fue haciendo la luz y comprendió.

El rechazo y el cariño libraron de inmediato una batalla en él. No podía entregarla, pero la acechó para evitar una desgracia. Amaba a Nell como a un padre. Con él jugó, discutió y le contó sus primeros secretos de amor adolescente. Y durante aquellos días había llegado a admirar a Christin. No podía permitir que los planes de su errática madre sumieran a todos en la infelicidad. Pero ¿cómo iba a delatarla? A pesar de su locura, era su madre. Lloró de pena, como suele llorar un hombre cuando siente.

Finalizada la fiesta, todos empezaron a retirarse. Kemal atrapó el talle de Christin y la besó.

—Me has embrujado —confesó, acariciando su clavícula.

—Milord, por favor, pueden vernos —protestó ella, bajito, sin querer separarse de él.

—Quiero que nos casemos la semana próxima. Esta misma noche. ¡Ahora mismo! —Le robó otro beso—. Ven a mi cama esta noche, Christin.

—Sólo una semana más, Kem, y seré tuya para siempre.

—No sé si podré esperar.

—Hagamos las cosas bien por una vez, ¿te parece?

Abrazados, absortos en su mundo, abiertos a su futuro, caminaron despacio de regreso al castillo. Frente al dormitorio de Christin, Kemal volvió a besarla y se alejó hacia el suyo propio.

Con el corazón colmado de felicidad, Christin cerró la puerta y se recostó en la madera. Era imposible ser más dichosa.

Se le escapó una risita pícara al escuchar que picaban la madera. Pero no era Kemal. Al abrir, se encontró a su tía.

—¿Qué sucede?

—Una de las muchachas se encuentra muy mal, cariño —le dijo Lenore, retorciéndose las manos—. No sé qué hacer. ¿Puedes ayudarme?

—¿Qué le pasa? —preguntó, caminando ya presurosa tras ella—. Lo mejor será pedir ayuda a Fátima; conoce mucho de pócimas curativas.

—Démonos prisa entonces.

Se echaron una capa sobre los hombros antes de salir y corrieron hacia la caravana, apostada cerca del río.

Lenore siguió el paso decidido de Christin hasta que la mole de Mulberry fue sólo una sombra a sus espaldas. Entonces sacó el cuchillo, empuñándolo con decisión.

Kemal se paseaba inquieto, ya apenas sabía estar solo. ¡Qué demonios! Sólo un beso más y la dejaría. Decidido, salió y atravesó la galería. La breve conversación le detuvo, pero viendo que Christin y Lenore bajaban a toda prisa, las siguió.

No se dio cuenta de que alguien más salía del castillo tras sus pasos.

La oscuridad les envolvió como un sudario mientras descendían el ligero terraplén que daba al río. Era el lugar adecuado y el momento también.

Lenore afianzó el cuchillo entre sus dedos y alzó el brazo para hundirlo en la espalda de Christin.

La luna, asomando tras una nube, permitió a Kemal vislumbrar el brillo de la hoja. Iba a gritar una advertencia, pero se le adelantaron.

—¡Madre, no! —gritó Trevor tras él.

Lenore se volvió, momentáneamente paralizada. Su hijo corría ya hacia ella y Desmond aprovechó para interponerse entre aquella loca y Christin.

Lenore retrocedió unos pasos, adelantando el arma. Sus ojos iban de uno a otro, poseída por el delirio.

—Madre, por favor —le rogó Trevor—, suelta ese cuchillo.

Ella le miró como si no le conociera. Respiraba deprisa, alterada, rabiosa.

—¿Por qué defiendes a esa zorra? —escupió a su hijo.

—Deja el cuchillo, madre. Lo que quieres hacer es una locura. —Se le acercó despacio.

—Trevor, no te acerques a ella —avisó Kemal.

—Es mi madre, Kem. Yo la haré entrar en razón.

—¡Crees que estoy loca! —exclamó ella, dando otro paso atrás—. ¿Todos pensáis que estoy loca? —Su mirada se volvió más peligrosa—. ¡Estúpidos desgraciados!

Trevor avanzó un poco más.

—Por favor, dámelo. En realidad no quieres lastimar a nadie, ¿verdad?

—Voy a matarla —aseguró, el odio se le escapaba por cada poro mirando a Christin, que seguía sin reaccionar—. Su puerca madre comenzó esto y yo voy a terminarlo de una maldita vez. Seré duquesa. Y tú, Trevor —de repente sus ojos se suavizaron—, tú serás el heredero de Nell, el cuarto duque de Mulberry.

—No me interesa el título, madre.

—Pero será tuyo. ¡Eres mi hijo!

El joven se acercó otro paso.

—Trevor, no lo intentes —le advirtió Kemal.

No le hizo caso. Estaba muy cerca y tenía que desarmarla antes de que cometiera una insensatez.

—Mamá, te quiero. No hagas tonterías.

Ella parpadeó y ladeó la cabeza. Era un joven apuesto su Trevor y sería un apuesto duque, se dijo.

Kemal se movió con rapidez. Aquel idiota arriesgaba su vida.

Lenore retrocedió aún más y Trevor avanzó, sorbiendo ya lágrimas incontroladas.

—¿Por qué lloras, cariño? —le preguntó, como si se dirigiera a una criatura.

—Tengo miedo, madre —dijo, sin quitar los ojos del cuchillo.

Kemal estaba ya casi en el costado de Lenore.

—¿Por qué, mi pequeño? Tu madre te cuida siempre.

Christin se tapó la boca, expectante. Su tía estaba loca y armada. Trevor o Kemal podían acabar heridos o muertos.

—Mamá, estoy tan asustado... —siguió Trevor, ganando terreno, a un paso ya de ella. Estiró el brazo, como si deseara acariciar su rostro.

Ululó una lechuza y Lenore se puso en guardia. De pronto, se dio cuenta de que estaba rodeada. Trevor muy cerca de ella y Kemal a su costado. Y vio a Christin, a su presa, a su víctima, que la miraba con terror.

Aulló como una posesa y les paralizó un segundo. Disparó el brazo armado contra quien más cerca estaba, alcanzando a Trevor en el hombro, pero Kemal atrapó su muñeca y le retorció el brazo a la espalda hasta que soltó el arma. Lo apartó de una patada y cuando aquella loca se tiró a él con las uñas engarfiadas, no pensó demasiado: soltó el puño y Lenore puso los ojos en blanco y se desplomó.

Christin corrió hacia su primo. Trevor tenía un corte profundo, pero no revestía peligro, aunque lloraba como una criatura, desmadejado y temblando, de rodillas en el suelo. Ella miró a su tía y preguntó a Kemal en silencio.

—Sólo está desvanecida.

Christin se fundió con él. La besó en el cabello.

—Vamos, mi amor, todo ha terminado.

43

El duque se opuso a la marcha de Trevor. Habían internado a su cuñada en un hospital para enfermos mentales y dispuesto medios para que se le prodigaran los mejores tratamientos. Pero el joven estaba decidido.

—¿Lo has pensado bien? —preguntó, al fin, cuando se le acabaron los argumentos.

—Siempre quise ir a Edimburgo, tío. ¿Qué mejor momento? Mi madre no me necesita. En realidad, ni siquiera sabe que he estado con ella estos días. Nunca supuse que albergara tanto odio.

—Nadie lo imaginó, muchacho. Seguramente la llegada de Christin aceleró su demencia. Sabes que este castillo es tanto tuyo como de mi hija, y que tienes asegurado tu futuro.

—No quiero nada, tío.

—Pero yo deseo dártelo. Eres un hijo para mí y nada de lo que ha pasado va a cambiarlo.

—¿Y cuándo piensas regresar? —preguntó Christin.

—Cuando las heridas cicatricen —asintió él—. Aunque creo que tardarán bastante en hacerlo. Por querer protegerme, mi madre ha estado a punto de destruir algo más preciado para mí que el dinero o un título: mi familia. Os deseo mucha felicidad —dijo, estirando la mano hacia Kemal, que la estrechó con fuerza.

Abrazó a Christin y luego se volvió hacia Nell. Le ofreció la mano. Y Highmore le respondió con un abrazo de oso.

La ceremonia se celebró en privado en la capilla de Mulberry. Nadie tenía ánimos para una gran celebración después de lo sucedido. Junto a los pocos amigos a los que invitaron, se sentaron los gitanos, engalanados para la ocasión.

Una curiosa mezcolanza que hermanaba por unas horas al colorido grupo con los aristócratas.

Acabada la ceremonia, se reunieron en el salón de baile. Christin aparecía radiante, embargada de felicidad. Para ella, sus dos mundos se integraban perfectamente, los dos eran igual de importantes y necesarios.

Kemal estaba guapísimo vestido con un traje gris perla y no se cansaba de mirarlo. Ella lucía un vestido de seda color hueso, con una trenza de tiras blancas rodeándole el talle, el corpiño de perlas y el oscuro cabello recogido en un rodete sobre la coronilla y adornado con cintas. Una visión fascinante.

—Eres un sueño, duende —le susurró él al oído.

Acarició la falda con cariño. Era el vestido de novia que debería haber llevado su madre. Voló hacia ella su recuerdo y pensó por un instante cuán distinta pudo haber sido su vida si no hubieran escapado de Mulberry.

Kemal la abrazó con fuerza y como si hubiera leído su pensamiento le dijo:

—Honraremos su memoria, como la ha honrado tu padre, mi amor.

Christin asintió y brindó sus labios rojos a un beso, que recibió apasionadamente.

—Dime que me amas —le pidió.

—Te amo.

—Dilo otra vez.

—Mil veces al día, si así lo quieres. —Y ella palpitó al ritmo de un corazón que se le salía del pecho—. Te amo, te amo, te amo...

—Muy tierno. —Alguien rio a su lado.

—Alex —le sonrió Kemal—. ¿Dónde te habías metido?

—Galanteando a la vizcondesa de Paddington. Creo que me ha echado el ojo.

Christin creía que Warley era un tipo encantador. Soltero impenitente, pero encantador.

—Cuando encuentres a la mujer de tu vida, no pondrás esa cara de disgusto —le aseguró—. Y espero que sea pronto.

—¿También tú? —se espantó él—. ¡Santo Dios! ¡Esto del matrimonio es contagioso! A propósito, Kem, quería comentarte algo... Bob y yo quizá visitemos Baristán. Y una carta de presentación a tu padre nos vendría bien.

—Podéis venir con nosotros. Tenía pensado regresar en primavera. ¿Te parece bien, mi amor?

Christin arrugó la nariz y negó con la cabeza.

—¿Primavera? No, creo que no podrá ser. Verás, para entonces estaré algo... gorda.

Kemal se atragantó con el champán y Alex prorrumpió en carcajadas.

—¡Mi enhorabuena, amigo! —Le palmeó la espalda.

Los ojos de Kemal recorrieron con atención la delgada figura de su flamante esposa. ¡Esposa! Sopesó el valor de aquella palabra, que siempre le dio escalofríos y ahora le cautivaba.

—¿Quieres decir que...? —Ella asintió, coqueta—. ¿Pero, cuándo...?

—Creo que la noche en que me rescataste de la apestosa celda en la que me encerró tu tía Corinne.

—¿Celda? —se alarmó Warley—. ¿Qué celda?

—Cállate, Alex —dijo el conde.

—¿Pero qué celda?

—Alex —cortó Christin—, es una historia muy larga. Acaso algún día dispongamos de tiempo para hablar de ello.

—Bien. En cualquier caso, supongo que seremos bien recibidos aunque no viajemos con el heredero real, ¿verdad?

—Esa bocaza tuya, Alex...

—¿Qué ha querido decir? —Christin esperaba respuesta de su marido.

—Lo que ha dicho. Alex, como siempre, tan elocuente. Espero que alguna vez alguien le enseñe a estar callado. Cedí mi derecho al trono a mi primo Okam.

—¿Por qué? ¿Y por qué yo no supe nada?

—Supuse que no querrías tener que luchar por mis favores en el harén —bromeó—. Aunque aún puedo remediarlo. Las mujeres que me consiguió mi padre son realmente... —Calló cuando ella le tapó la boca.

—Ni una palabra más, conde de Desmond. ¡No quiero escuchar una palabra sobre otra mujer!

Kemal la atrajo hacia él y la besó en la punta de la nariz.

—Con mi gitana tengo suficiente. Para toda la vida, mi amor.

Y le demostró allí mismo lo cierto que era.

Umut, al otro lado del salón, también se felicitaba. Su príncipe había encontrado su verdadero destino.